셰프의
시크릿

셰프의 시크릿

The Chef's Secret Diary

심은일 지음

레시피를 연마하는
셰프의 삶을 살아라

스타북스

셰프가 되려고만 하지 말고
'셰프의 삶'을 살아라

어린 시절 나의 꿈은 생존이었을 뿐이다.

어린 시절의 나는 재밌는 말투와 기발한 재치를 항상 발휘하는 전설적인 개그맨 '최양락' 님처럼 세상 사람들에게 웃음을 주는 삶을 살고 싶었다. 하지만 청소년기를 보내며 나의 삶은 꿈과 이상보다는 생존을 위해 현실과 타협해야만 했고 성인이 되기 전부터 노동일을 시작할 수밖에 없었다. 지금까지도 강도 높은 주방 일을 하고 있다. 10대 시절 힘든 노동일을 한 뒤에 간혹 찾게 되는 식당의 종업원들을 보면서 나에게는 작은 희망을 얻을 수 있었다. 그중에서 유난히 눈에 띄었던 사람이 바로 요리사였다. 새하얀 유니폼에 하얀 모자를 쓰고 밝은 표정과 큰 목소리로 손님을 맞이하는 요리사들은 어렸던 나의 눈에는 정말 근사해 보였기 때문이다.

가족들을 한자리에 모이도록 하고 맛있는 음식을 내놓음으로써 많은 사람을 미소짓게 하는 요리사라는 직업은 개그맨만큼은 아니겠지만 세상 사람들에게 즐거움을 줄 수 있는 보람되고 정말 멋진 직업이라는 생각을 그 때부터 가졌던 것 같다.

10대 시절 늘 기름때와 먼지에 얼룩진 작업복 차림으로 일했던 나에게는 요리사가 되는 것 자체가 그저 꿈이었다. 깡마른 몸매에 항상 검은 얼굴이었던 나에게 있어서 하얀 피부에 큰 체격을 가진 요리사들은 정말 감히 넘볼 수 없는 존재들이라 할 수 있었던 것이다.

'요리하는 것이 세상에서 가장 행복했다'라는 거짓말은 하고 싶지 않다.

살기 위해서 밥을 하고 반찬 만드는 법을 배웠고 선원 생활을 하며 어른들에게 두들겨 맞기가 싫어서 어린 나이에 맛있는 요리를 하는 방법을 연구하기 시작했다. 아니 시작할 수밖에 없었다. 그리고 폭력을 피하기 위한 노력은 쌓이고 쌓여서 실력이 되었고 그것이 본능적으로 요리하는 삶과 이어졌을 뿐이다. 그래서인지 어린 시절부터 전문적인 조리 교육을 받으며 성장하고 요리사의 삶을 살게 되는 사람들을 보면서 부러워한 적도 있고 시기, 질투까지 했던 적도 있었다. 하지만 30대가 되어 '셰프의 삶'을 진정으로 깨닫게 됨으로써 마음은 평온해졌고 많은 착오와 시련을 이겨낼 수 있었다.

생존을 위해 요리를 시작한 지 20년이 훨씬 지난 지금의 나는 40대가 되었고 주변의 많은 사람을 나만의 방식으로 돕고 있다. 지금 이 순간에도 20여 년 전의 나의 모습으로 살아가는 사람이 있다면 이 글을 통해서 '잘하고 있다', '포기하지 말고 계속해라'라는 말을 꼭 해주고 싶다.

이 글을 읽으시는 분 중에는 가족의 생계를 위해 늦은 나이에 느닷없이 요식업을 시작하게 되었거나 본인의 전공과 특기를 버리고 '요리사의 삶'

을 살게 되어 매일 주방 안에서 고군분투할 수밖에 없는 많은 분이 계실 것이다. 그리고 요리사가 되기를 희망하는 학생들에게 호텔과 대기업이 아닌 동네식당에서 근무하면서도 '셰프의 삶'을 살 수 있다는 것을 알려주고 싶었다. 생존을 위하여 정말 하기 싫었던 요리를 시작하게 되었지만, 나중에는 주방 일을 사랑하게 되어 '평생직업'으로 삼고 행복한 나날들을 보내고 있는 한 사람의 이야기를 담고 싶었다.

프롤로그

누군가는 별다른 노력 없이 평범한 삶을 살 수 있다. 하지만 그렇지 않은 누군가는 평범한 삶을 사는 척이라도 하기 위해서 정말 말도 안 되는 노력을 해야만 한다. 그런 노력에도 불구하고 결코 평범해질 수 없는 삶을 계속 살아가는 사람들이 존재하는 것 또한 현실이다. 나는 그런 억울함에 세상을 등지고 주방 한편에 숨어서 살아왔다. 짧은 학력과 작은 체격으로 해낼 수 있는 일만 하며 살아왔을 뿐이지만, 나의 경험담이 주방 일을 처음 시작하거나 식당 운영을 하는 사람들에게 작은 용기와 희망을 줄 수도 있다는 생각에서 글을 쓰기 시작했다.

사람들은 저마다 각자의 이유로 주방에 들어선다. 누군가는 가족을 위해, 누군가는 돈벌이를 위해, 가끔 취미나 게임처럼 요리하는 것을 즐기기 위해 주방에 들어오는 사람도 있다.

"주방일을 정말 직업으로 삼아 살아가는 현직 '주방 노동자'의 삶은 어떠할까?"

자세한 이야기를 들려주고 싶다. 이 글을 쓰고 있는 나의 목적은 단 하나이다. 이 세상의 모든 주방 노동자들이 꿈을 갖게 하는 것이다. 그것이 40대에 들어선 나의 꿈이고 희망이다.

"이 글을 읽고 있는 모든 예비 요리사들과 예비창업자들 그리고 모든 '오너 셰프'들이 꿈을 가지기를 원하고 '셰프의 삶'을 살기를 원한다."

'글을 어떻게 시작 해야 할까?' 많은 고민이 있었지만 역시나 정신적으로나 육체적으로 피곤한 상태에서 항상 글을 써왔기 때문에 이렇게 시작할 수밖에 없었다는 것을 이해해 주시기를 바란다.

"행복과 설렘으로 가득할 것 같은 '셰프의 삶'은 피곤함에 찌들어있다."

기본 주 6일 하루 12시간 근무 출퇴근거리가 멀다면 하루 중 14시간 이상을 서서 보내야 하는 극한의 고통을 겪을 수 있는 직업이 바로 요리사이다. 무좀과 습진은 기본이고 단단한 주방 바닥을 부단히 돌아다니며 무거운 식자재와 단단한 조리도구를 사용하는 요리사에게 관절염과 근육통, 굳은살은 요리사들에게는 오래된 친구이다.

"오늘은 오른쪽 등이 쑤시니깐 왼손을 많이 써야지!"

"오늘은 왼쪽 무릎이 아프니까 칼질할 때 왼발을 뒤로 빼야지."

보통 학교나 학원에서 일반적으로 배워왔던 올바른 자세와는 전혀 다른 자세를 취하고 있는 요리사들의 속마음은 이런 식이다. 그러니 나이든 요리사들의 자세를 너무 이상한 눈으로 바라보지는 말았으면 좋겠다.

뜨겁고 매쾌한 연기와 기름증기 그리고 쉴 새 없이 돌아가는 환풍기와 냉장고 등 각종 기계 소음들까지 한두 시간쯤은 참을 수 있겠지만 보통의 인내심과 체력으로는 하루 10시간 이상을 이곳에서 버티기란 절대로 쉽지가 않다. 요리사는 세상의 많은 직업 중에 체력적으로나 정신적으로 정말 힘든 직업 중 하나라는 것은 확실하다.

경력에 따라 나눠진 직급과 개개인에게 주어진 포지션의 임무는 반드시 해내야만 한다. 손님들께서 밀려들어 오는 시간과 모두가 빠져나간 시간은 눈 깜짝할 새처럼 보인다. 하지만 든 자리와 빈자리의 남은 음식물을 점검해 나가는 요리사들에게는 전혀 그렇지 않은 모습이다. 손님께서 입장하시는 순간부터 가게 밖으로 나가시는 순간까지 긴장을 늦출 수가 없다. 그래서인지 기나긴 근무시간은 더 길게만 느껴지는 듯하다. 군 장병들만큼이나 긴 하루를 견디어 내기가 버거운 것은 요즘 들어 셰프들에게 고객 응대와 마케팅, 배달주문/배달대행 프로그램 사용방법들까지 익히기를 바라는 오너들이 많기 때문일 것이다.

주말과 공휴일에 쉬지 않고 일하는 사람이다 보니 결혼식, 가족 모임 등 참석을 하지 못하는 경우가 많아서 지인들과 친척들에게 서운하다는 소리도 많이 듣게 된다. 1년에 한두 번씩은 손이나 팔에 상처 나 화상을 입는 것은 다반사이고 혹여나 그런 몰골로 평일 대낮에 동네를 거닐다 보면 백수 건달이나 불량배로 오해받는 경우도 많이 있었다. 그래서인지 요즘 들어 많은 사람이 요리사라는 직업에 대한 호기심을 가지지만 시작도 하기 전에 두려움도 가지는 경우도 많이 있다.

2020년 이느 날…. 서울도 아닌 지방에 작은 초밥집에서 월급쟁이 요리사로 근무하는 주제에 '셰프의 삶'을 논하고 감히 세상에 책을 내겠다고 선포를 했다.

"네까짓 게 뭔데?"

"잘도 쓰겠네!"

"미친 거 아니야?"

"누가 읽겠어?"

편잔도 질책도 많았지만 그만큼 응원도 많이 받았다. 대기업이나 호텔 대형식당에서 근무하는 대단한 셰프는 아니지만, 동네식당 요리사 아저씨가 '셰프의 삶'에 대한 책을 집필한다. 우리 동네식당에서 일하는 요리사 아저씨의 '요리 철학'과 '삶'을 대하는 태도 그리고 그의 '경영철학' 등을 소개하는 글이다. 그리고 '셰프의 삶'을 꿈꾼다면 한 번쯤을 읽어볼 만하다고 생각한다.

"꼭 셰프가 꿈이 아니라 할지라도 목표하는 것이 있고 미쳐보고 싶은 분야가 있다면 한 번쯤은 읽어볼 만한 책이라고 자신 있게 권장한다."

주변인들에게 흔히 미쳤다는 말을 들을 정도로 요리와 가게에 자기 삶의 모든 것을 쏟아붓고 있는 한 사람의 모습을 통해서 최선의 삶을 살아가는 인간의 모습, 열정과 용기, 근성과 꿈에 관한 이야기들을 하고 싶었고 이를 통해 '셰프의 삶'을 조금이나마 정확하게 알리고 싶었다.

"지금부터 '셰프의 삶'에 대한 이야기를 시작한다."

contents

chapter 1

내 인생을 풍요롭게
만드는 요리

"요리할 때 비로소 삶이 완성된다"

누구나 요리할 수 있다

— SECRET DIARY —

"맛있고 좋은 음식을 만들어 봅시다!"

수많은 식당 사장님들과 요리사들에게 맨 처음 드리는 말이다. 이 말은 나 자신이 가장 중요하게 생각하는 덕목이기도 하다. 그러면 맛있고 좋은 음식이란 과연 어떤 요리인가?

주변 사람들 그리고 요리사 모임에서 맛있고 좋은 음식에 대한 정의 물었다. 그런데 돌아온 답변은 너무 다양했다.

"간이 알맞은 음식"
"좋은 식자재를 사용한 음식"
"식감과 향이 좋은 음식"
"감동을 주는 음식"

"힘이 나는 음식"

"유명 셰프가 만들어낸 음식"

"조미료를 사용하지 않고 천연재료로 맛을 낸 음식"

"전 세계적으로 영향을 미친 요리"

"세월이 지나도 꾸준히 전수되고 있는 음식"

이것 말고도 수많은 대답이 나왔지만 '왜?'"좋은 요리"에 대한 정의가 사람마다 다를까? 그것은 음식을 먹는 사람들의 입맛과 먹는 목적이 제각각 다르기 때문이다.

단지 허기를 채운다는 목적 외에도 함께 식사하는 사람에게 용기, 행복, 믿음 등을 줄 수 있기 때문이다. 엄마가 몸살도 앓아누웠을 때 어린아이가 어머님께 처음으로 만들어드린 '계란 후라이'는 비록 테두리가 타버리고 기름 범벅이지만 그 맛은 정말 감동이었을 것이다. 친구들과 처음 여행을 가서 만들어 먹은 고추장찌개 맛은 서로에게 믿음을 주었으며 '해병대 훈련단'에서 한밤중에 동기들과 화장실에 숨어서 찬물에 불려먹은 라면 맛은 20년이 지난 시금도 나는 잊지를 못한다.

이런 요리들이 기억에 남고 맛있고 좋은 음식이었다면 '맛있고 좋은 음식'은 요리하는 사람의 '실력' 또는 식자재의 '질'과는 아무 상관이 없다는 것이 된다.

즉 **좋은 요리는 '목적'**에 따라 '상황'에 따라 누구나 할 수 있다는 것이다.

당신이 생각하는 "좋은 요리" 어떤 요리인가?

깊은 맛을 내는 국물 요리?

향신료의 풍미를 확실하게 즐길 수 있는 요리?

초밥 요리사로서 내가 생각하는 '좋은 요리'의 포인트는 '탁월한 식감'에 있다. 싱싱하고 탄력 있는 식감이 고객에게 잘 전달되면서도 턱관절에 무리를 주지 않아야 한다는 것에 중점을 두고 있다. 어떤 분야의 요리를 하든지 손님께서 수월하게 먹을 수 있도록 하는 것이 요리사의 가장 기초적인 임무라 생각한다.

내가 근무하는 초밥집을 찾는 손님들의 '목적'은 최고의 '식감'을 얻는 것이고 나는 그들이 원하는 목적을 이룰 수 있도록 해야 하는 '임무'와 '책임'이 있기 때문이다.

나는 비록 동네에 작은 식당 요리사일 뿐이지만 매일 세상에 에너지를 충전해 주는 사람이다. 사람의 생명을 유지해 주는 요리사라는 직업은 남녀노소를 불문하고 누구나 할 수 있지만, 누군가의 삶을 풍요롭고 행복하게 하고 있다는 것을 자각하고 있는 요리사는 얼마나 될까? 나는 그것을 깨닫게 된 후, 마음이 풍요로워졌다.

'누구나 요리할 수 있다.' 그러므로 누구나 행복할 수 있다.

일단 살아남아야 한다

SECRET DIARY

"살아남아야 명성도 있고 체면도 사는 거예요!"

백종원의 골목식당 둔촌동 네 번째 이야기에서 백종원 씨가 출연자들에게 진심 어린 충고로 한 말이다. 이 말을 들었을 때 정말 충격적이었다. 둔촌동 초밥집 사장님은 누가 보기에도 가게를 폐업하고 재취업하기에 충분한 스펙의 소유자이고 충분한 실력 있는 사람임에도 불구하고 굳이 작은 평수의 초밥집을 계속 운영하는 것이 이해가 되지 않았다. 나 역시 작은 평수의 초밥집을 운영하다 보니 빨리 때려치우고 대형 매장에 재취업해야겠다는 심정이 굴뚝같았던 시절과 시기적으로 정확하게 겹쳤기 때문에 더욱 동질감을 느끼면서 시청했다. 출연자의 가게는 초밥집이지만 초밥이 팔리지는 않고 돈가스가 훨씬 많이 팔리는 매장이라는 오명에서 벗어나고 싶어했고 가성비 좋은 초밥집으로 거듭나고 싶어했다. 몇 번의 상담과 주어진

솔루션을 해내는 모습은 정말 감동적이었다. 음식 장사를 하는 사람이라면 나처럼 동병상련의 마음을 가지고 시청했을 것이다. 비슷한 시기에 매출이 바닥을 치고 항상 우울해했던 시간이 떠올랐다. 나는 나 자신을 위로하며 스스로 각종 솔루션을 주었다. 어떻게든 살아남기 위해 5000원짜리 꽃송이 생선회와 1만 원 초밥 메뉴 4가지를 만들어서 버텨 냈던 시간은 죽을 때까지 잊지 못할 것이다. 8000원 9000원 초저가 초밥을 판매하는 푸드트럭이 가게 근처에서 영업하는 날이면 매출이 절반으로 떨어졌기 때문에 그 당시에는 손해를 보더라도 내놓을 수밖에 없는 메뉴들이었다. 마진은 전혀 없었다. 그저 홍보비용을 지출한다는 생각으로 판매했을 뿐이다. 1만 원이라는 저렴한 가격에 고급 초밥을 맛볼 수 있다는 것을 적극적으로 홍보했다. 저렴한 가격으로 '접근성'을 높이고 나를 알릴 기회가 되었다. 가격은 1만 원이었지만 얼마나 좋은 식자재를 사용하고 얼마나 정성을 기울였는지

활어 만원 초밥

연어 만원 초밥

참치 만원 초밥   새우 만원 초밥

사진을 보면 알 수 있다.

"일단 살아남아야 한다."

홍보 효과는 대성공적이었다. 물론 가게는 1년간 적자를 면하지 못했다. 하지만 그때의 홍보 효과를 통해 충분히 실력을 선보였고 이름을 떨쳤으며 지난 6년간 폐업하지 않고 지금까지 살아남을 수 있는 밑거름이 되었다.

"일단 살아남아야 한다!"

팔리지 않는 메뉴는
나쁜 메뉴일까?

식당 경영은 '음식 판매'라는 비즈니스를 바탕으로 수익을 내야 유지되기 때문에 어설픈 이상만 펼쳐서는 먹고 살 수 없음이 당연하다. 더불어 사업자에게 '좋은 메뉴'라는 자격을 얻으려면 '높은 판매량'이라는 요건이 필요하다. 팔리지 않는 메뉴를 만든 요리사는 결과를 냉철하게 돌아보고 반성해야 할 것이다. 그런데 반대로 팔리지 않는 메뉴는 모두 좋지 않은 메뉴인가?

나에게 묻는다면 결코 '아니다'라고 대답할 것이다. 애초에 마진과 구색 맞추기에 중점을 두고 만든 메뉴로서 아무도 모르게 사라진 메뉴들도 있겠지만 그중에는 제철 메뉴로서 가성비도 좋고 손님의 건강에도 좋은 분명 '좋은 메뉴'가 분명히 존재한다. 이렇게 팔리지 않는 메뉴는 크게 두 가지로 분류할 수 있다. 하나는 팔기 위해서 내놓았는데 안 팔리는 메뉴와 찾는 손님은 얼마 되지 않지만 판매할 의지가 있는 메뉴이다. 결과만 보면 다른 바 없지만, 메뉴 출품 의도는 전혀 다르다. 후자의 경우 팔리지 않을 것이라는 걸 알지만 '요리사의 신념'을 위해 출품한 메뉴이기 때문이다. 내가 근무하는 매장을 예로 들자면 겨울철 방어 회 초밥과 봄철 참돔, 농어회 초밥이 그렇다.

"바닷가에서 멀리 떨어진 이곳에서 제철 생선 초밥을 찾는 사람이 몇 명이나 있을 것인가?"

보통 광어와 연어를 찾는 것이 보통이고 냉동제품 초밥을 주로 즐겨 드시는 분들도 아주 많다. 인구수도 얼마 안 되는 나주 혁신도시 안에 30개가 넘는 초밥집, 횟집, 일식당 등이 들어서 있는데 중심지와 동떨어진 한적한 초밥집에서 이런 제철 생선을 메뉴로 내봤자 항상 판매량은 극히 저조했다. 그럼에도 불구하고 스스로 최고의 요리사라 자부하는 나의 고집은 계절마다 '제철 생선 메뉴'를 내놓게 했다.

제철 생선 메뉴를 찾으시는 몇 안 되는 손님과 자신의 발전을 위해서 계절마다 정말 맛있는 제철 생선 초밥을 반드시 만들겠다는 사명감까지 느끼게 되었다.

물론 결과는 항상 좋지가 않다. 특히 겨울철에는 일본산 방어를 사용하면 마진이 많이 남을 테지만 국내산만을 고집하다 보니 매출이 늘어나는 겨울철에도 적자를 면치 못하는 경우가 대부분이다.

처음부터 시장이 크지 않은 곳임을 알고 있었다. 기껏해야 4만 명 안팎의 작은 동네지만 고집 센 요리사의 '멍청한 사명감'으로 지금도 계절이 바뀔 때마다 6년째 제철 생선 초밥을 내놓는다.

"이런 것이 '셰프 삶'이라 생각하기 때문이다."

'셰프의 삶'을 살아가는 나에게는 '나쁜 메뉴'란 있을 수가 없다.

"주방 일을 본업으로 살아가다 보면 언젠가는 선택해야 한다."

'장사꾼의 삶'을 살 것인지 '셰프의 삶'을 살 것인지 선택은 둘 중 하나이다.

"나는 가난한 '셰프의 삶'을 선택했다."

"엄밀히 말하자면 '장사꾼의 삶'을 포기한 것이다."

상업주의에 빠져 요리사가 장사꾼이 되고 '제철 메뉴'를 내놓는 일에 소홀히 한다면 그 업장과 '셰프의 삶'은 쇠락의 길로 빠져버릴 것이다. 비록 업장은 유지될 수도 있겠지만 결코 즐겁게 요리하는 '셰프의 삶'은 살 수는 없을 것이다.

"'셰프의 삶'을 살아가는 요리사에게는 '나쁜 메뉴'가 존재하지 않는다."

뜬금없는 감사 인사

6년이라는 짧으면서도 긴 시간을 이곳에서 보냈습니다. 남들이 봤을 때는 말도 안 되게 운영시간이 들쑥날쑥한 매장으로 볼 수 있는 곳임에도 불구하고 많은 분께서 찾아주셔서 항상 감사할 뿐입니다. 프랜차이즈 매장이지만 개인사업자의 매장보다 훨씬 독특한 개성을 가진 매장으로 인식된 것은 그동안 이곳을 찾아주신 고객님들 덕분입니다. 정말 감사드립니다.

값비싼 재료를 이용하며 만들어진 마진이 거의 없는 메뉴들로 1년 중에 6개월 이상은 항상 적자를 면치 못하면서도 지금까지 참아주시고 믿어주신 백형민 사장님께 정말 감사드립니다.

꾸준히 찾아주신 고객님들과 큰 꿈을 가지는 사장님 덕분에 '셰프의 삶'이 무엇인지 알게 되었고 일개 노동자의 삶이나 장사꾼의 삶이 아닌 '셰프의 삶'을 살아갈 수 있게 되었습니다.

다시 한번 감사드립니다.

좋은 요리는
손님과 요리사 모두를 행복하게 한다

SECRET DIARY

현직 요리사로서 앞으로 식당 창업 또는 요리사가 되기를 희망하는 사람들이 '좋은 요리'를 만들어 주시기를 간절하게 바란다. 내가 생각하는 '좋은 요리'는 '먹는 사람이 행복해지는 것을 넘어 만드는 사람까지도 행복해지는 요리'라 생각한다.

물론 요리하는 사람이 행복하지 않을 때도 있다. 개인적인 사정을 제외하고 업무적으로 몇 가지를 뽑자면 생선의 생명을 빼앗을 때는 항상 마음이 아프고 생선 비늘을 벗겨낼 때 와 생선 살과 소고기 살을 썰어낼 때면 어깨와 허리가 아프고 목덜미와 뒷골이 당겨서 괴롭기까지 하다. 생선을 숙성시키기 위해 쉬는 날에도 어김없이 가게를 수시로 들락거리며 '고된 삶'을 살고 있지만, 손님께서 식사 중에 만족스러운 미소를 보이시거나 감탄사를 내뱉을 때마다 나는 이 세상 그 누구도 부럽지가 않다.

"이런 행복을 직장에서 매일 맛보며 사는 사람이 과연 세상에 몇 명이나 있을까?"

스스로 하고 싶은 일을 하면서 살아가는 사람은 전 세계에 5%밖에 되지 않는다는 놀라운 조사 결과를 보면서 생각했다.

"난 정말 행복한 사람이다! 내가 하고 싶은 좋은 요리를
    매일 하는 사람이기 때문이다."

손님과 요리사 모두를 행복하게 하는 것 그것이 바로 '좋은 요리'이다.

그러므로 서울에서 아주 많이 동떨어진 이곳 나주혁신도시 '나주목 초밥'은 정말 '좋은 요리'만 나오는 식당이다.

'좋은 요리'는 먹는 사람과 요리한 사람 모두를 행복하게 하는 것 말고도 또 다른 힘이 있다.

"아니 뭘 이런 걸 다 주세요?"

"이야~ 대단합니다. 정말."

"오늘은 예약하고 왔습니다~."

"역시나 맛있습니다."

"이렇게 주시면 남는 게 있나요?"

"너무 맛있어요~ 또 오겠습니다."

이런 말을 들은 날이면 한주의 피로가 풀리는듯한 기분이 든다.

고생스럽던 지난 시간을 모두 보상해 주는 듯하고 이런 말들과 칭찬 한 마디에 내일도 다음 주도 더 힘내서 최고의 식감과 맛을 유지하겠다는 각

오를 다지게 된다.

한마디로 '새로운 에너지가 생긴다.'라는 것이다.

좋은 요리는 맛보신 고객님을 행복하게 하면서 요리를 하는 사람까지 행복하게 만드는 것은 물론이고 '셰프의 삶'에 새로운 에너지를 넣어준다.

요리사로서 이런 행복함을 즐기지 못하면서 살고 있다면 당신은 요리 실력이 많이 부족하거나 좋은 요리를 내어 줄 수 없는 자리에 있을 것이다.

"좋은 요리를 내어주고 행복을 즐겨라."

'좋은 요리'를 만들어 낼 때만 '셰프의 삶'에 새로운 에너지가 충전된다.

고객 모두를
만족하게 하는 요리는 없다

─── SECRET DIARY ───

소형매장에서 소수의 고객을 만족하게 해라

요리사들과 공동으로 개발되어 나온 메뉴에 대하여 회의실에서 의견의 평균을 구하거나 다수결로 결정한 메뉴가 잘 나간 적은 결코 단 한 번도 없었다.

메뉴에 대한 가치판단은 손님이다. 80명이 맛없다는 반응을 보여도 20명이 맛있다고 느낀다면 그 메뉴는 팔리기 마련이다.

"먹고 싶은 사람은 먹을 테니 말이다."

즉 먹을 생각이 없는 사람에게까지 굳이 먹게끔 강요하거나 강조할 필요는 없다는 것이다. 예를 들어서 나는 매운 음식을 전혀 먹지 못한다. 나는 고춧가루 알레르기가 있는 특이체질이다. 나같이 특이체질인 사람들까지 기업 회의실에서 평균값을 구하는 데 포함된다면 지금 잘 나가고 있는 '매운 닭발', '매운 떡볶이', '매운 족발' 등의 메뉴가 전국을 휩쓸기는커녕 세상에 나오기조차도 정말 힘들었을 것이다.

　전국적으로 잘 팔리고 전국을 떠들썩하게 만들었던 요리들은 전문 요리사들이 공동 개발을 하거나 대기업 회의실에서 나온 것들이 결코 아니다. 오히려 작은 개인 매장에서 판매하던 것을 기업이나 대형 업장에서 벤치마킹한 것들이 대다수를 차지하고 있다는 것만 보아도 알 수 있을 것이다.

　요리의 맛의 평준화를 위해 노력하는 사람들에게는 미안한 말이지만 판매율이 높은 메뉴들은 대부분 작은 개인 매장에서 소수의 고객님을 위한 메뉴였다는 것을 인정할 수밖에 없을 것이다. 세상 사람들 모두가 각자 개성 있는 삶을 살아왔고 개성 있는 입맛을 가졌다는 것을 인정한다면 발전이 있을 것이다.

　그러니 개인 매장에서 근무하는 요리사들은 손님 각자의 개성을 존중할 수 있는 소수 마니아를 위한 메뉴들이 계속 나올 수 있도록 노력해야 한다.

　메뉴개발 부서에서 회의하다 보면 생각보다 부정적인 대답이 많이 나온다.

　"이 메뉴가 잘 팔릴까요?"라는 질문에 대해 팔리지 않을 이유는 누구든지 금방 떠오르겠지만 잘 팔릴 만하다는 이유는 쉽게 떠오르지 않기 때문이다.

　거기다 개발한 메뉴가 정말로 독창적이라면 다른 유사 메뉴나 비교할 만한 요리를 찾아보기도 힘들고 다른 업장의 메뉴와 비교하는 것 자체가 불가능하다는 것은 뻔한 이야기이다.

　비록 세상 사람 모두를 만족하게 할만한 메뉴는 없다는 것을 알지만 본인이 직접 개발한 메뉴를 회의실에서 당당하게 내놓고 "제가 책임지고 판매하겠습니다!"라고 말할 수 있는 사람도 역시나 찾기 힘들다. 왜냐하면, 회의실에서 결정된 메뉴라 해도 가격이 비싸거나 식자재 관리가 어렵거나 특별한 맛이라 판매 대상이 적을 수도 있기 때문이다. 다수가 함께 결정했어도 이렇게 항상 위험성 또한 존재하기 때문이다. 앞서 말한 것과 같이 오히려 대형 매장이나 큰 기업에서는 상상도 못 할 메뉴 개발과 개개인의 성장을 끌어낼 수 있는 곳이 소형매장이다. 나는 작은 매장에서 근무하면서 여러 가지 방법으로 마케팅을 하고 있고 수많은 메뉴를 개발하면서 시간을 보내며 진정한 '셰프의 삶'을 살아가고 있다.

닭 가슴살 깻잎 말이 초밥과 알 쌈 초밥 그리고 여름철 나주 배 냉 우동은 올여름에도 별 탈 없이 저조하게 판매되었다.

닭 가슴살 깻잎 말이 초밥 - 여름철에는 사람들이 삼계탕을 찾으니깐 닭 가슴살로 초밥을 만들었다. (깻잎은 그냥 내가 좋아한다.)

알 쌈 초밥 – 연어 알을 주문했는데 배송지의 실수로 날치알이 도착했다. 어쩔 수 없이 소비해야 했다. 그리고 지인 중에 농사짓는 분께서 쌈 채소를 주셨다.

나주 배 냉 우동 – 면이 두꺼우므로 간을 강하게 해야 한다. 쫄깃하면서

도 부드러운 면발의 시원한 우동이다. 시간이 오래 지나도 퍼지지 않는 것이 장점이다.(메밀이 부족했을 때 긴급하게 대처했는데 메밀보다 더 맛있어서 5년 전부터 지금까지 여름마다 내놓고 있다.)

판매량이 적지만 마니아분들이 있으심으로 내놓지 않을 수가 없다. 최고의 요리사가 근무하고 있는 식당도 역시나 "방문하시는 고객님 모두를 만족하게 하는 요리를 낼 수는 없다." 수많은 시도를 함으로써 손해도 막심하지만, 극소수의 마니아가 감동하고 행복할 수 있다면 손해를 보더라도 꼭 내년에도 내놓을 것이다.

고객님 모두를 만족하게 하는 메뉴는 있을 수 없다. 하루에 1명의 고객님이라도 꼭 만족하게 한다는 마음가짐이 중요하다.

나주 배 냉 우동은 나주시의 특산물로서 대기업이나 다른 지역에서 탐낼 만도 하다. 일본식 메밀에서 벗어나 우리 지역 나주 배 냉 우동으로 여름 별미를 제공하는 '나주목 초밥집'에서 여름철에만 제공하는 음식이다.

인간은 음식을 나눌 때
기쁨을 느낀다

SECRET DIARY

예비 식당 창업자님들 또는 조리과 학생들로부터 "어떤 요리를 배워야 할까요? 어떤 요리를 만드는 요리사가 되면 좋을까요?"라는 질문을 받으면 난 간단하게 대답한다.

"당신이 누군가에게 꼭 전수해주고 싶은 요리를 배워라."

"당신이 누군가와 꼭 나눠 먹고 싶은 요리를 해라!"

요즘 일반인들에게도 요리가 일상이다. 사랑하는 가족을 위해 요리하는 모습을 자주 볼 수 있고 특별한 날이나 여행을 가서 친구와 연인 또는 직장 동료를 위해 특별한 요리를 준비하는 때도 있다.

"각자 시켜먹으면 될 것을 왜 굳이 힘들게 요리하며 함께 나눠 먹으며 시간을 낭비하는 것일까?"

라는 의문이 들 정도로 형편없는 실력으로 굳이 나서서 노동하려는 모습을 볼 때면 대견스럽기까지 하다.

요리를 직접 하려는 다른 이유도 많겠지만 내가 봤을 때 그들의 노동의 이유는 '나눔의 기쁨'인 것이다. 그런 기쁨을 느끼기 위해 사람들은 힘들게 땀 흘려 노동을 한다. '일반인들이 생활 속에서 느끼는 요리의 기쁨을 요리 사들은 얼마만큼이나 느끼며 살고 있을까?' 음식을 만들어내는 일은 노동이다. 신성한 '노동행위' 자체로 삶에 의미를 부과할 수도 있겠지만 요리사는 평범한 회사원이 아니다. 주방노동을 '요리'라 칭했듯 식자재를 정확하게 헤아리고 다스릴 수 있을 때 '셰프의 삶'에서 기쁨을 느낄 수 있다. 즉 자신이 만들어낸 요리를 설명하고 함께 일하는 이들에게 가르칠 수 있어야 한다는 것이다. 방송에 나오는 셰프들을 보면 하나같이 본인의 요리를 잘 설명하고 요리하는 방법까지 잘 가르친다. 그들에게 특별한 메뉴와 특별한 기술도 있겠지만 기본은 본인의 음식을 잘 설명하고 잘 가르치는 것이다. 그런 기쁨을 느끼기 위해 피곤한 몸을 이끌고 방송조명 아래에 서는 요리사들은 정말 행복한 표정들이다.

아버지께서 월급날마다 사 오시던 노랑 봉투 안의 치킨을 펼쳐놓고 부위별로 살을 발라주시던 모습과 아이에게 숟가락질과 젓가락질을 가르치며 식사를 함께 나누는 가족의 모습, 사회초년생인 자녀가 생애 처음으로 인도 요리전문점으로 부모님을 모시고 가서 인도 요리를 먹는 방법을 설명해 주고 식사했다는 이야기 등을 떠올려 보면 인간이 음식을 나누며 설명하는 것에 기쁨을 느끼는 것은 어쩌면 당연한 일인지도 모른다. 상견례 식사문화와 결혼식 피로연 식사문화, 유교의 제사 문화, 가톨릭의 미사 문화까지 살펴보면 사회적으로나 종교적으로나 인간은 음식을 나누며 기쁨을 느끼는 것이 확실하다고 생각된다. 인간은 음식을 나눌 때 기쁨을 느끼는 존재인데 이것을 직업으로 삼아 살아가고 있으니 "우리 주방 노동자들은 얼마나 하루하루가 행복할까?"

그러므로 나는 함께 일해주시는 분들과 매일 음식을 나누고 있다. 초밥집을 운영하는 영업시간이 종료되기 전에 남은 식자재들을 이용하여 함께 일한 이들에게 항상 초밥 도시락을 싸드린다.(식자재 재사용은 있을 수 없는 일이기 때문이다.)

오후 1시 30분과 저녁 8시 30분, 항상 같은 시간이지만 내용물은 당일 영업시간에 안 팔린 것들이라서 항상 다양하다.

"버리면 쓰레기 먹으면 에너지 아니겠습니까?"(내가 매일 하는 말이다.)

"수고 많으셨습니다. 맛있게 드세요!"

힘들게 일하고 돌아가시는 분들과 매일 음식을 나누는 것은 또 다른 기쁨이다. 내가 근무하는 초밥집을 찾아오셨든지 우연히 들어오셨든지 나는 매일 그들과 음식을 나누며 행복을 느끼며 살고 있다. 이 책을 읽고 있는 당신과 글로서 이런 행복을 나눌 수 있어서 감사할 뿐이다.

chapter 2

나만이 가진
가치와 테마
발견하기

"모든 사람의 마음속에는 가장 사랑한 메뉴가 숨어 있다"

최고의 식자재는
가장 가까운 곳에 있다
— SECRET DIARY —

요리에는 이야기가 있어야 한다. 돈가스 전문점 요리사에게 '돈가스'라는 주제로 이야기를 만들어 보라고 하면 "그냥 본사에서 배웠어요. 돈가스에 무슨 이야기가 있겠어요?"라며 손사래를 치거나 "하는 일도 바쁘고 힘들어 죽겠는데 무슨 그런 거까지 신경 쓰겠어요."라고 말하는 사람들이 대부분이다.

매일 아무렇지도 않게 하는 '일'이 본인에게는 큰 가치가 없게 느껴질 수도 있겠지만 누군가에게는 '중요한 가치'가 될 수도 있다.

뜬금없는 소리지만 나는 19살이 될 때까지 단 한 번도 집에서도, 고깃집에서도 삼겹살을 구워 먹어 본 적이 없었다. 가족과 외식 한번 없이 살아왔기에 길가의 삼겹살집에서 고기를 굽는 모습을 볼 때는 거부감까지 있었다.

물론 몇 번의 먹을 기회가 있긴 했었지만, 도저히 먹을 수가 없었다. 핏

물이 뚝뚝 흐르고 비계가 두껍게 붙어있는 고깃덩이리를 불판에 올려서 굽는 것을 볼 때면 속이 거북했다. 기름 물이 뚝뚝 떨어지고 시커먼 거름이 끼는 걸 보면서 어찌나 헛구역질이 나던지 친구들과 고깃집에서 식사할 때도 항상 갈비탕이나 불고기를 따로 시켜 먹거나 자리를 피해버렸다. 정확하게 21년 전 2001년 가을에 처음으로 삼겹살을 먹게 되었다. 막내 선원으로서 갑판에 상을 펴고 헛구역질을 참으면서 삼겹살과 밥을 차려놓고서는 구석 자리에서 된장국과 밥만 깨작거리며 먹고 있는데…. 선장님께서 소리쳤다.

"너 이거 안 먹으면 내일 아침까지 먹을 거 없다~!"

"너 이거 안 먹어도 되지만 그러면 내일 아침도 삼겹살이라는 것만 알아둬라~!"

오랜 시간의 항차로 부식도 떨어졌고 방에 감추어 놓았던 과자도 모두 떨어진 지 오래되었고 정말 먹을 것이 없었기에 어쩔 수 없이 코를 막고 기름이 뚝뚝 떨어지는 고기 한 점을 집어 들어 쌈장에 찍어 입안에 넣었다.

누릿내가 나면서 입안에 돼지기름이 쏟아지는 찝찝하고 구토가 올라오는 느낌이 들있는데 …. "으…… 어…… 맛있다!???"

인도에서 한국으로 향하는 배 안에서 이틀간 일어난 삼겹살 파티에서 난생처음 삼겹살을 먹었다.

너무 맛있었다. 그 쫄깃한 식감과 담백한 맛 그리고 고소한 냄새 그때까지 나는 왜 이런 걸 안 먹으면서 살았을까? 하는 억울함과 아쉬움에 눈물이 핑 돌았다.

"우리나라에 '놈'이라는 글자가 들어가는 직업이 딱 두 가지가 있는데 뭔지 아냐?"

선장님이 물음에 나는 이렇게 대답했다.

"장사해서 먹고사는 상놈이랑 시골 사는 촌놈이요?"

내 말은 못 들은 척 선장님이 말했다.

"도둑놈이랑 뱃놈이다."

선장님은 신이 나서 우리는 뱃놈이라며 설명을 늘어놓기 시작했다.

도둑놈과 뱃놈은 공통점이 있는데 도둑놈은 언제 잡혀 들어갈지 모르고 뱃놈은 언제 소리소문없이 바다에서 죽을지 모르니깐 틈이 나는 대로 배불리 먹고 마시며 살아야 한다는 내용의 말이었다.

광부나 재소자도 편지를 주고받으며 살다가 죽으면 가족들이 시체를 수습할 수 있는데 뱃놈은 한번 해외로 출항하면 편지를 주고받거나 연락할 방법도 없고 한번 크게 사고 나면 시체를 찾기도 힘들기 때문이라는 이야기였다.

시간이 흐른 뒤 고등학교 동창이 선원 생활 중에 선박사고로 실종되었다거나 사망했다는 소식을 종종 들을 때면 내가 가장 사랑하는 메뉴 삼겹살이 확립되던 그 날이 떠오르곤 했다. 그날 이후에도 나는 틈만 나면 삼겹살을 수시로 구워 먹고 볶아먹고 튀겨먹고 삶아 먹었다. 나의 삼겹살 사랑은 아직도 진행 중이고 나와 처음 삼겹살을 함께 먹는 사람에게 항상 들려주는 이야기이다.

나의 삶에서 삼겹살을 정말 가장 사랑한 메뉴이고 최고의 식자재이다.

"안 팔려도 좋다."

"안 팔리면 내가 다 먹어버릴 것이다."

삼겹살 초밥

최고의 식자재는 멀리 있지 않다. 가까운 곳에서 찾아라.

남다른 체험이
남다른 요리를 만든다

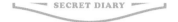

나에게 요리를 한다는 것은 상처와 저주 그리고 희망이었다

국립 부산해사고등학교 졸업 이것이 나의 최종학력이다. 나는 선원 생활을 하며 요리를 처음 익혔다.

"항해사가 되어 세계를 누비고 싶다." 또는 "드넓고 아름다운 바다가 너무 좋다는 그런 낭만적인 여유 따위는 애초에 없었다. 고등학교에 입학할 학비도 없었고 교복을 살 돈도 없었다. 중학교 3학년 때에는 학비가 밀려 담임 선생님께 수시로 귀싸대기를 맞았다. 교탁 앞에서 교실 벽까지, 복도 끝에서 복도 끝까지 운동 선수 출신이었던 담임의 폭력은 대단했지만, 나의 맷집도 대단했었다. 기독교 재단의 사립중학교는 돈에 미친 것인지 잘난 체육계 간부 선생님의 체면에 흠이 가는 것이 부끄러웠던 것이었는지 아니면 가난한 학생 따위는 그냥 학교를 그만두기를 바랬던 것이었는지…. 지금도 정말 궁금하다. 중학교를 졸업하기 위해 나는 돈이 필요했다. 그래서 나는 그때부터 범죄를 저지르기 시작했다. 동네 헬스클럽에 숨어 들어가 옷장에서 돈을 훔쳤다. 빈 가게 돈 통에서도 돈을 훔쳤고 동네 아이들의 돈을 뺏었고 중학교 학비를 냈다. '중학교 때 선생님들은 아실까?' 그들이 원하던 돈을 지급하며 생활은 겨우 이어나갔지만, 고등학교 진학이 문제였다.

오래전 집을 떠난 아버지를 찾아가 간곡하게 부탁을 드렸지만 돌아오는 말은 절망뿐이었다.

"국민학교만 졸업하고도 성공하는 사람들도 많은데 중학교까지 다닌 놈이 뭐가 불만이야!"

"정주영 회장 봐라. 이 새끼야!"

오랜 고민 끝에 학비를 안 내고 다닐 수 있는 고등학교를 찾기 시작했다.

그중에 눈에 띄는 고등학교가 하나 있었다 학비 면제, 교복 제공, 기숙사 무료, 식사 무료 학교를 졸업하기 전에 선원으로 취업할 수 있고 병역특례의 혜택까지 주어지는 곳이었다 부산 국립 해사 고등학교는 나에게 필연적인 선택이었다.

"남들이 군대에 갔다 오는 시간 동안 배를 타서 돈을 벌자! 그리고 대학에 가자!"

IMF 시절 인문계고등학교가 미달이 되고 실업계 고등학교가 경쟁률이 높았던 시기였다. 7:1의 경쟁률을 뚫고 전교 5등으로 부산 국립 해사 고등학교에 3년 장학생으로 입학할 수 있었다. 열악한 시설이었지만 시간은 생각보다 빨리 흘러갔고 취업도 전교에서 2번째로 나갈 수 있게 되었다.

나의 공부에 대한 열정과 꿈은 선원 생활 시작과 함께 주방에 서게 되면서 무너지게 되었다.

"야 이 썩을 놈아 밥도 안 해봤냐?"

"이새끼 김치찌개도 못 끓여!"

"배탄다는 놈이 매운탕도 못 끓이냐!"

"해주는 밥만 처먹어봐서 남 줄 밥은 개떡으로 만들어놨네!"

"너희 어미는 된장국도 안 끓여줬냐! 호박을 넣어야지!"

하루에 3번씩 아침, 점심, 저녁 정말 밥을 먹듯이 온갖 쌍욕을 먹었다. 업무적으로는 지적받을 일이 없었지만, 식사시간에는 꼭 지적을 받고 욕을 먹었다. 지난날 그들의 처지에서 생각해보면 조금은 이해할 수 있었다. 중학교도 졸업 못 하고 해기사 면허증이나 직급도 없이 허드렛일만 하면서 경력을 쌓아 선박기관사나 선박항해사가 된 그들의 눈에는 해운계열 최고의 명문 고등학교 출신의 실습 항해사가 정말 꼴 보기 싫었을 것이다. 대학을 갓 졸업한 신임소대장이나 부사관학교를 갓 수료한 신임부사관을 아랫사람들이 대하는 것과 비슷해 보이지만 상황은 전혀 다르다.

일단 20살 넘게 차이 나는 이들과 24시간 붙어서 지내야 했고 그곳에서는 나를 보호해줄 법률적 장치나 CCTV도 없었다. 그들은 나에게 복종할 의무도 전혀 없는 상황이다 보니 그들이 원하는 대로 식사를 맞춰줘야만 했다.

요리책을 사보면서 반찬을 만들었고 항구에 배가 붙어서 외출을 할 수 있는 날에는 피시방에 가서 레시피를 인터넷으로 검색해서 적어왔었다.

식사시간마다 곤욕을 치렀지만, 폭력과 욕설에 굴복하지 않고 출렁이는 주방에서 완벽한 식사를 끼니때마다 제공하는 것은 어느덧 나의 목표가 되었다. 정확하게 말하자면 욕먹기 싫고 두들겨 맞기가 싫었다. 그리고 나는 항상 배가 고팠다.

선원 생활 중 가장 힘든 것은 주방일이나 외로움이 아니라 수면 부족이었다. 선원들은 밤새 술을 마시다 취해 물을 마시러 주방에 들어와서는 냉장고 문을 열고 소변을 보는 일이 아주 많았다. 소변은 닦아내면 그만이지만 냉장고 문을 닫지 않아 식자재가 상하는 경우가 종종 있었기 때문에 다음날이면 식사를 준비할 수가 없었고 그런 날은 어떤 말로도 표현하지 못할 만큼 정말 힘이 들었다.

냉장고의 식자재를 지키기 위해 일주일에 2번 이상은 자다가도 일어나 냉장고 앞을 지켜야만 했었다.

시간이 많이 지났어도 식사시간에는 반찬이나 국의 간이 맞지 않으면 밥그릇과 수저가 얼굴로 날라왔다. 지금도 크고 작은 상처들이 나의 얼굴에는 고스란히 남아있다. 중고등학생 때 즐겨 마시던 커피를 그때 끊었고 지금까지도 나는 커피를 마시지 않는다. 이런 위험하고 고된 시간을 견딘 덕분에 20년이 훨씬 지난 지금도 주방에서 항상 민첩하고 순발력 있는 요리감각을 발휘할 수 있다. 이 세상 그 누구와 견준다고 해도 자신 있게 내가 최고라고 당당하게 말할 수 있는 것 또한 그들 덕분이다. 지금도 어떤 요리를 하든지 기가 막히게 간을 잘 맞추는 요리사로 살고 있다.

자랑삼아 이야기하자면 지금 작은 초밥집을 운영하고 있는데 초밥의 생선 하나하나가 간이 모두 다르고 반찬과 각종 소스와 드레싱의 농도와 간 또한 모두 다르다. 그 때문에 입맛이 정말 예민한 사람들은 이것을 알아차리고 반드시 재방문하신다. 날아오는 밥그릇과 젓가락을 피하며 간을 맞추지 못할 때마다 얻어터지며 특수훈련을 받은 사람이다 보니 세상 누구보다 거칠지만, 누구보다도 친절한 요리사 또한 될 수 있는 것이다.

"난 이 세상 누구보다 간을 잘 맞추는 최고의 요리사라고 자신 있게 말할 수 있다."

남다른 경험이 남다른 요리를 할 수 있게 만들어 준 것이다. 악몽 같은 기억이고 그때는 죽고 싶을 정도로 괴롭기만 했다. 세월은 지났고 어렸던 나에게 폭력을 행사했던 그들에게 죄책감이 남아있을 테지만 나에게는 '남다른 요리 실력이 남았기에 스스로 승리자라고 생각한다.'

악몽 같은 기억들이 떠오를 때마다. 지금의 나는 얼마나 편하고 행복하게 일하고 있는지 하루하루가 즐겁다.

"주방이 답답하고 시끄럽고 다리가 아프다고 누가 징징거리는가?"

내가 흔들리는 좁은 선실 안에서 기름 냄새를 맡으며 요리하던 사람이다 보니 요즘 친구들의 힘들다는 말에 공감하지 못할 때가 간혹 있다.

"육지에 붙어있는 주방만큼 깨끗하고 편한 곳은 없었다!"

버럭버럭 소리를 지르고 성격이 안 좋은 주방장이라는 말을 들을 때마다 정말 서운하다. 나는 항상 친절하게만 대하는데 어떻게 그런 말이 나오는지 놀라울 뿐이다.

"지금 주방일이 힘들고 괴롭다면 이 말을 기억해라."

"남다른 체험이 남다른 요리를 만들어낸다."

전국에 수많은 횟집과 매운탕 집이 있다. 하지만 간이 안 맞을 때마다 날아오는 쇠젓가락과 밥그릇을 피해 가면서 어린 시절부터 특수훈련을 받아온 요리사가 끓여주는 매운탕과 비교할 수 있겠는가?

"나의 초밥집의 매운탕은 피와 땀 그리고 눈물까지 서려 있는 진정한 맛이 난다."

최고의 요리사를 만드는
3만 시간의 법칙

SECRET DIARY

1만 시간 동안 한 분야에 깊게 파고들면 전문가가 될 수 있다는 '1만 시간의 법칙'이라는 이론을 누구나 한 번쯤 들어봤을 것이다.

과연 그럴까? 주방에서 1만 시간 동안 일하면 주방장이 되는 것일까?

구체적으로 계산해 보자.

하루에 9시간씩 1년이면 약 3000시간이고 어림잡아 3년~4년이라는 시간을 보내면 1만 시간에 도달한 셈이다. 그래서인지 요즘 들어 3~4년 정도 일을 배우거나 창업특강을 듣고서 작은 참치 집이나 기계 초밥집 등을 개업하는 젊은 '주인 겸 주방장'들이 많이 늘어나고 있는 듯하다. 분야에 따라 다르겠지만 간소화된 메뉴와 간결한 상차림만으로 식당을 개업한다면 충분하다고 본다. 1만 시간을 투자했다면 누구나 프렌차이즈 분식 식당 정도는 개업할 수 있고 배달 전문점을 하기에 충분한 실력이 될 것으로 생각한다.

하지만 대형 매장이나 깊은 맛을 내는 업장에서는 최소 10년 이상의 경력을 가진 주방장을 원한다. '10년이면 강산도 변한다'라는 말처럼 주방업무에 10년 이상 종사한 사람이라면 전에 어떤 일을 했던 사람이든지 주방업무에 적합한 사람으로 변해 있을 그것으로 생각하기 때문이 아닐까? '1만 시간의 법칙' 대로 조리기술에 몰두하여 기술에 통달하였다 해도 한 분야에 10년 이상 몰두할 수 있는 의지와 자신만의 신념을 가진 사람보다는 부족한 면이 많이 있을 테니 말이다.

면접을 보면서 "제가 잘 할 수 있을까요?"라고 말하는 사람을 결코 주방 책임자로 고용해서는 안 된다. '스스로 믿지 못하는 사람에게 어떻게 생업을 맡길 수가 있겠는가?' 자신의 자부심과 고집으로 똘똘 뭉친 사람이 필요하다. 쉽게 말해 최소한 하루에 9시간씩 10년 이상을 주방에서 시간을 보낸 사람이 필요한 것이다.

즉 "주방에서 3만 시간 이상을 보낸 사람이 필요하다."

나는 이것을 '3만 시간의 법칙'이라 부른다. 10년은 의사 선생님이 의과 대학을 졸업히고 전문의를 딸수 있는 시간이다. 천주교 신부님이 대학을 마치고 사제서품을 받기 위한 최소한의 시간이기도 하고 중고등학교와 대학 졸업을 한 사회 초년생의 학력을 나타내기도 한다. 10년이라는 시간은 어떻게 보면 길기도 하지만 짧다면 정말 짧은 시간이다.

요즘같이 100세 시대를 살아가는 가는 우리에게 음식에 있어서만큼은 '1만 시간의 법칙'을 들먹일 수는 없다. 섬세한 요리 실력을 갖추기에는 1만 시간은 너무나도 짧기 때문이다. 세상은 너무 빨리 변화하고 있고 사람들의 입맛과 감각은 너무나도 예리하다. 하루 12시간 주6일을 일하는 주방 경력자들 앞에서는 '1만 시간의 법칙' 따위는 통하지 않는다. 최소 '3만 시간'을 버텨야 한다. 그리고 최고의 요리사가 되기 위해 다시 한번 도전하라!

10년 이상 '셰프의 삶'을 살아온 사람이란

- 가게 사장님과 희로애락을 함께한 사람
- 동료들과 공감대가 형성되는 사람
- 가게와 함께 겪어온 문제해결 능력이 있는 사람
- 축적된 비결이 정리된 사람

이런 능력을 갖춘 사람이 필요하다.

그러므로 최고의 요리사를 만드는 데는 최소 3만 시간이 필요하다.

나에게 가끔 요리를 어디서 배웠는지 계속 캐묻는 사람들이 있다. 그럴 때마다 시원하게 대답하지 못하곤 한다. 어디서부터 이야기를 꺼내야 할지도 모르겠다. 나는 배우기보다는 맞으면서 그냥 시작했고 성인이 되어서는 전국을 떠돌며 스스로 공부해 왔는데 누구한테 어디서 배웠는지를 물으니 대답하기가 정말 힘들다. 나보다 한참 어린 친구가 물을 때는 이렇게 대답을 한다.

"입이 있고 손이 있으면 먹어보고 따라 해보고 스스로가 익혀 가는 거지 누가 감히 나를 가르칠 수 있겠어?"

"요리는 배우는 것이 아니라 스스로 익히는 것이다."

아무리 많은 요리책을 보거나 훌륭한 스승이 있다고 한들 스스로 깨닫지 못한다면 '셰프의 삶'을 살 수 없다. 주방에서 3만 시간을 보내며 스스로 익혀 나가야 한다.

요리사가 되기에 유리한 사람은
따로 있다

SECRET DIARY

누구나 요리사가 될 수 있다. 다만 분명히 훌륭한 요리사가 되기에 유리한 사람과 불리한 사람은 존재하기 마련이다. 어떤 직업이든 분명히 자질이 뛰어난 사람이 있는 것은 사실이다. 결론부터 말하자면 '대가족과 살아왔던 사람'이 요리사가 되기에 유리한 사람이다.

예를 들면 집안에 조부모님까지 모시는 대가족으로 살아온 사람과 3~4인 핵가족으로 살아온 사람과는 확연히 구별된다. 생활 속에 녹아있는 다양한 입맛들과 여러 취향의 다양한 음식을 생활 속에서 즐기며 살아온 사람들이 그렇지 않은 사람들과의 차이가 있다는 말이다.

그리고 주방업무문화는 가족문화와 비슷하다. 성별노 나이도 체력도 모두 다르지만 가족생활처럼 얽히고설키기 때문이다.

20년 넘게 각자 살아온 남녀가 결혼 후 한집에 살면서 불편함을 느끼며 살면서 곧잘 다투듯이 주방 직원들끼리의 자잘한 다툼은 늘 있는 일이다.

특히 대형식당에 취직하고 나면 대가족에 시집을 온 새색시처럼 긴장되고 불편한 점이 한둘이 아니다. 많은 사람과 하루 10시간 이상 한 곳에 있다 보니 인간관계와 관련한 여러 가지 문제점까지 일어나기 마련이다.

"시집살이는 벙어리 3년 귀먹어리 3년이라고 누가 말했던가?"

주방 생활은 10년을 그렇게 보내야 한다. 싫은 소리를 들었어도 못 들은 척 넘어가야만 했고 하고 싶은 말이 있어도 참고 넘겨야 하는 일들이 많이 있다.

이런 점에서 대가족 생활을 하며 자라온 사람과 그렇지 않은 사람의 역량에서 차이가 나는 것은 어쩔 도리가 없다.

주방 직원들 간의 '갈등에 대처하는 방법'과 부정적인 말투를 가지고 있거나 성장이 느린 주방 직원에게 '긍정적인 대답을 얻어내는 기술'은 정말 터득하기 힘든 일인 것 같다.

그밖에 '주방 직원끼리의 틀어진 관계를 회복하는 방법', '불평불만을 내뱉는 아랫사람이나 윗사람을 대하는 방법' 등은 대학이나 학원에서는 전혀 배울 수 없을 것이다. 하지만 이런 것들을 대가족과 생활을 했던 직원이 잘 해결해 나가는 것을 자주 보았다. 주방에서 각자 맡았던 포지션 변경에 따른 인수인계와 기술전수에 있어도 대가족으로 살았던 직원이 더욱 잘 가르치고 아랫사람을 야단치는 것 또한 잘하며 직원들의 사기를 끌어 올리는 일도 곧잘 하곤 한다. 많은 인원이 좁은 주방에서 업무를 하며 하루 중 절반 이상을 함께 보내기 때문에 직접적으로나 간접적으로 이런 체험과 사례를 접할 수 있었다.

주방일에 종사하는 사람끼리의 끈끈한 가족문화에 적응하는 동안에 나는 얼마나 많은 시행착오를 겪어 왔는지 이루 말할 수 없다.

내가 지난 세월 동안 주방에서 주로 들었던 말들이다.

"말을 해도 왜 그렇게 하세요?"

"너만 잘났지? 너만 잘났어!"

"고만해라 실수를 하더라도 두 번 이상 지적하지 마!"

"너는 형도 없고 동생도 없냐?"

"그런 식으로 어떻게 주방장을 하겠냐?"

나의 대답은 항상 "네 죄송합니다", "정말 죄송합니다. 몰랐습니다"였다.

이것만 읽어도 대충 감이 올 것이다. 지금도 동료를 대하는 일은 정말 힘들다. 가족은 아니지만, 가족같이 대해야 한다는 것이 또한 정말 힘들며 약간의 거리감은 있지만 친근하게 대한다는 것 또한 지금도 정확하게 파악하지 못하고 있다.

"셰프가 되기에 유리한 사람은 대가족으로 살아온 사람이다."

숙련된 조리기술과 화려한 경력보다 가족 간의 유대관계가 깊은 사람이 오래갈 수 있고 직원들을 잘 이끄는 훌륭한 셰프가 될 수 있다는 것은 확실하다.

멋진 외모와 화려한 기술, 훌륭한 레시피와 멋진 유니폼 등에 현혹되어 셰프를 꿈꾸는 많은 학생이 있지만, 그들에게 꼭 실질적인 조언을 해주고 싶다. 요리사들 또한 인간이고 한 가정의 가장이며 인간관계를 잘 풀어가는 사람이 그 자리에 설 수 있다는 것이다.

간혹 특급 호텔이나 대기업의 셰프를 꿈꾸는 학생들이 많으므로 그들을 필요한 요건을 정확하게 정리해 보았다.

첫째 부모님과의 대화가 잘 통하는 사람이 되어야 한다.

주방에 들어서면 부모님 나이뻘의 사람들이 대다수이다. 자기를 낳아준 부모님과도 대화가 통하지 않는 사람이 어떻게 늙은이들과 매일 대화를 나누며 생활하고 주방에서 살아남을 수 있을지를 생각해 보아야 한다. 일단 그들과 대화가 통해야 진급에 유리할 것이다.

두 번째 학생 때 교우관계가 좋았던 사람이 뛰어난 팀워크를 발휘할 수 있다.

무거운 것도 함께 들어야 하고 더러운 것도 함께 치워야 한다. 마음에 들지 않는 친구라고 외면하거나 무시하거나 차별하는 성격이라면 결코 살아남기 힘든 곳이 바로 주방이다.

세 번째 외국어 과목을 포함한 학과 성적이 우수했던 학생이 진급시험에도 무난하게 통과할 수 있다는 것을 꼭 알아두었으면 좋겠다.

특히 호텔 조리용어는 외국어로 이루어져 있고 레시피와 조리도구 역시 모두 외국어로 이루어져 있다. 팀장과 주방장 역시 외국인인 경우가 대부분이다. 의사소통되지 않는 직원을 정직원으로 채용할 일은 전혀 없다. 그러므로 "외국어 공부는 필수"다.

요리를 사랑하고 좋아하는 것은 기본이고 요리사를 직업으로 선택한 사람이라면 체력은 필수이기 때문에 따로 말할 필요도 없는 것이다. 본인이 대가족으로 살아온 사람이 아니라면 이 세 가지는 꼭 명심했으면 좋겠다.

"요리사가 되기에 유리한 사람은
 분명히 따로 정해져 있다."

10만 원을 벌기 위해
100만 원을 쓰는 요리사

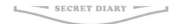

계절이 바뀔 때면 같은 내용의 전화를 받는다.

"실장님 코스트가 너무 높아서 지난달은 적자인데요 '제철 생선회 초밥' 그거 이번 달은 안 하시면 안 될까요?"

전화기 너머로 대표님의 굳은 표정이 보이는 듯하다. 부탁처럼 들리지만, 경고장을 받은듯한 긴장감이 생기 나는 상기된 표정으로 딱 잘라서 말했다.

"대표님! 저는 안 팔리고 손해를 보더라도 제철 생선 초밥을 만들고 싶습니다."

누군가 이런 대화를 옆에서 듣기라도 한다면 의아하게 생각하는 사람들이 많을 것이다. 지능이 떨어지거나 본업이 식당이 아닌 사람이라고 생각할 수도 있을 것이다.

"안 팔릴 것을 알면서 왜 내놓는가?"

라고 반문하는 사람들도 있다. 하지만 집 근처나 본인이 다니는 회사, 학교 근처 초밥집에 가서 식사를 해보면 이해가 갈 것이다.

모듬 초밥이나 점심 특선 메뉴 구성내용을 보면 광어 2, 연어2 그리고 나머지는 냉동제품 또는 김밥(롤) 등으로 채워놓은 곳이 대부분인 초밥 매장들이다.

어디에 붙어있는지도 모르는 나라에서 냉동되어 우리나라에 입국한 소라, 한치, 가리비 등의 냉동제품들이 해동되어 초밥으로 만들어져서 판매되고 있다.

냉동제품이다 보니 좋은 식감은커녕 언제 다시 얼렸다가 녹였는지도 알수도 없고 모양은 그럴싸하지만, 맛은 없다. 맛있게 드시는 분들도 계시겠지만 요리사가 천직이라고 생각하며 살아온 나의 입맛에는 분명히 맛이 없다. 그것을 나를 찾아온 손님께는 도저히 드릴 수가 없다.

요즘은 광어와 연어까지 슬라이스 작업 되어 냉동 포장되어온 제품으로 초밥을 만들어 판매하는 곳들까지 나왔다. 밥도 기계에서 적당한 크기로 뭉쳐져서 나온다.

저렴한 가격에 많은 양으로 판매하면 소비자가 원하는 '가성비' 좋은 초밥집 '착한 가게'가 된다고 생각하는지 그런 걸 찾는 사람들도 많아졌다.

"나 홀로 '제철 생선'을 고집하지만, 마진은 얼마 되지도 않고 파리가 날리는 우리 가게 와 비교하면 그저 씁쓸할 뿐이다."

초밥 요리사를 꿈꾸는 많은 사람이 제철 생선 초밥을 배우고 싶다고 이야기를 많이 한다. 그럴 때마다 나는 거들먹거리는 것처럼 보이겠지만 진심으로 이야기한다.

"아……. 그건…… 써먹을 일은 거의 없을 텐데요……."

사실 봄·여름·가을·겨울 제철 생선을 내놓고는 있지만, 양식이 잘되기 때문에 요즘은 '제철 생선'이 따로 없는 것도 사실이고 가게운영자로서는 100만 원을 투자해서 10만 원도 못 버는 메뉴를 내놓는 것 자체가 말도 안 되는 것 또한 사실이다.

"동네 바보 요리사 아저씨"

"손해 보는 괴짜 요리사"

"평생 집도 차도 못 사는 가난뱅이"

"죽을 때까지 장가도 못갈 빚쟁이" 등으로 불리지만 나는 "이 세상을 '셰 프의 삶'으로 살아가는 몇 안 되는 진정한 요리사"라고 자부한다.

10만 원을 벌기 위해 100만 원을 쓰는 요리사라는 소리를 듣는 사람이 바로 나다. 그렇게 말이 안 되지만 철마다 계속 제철 생선 초밥을 내놓는 것은 '이것이 바로 나만이 할 수 있는 서비스'라고 생각하기 때문이다.

"날짜와 시간까지 정해서 드시러 오시는 손님들이 계시는 이상 결코 멈 출 수가 없다."

마진이 거의 없다는 이유로 손님께 실망하게 해드릴 수는 없기 때문이 다. 이것은 제철 숙성 회의 참맛을 아시는 몇 안 되는 손님들을 위한 나만 의 특별한 서비스라고 생각한다.

"10만 원을 벌기 위해 100만 원을 쓰는 것" 이것이 내가 생각하는 '셰프 의 삶'이다.

내가 근무하는 초밥집은 지난 6년 동안 12개월 중에서 6개월 이상이 항상 적자였지만 아직도 버틸 수 있는 것은 내가 '장사꾼의 삶'을 살지 않고 '셰프의 삶'을 살고 있기 때문이다. 그를 통해 몇 분 안 되시는 입맛 까다로운 손님들께 기쁨을 드리는 것보다 나에게 중요한 것은 없다.

"적자인 달은 외식을 적게 하면 된다."

유니폼을 입고 출퇴근을 하므로 계절이 바뀔 때마다 옷을 사지 않아도 된다. 조리복을 종일 입고 있으며 주방 조리화를 하루에 12시간 이상 신고 있으므로 10년 넘게 입고 있는 옷도 많고 신발 밑창도 닳지 않았기 때문에 새 구두를 살 필요도 없다.

'셰프의 삶'을 사는 나에게 외출복과 멋진 구두는 필요가 없다.

그 돈으로 더 좋은 식자재를 구매해서 더욱 새롭고 맛있는 메뉴를 만들 수 있는데 외출복 따위에는 신경 쓰지 않는다. 요리사를 꿈꾸는 학생들과 직장인들께 한 말씀을 드리자면 "초라한 복장이 부끄럽다면 애초에 이 길로 들어서지 않기를 바란다."

초라한 복장보다는 시들어있는 식자재를 사용하고 냉동제품으로 초밥을 만들어 판매하는 것이 더 초라하고 부끄러운 일이라고 생각한다.

"100만 원을 쓰고 10만 원을 벌면 어떠한가?"

내가 당당하고 행복하다면 되는 일이다.

"나는 이 세상에서
   가장 멋진 최고의 요리사이다."

광어 초밥

농어 초밥

참돔 초밥

우럭 초밥

손님이 감동하는
요리의 비밀

SECRET DIARY

최고의 요리사는 멍청한 의무감이 있다

"음식은 정성이다."

"음식에는 정성과 마음을 담아야 해!"

말은 좋지만 정말 음식에 정성을 다하는 가게가 있을까?

틈만 나면 식자재를 재사용하려 하고 어떻게든 손님 1명이라도 더 받아서 한 푼이라도 더 벌기 위해 회전율을 높이려고 청소를 대충 하려는 가게들이 정말 많이 있다.

'정성'이란 무엇일까? 온갖 힘을 다하려는 참된 성실한 마음이다. 참된 성실한 마음을 갖기 위해서는 물이 흐르듯이 가게 영업이 막힘없이 잘 흘러가야 한다. 가게 영업 중심에는 주방운영이 있다. 주방운영을 잘하기 위해서는 음식이 나가는데 끊김이 없어야 한다. 각 포지션의 주방 직원들이 주문과 조리 실장의 지시에 따라 톱니바퀴처럼 일정한 간격과 순서대로 움직여줘야 제대로 된 음식이 나온다. 제대로 된 음식이 나오더라도 조리되어 주방에서 만들어 낸 온도와 손님상에 도착해서 드시는 온도까지 계산이 맞아떨어져야 '손님이 감동하는 요리'가 되는 것이다.

손님이 감동하는 요리를 만들어내기 위해서는 남다른 노력이 필요하다. 남들과 같은 시간에 출근하고 같은 시간 때에 퇴근하며 남들이 쉴 때 똑같이 쉰다면 남들과 같은 수준의 요리만 나오는 것은 당연한 이치가 아닐까? 남들과 다른 시간에 출근을 하고 퇴근 해야 하며 남들이 쉴 때도 움직여줘야 정말 남다른 감동적인 음식이 나오는 것이다.

특히나 초밥집은 숙성 회를 기본적으로 사용하는 매장인데 아침마다 생선을 잡아서 점심 저녁에 사용하는 곳은 잘못된 것이다.

최고의 식감과 감칠맛을 내기 위해서 최소한 하루 전날 준비를 해놓아야만 한다. 굳이 당일 아침에 준비해야겠다면 적어도 영업시간 5시간 전에는 생선 손질이 끝나고 숙성에 들어가 있어야 한다. 당일 아침에 생선을 잡는 가게의 생선 살은 초밥으로 사용하기에는 부적합하다. 숙성이 되지 않아 감칠맛이 떨어질뿐더러 비린내가 날 수밖에 없다. 아침에 잡은 생선은 피가 깨끗하게 빠지지 않았기 때문에 하루 전날부터 준비하고 피를 빼낸 생선보다 피비린내가 나는 경우가 많기 때문이다.

손님께서 초밥의 생선 살이 비리다고 불만을 제기하였는데 "오늘 아침에 잡은 건데요!"라며 눈을 동그랗게 크게 뜨고 억울한 듯 변명하는 멍청한 사람들도 꽤 많이 있는 것을 볼 때마다 그저 놀라울 뿐이다.

당일 아침에 잡은 생선은 눈에 보이지는 않지만, 핏기가 남아있는 경우가 많다. 한두 시간 만에 핏물이 모두 빠지지 않는 것은 당연하기에 피비린

내가 날 수밖에 없다.

그래서 "나는 1년 365일 중에 쉬는 날이 없다."

매주 월요일이 가게 휴무이기는 하지만 꼭 저녁 시간이면 가게에 나와서 생선을 잡고 숙성을 시킨다. 그리고 일정한 시간마다 위치를 바꿔주면서 천갈이를 한다.

누가 시킨 것도 아니다. 이렇게 하는 것을 그 누가 알아주는 것도 아니다. 하지만 내가 알고 손님이 알고 비교 받는 가게의 사장님들은 알 것이다. 휴일마다 행하는 나의 고된 노동은 오로지 영업이 시작되는 화요일 점심시간에 찾아주시는 고객님만을 위한 것이다. 한 주의 시작도 아니고 끝도 아닌 어정쩡한 화요일은 손님이 많은 것 또한 결코 아니다. 오히려 화요일은 손님이 없는 날이 대부분이다. 하지만 이렇게 화요일 영업에 만전을 기하는 것은 우연히 화요일에 찾아오신 재방문 고객님께서 실망하시는 것 또한 나로서는 정말 용납할 수 없기 때문이다.

다른 요일에 방문했을 때와 화요일 방문했을 때를 비교하여 맛이 차이가 나거나 어설픈 식감을 선보이는 것은 나에게는 절대로 용납할 수 없는 일이기 때문이다.

"최고의 요리사들에게는 멍청한 의무감이 있다."

그것은 최고의 맛을 낼 수 있는 시간을 계산해놓고 그것을 영업시간에 정확하게 맞추는 것이다. 이것은 초밥 요리사뿐만 아니라 다른 분야의 요리사들도 반드시 행하고 있는 것들이다. 한마디로 요리사는 자기만의 '루틴'을 정해놓고 일한다. 대단한 사업가나 운동선수는 아니지만, 요리사라면 자신만의 루틴이 필요하다. 스시웨이 나주혁신 점 나주목 초밥은 감동적인 맛이 나오는 시간이 정해져 있다.

화요일부터 일요일까지 오전 11시~오후 1시, 저녁 6시~저녁 8시 정확한 시간에 맞춰서 최고의 맛이 나오도록 시스템화되어 있는 것이다. 물론 쉬는 날에도 직접 가게에 나와야 하는 불편함이 있지만, 이것이야말로 손님께서 감동하는 요리의 비밀이 아닐까?

나의 삶은 각박하다 못해 살벌하게 느껴질 만큼 기계처럼 이런 틀에 고정되어있다. 1년 중에 365일을 모두 가게의 주방시스템에 맞춰서 살아가고 있으니 말이다. 남들이 볼 때는 괴로워 보이고 멍청해 보이겠지만 나만의 원칙을 매일 하루도 빠지지 않고 지키며 살고 있으므로 하루하루가 즐겁기만 하다.

당신이 요리사 또는 '오너셰프'라면 스스로 생각했을 때 스스로가 불쌍하다거나 괴롭다고 느껴지는지 아니면 스스로가 대견하고 자랑스럽게 느껴지는지 생각해보면 알 것이다. 난 항상 초라한 옷차림이고 가게에 얼 메어 있는 각박한 삶을 살고 있지만, 이 세상 누구보다도 자유롭고 이 세상에서 최고의 삶을 살고 있다는 자부심을 느끼며 살아가고 있다.

"'셰프의 삶'이란 이런 것이다."

하나의 음식점에는
하나의 테마가 충분하다

SECRET DIARY

모든 음식점에는 하나의 테마가 존재해야 한다. 하지만 간혹 하나의 음식점에서 여러 가지의 테마를 이야기하려는 사람들이 있다.

퓨전 요리를 하더라도 테마가 해산물이면 해산물, 육류면 육류, 치킨이면 치킨이어야 한다. 코스요리 전문점이나 뷔페식당도 아닌데 이것저것 섞여 있다면 식사를 마치신 분의 기억에 뭐가 맛있었는지 각인시키기가 정말 힘들 것이다. 내가 초밥 전문점을 운영하는 이유는 초밥이라는 한가지 요리에 대해 집요하고 철저하게 파고들고 싶었기 때문이다. 초밥 요리는 한점 한 한점마다 테마가 있다.

요즘 들어 초밥집을 운영하면서 중식 요리와 치킨류 또는 파스타 등을 함께 판매한다는 곳들도 꽤 많이 있다. 한 가게에서 여러 가지 종류의 음식을 판매한다는 것은 대단히 부지런해 보일 수도 있겠지만 그 가게의 규모가 작다면 그만큼 전문성이 떨어지는 욕심쟁이 장사꾼이라고 생각할 수밖에 없다. 왜냐하면, 메인으로 판매하는 요리와 겹치는 식자재가 아닌 여러 가지 메뉴가 있는 경우에는 운영에 차질이 생기기 마련이고 주문이 잠시라도 밀리게 된다면 주방의 동선도 엉키게 되기 때문이다.

영업을 시작한 지 1년도 되지 않아서 문을 닫게 된 곳을 예로 들자면 고깃집이었지만 주방냉장고 한구석에 연어, 국밥, 치킨 등을 보관하며 영업을 했었다. 그곳은 주문내용에따라 주방 한편이 연어 전문점, 국밥집, 치킨집으로 잠시 바뀌곤 했었다. 그날 팔리지 않으면 다음 날 판매하면 되고 다음 날도 안 팔리면 다시 냉동시켜놓았다가 다음 주에 해동시켜서 판매하면 된다는 계획이었지만 2개월마다 한가지씩 메뉴를 계속해서 늘리다 보니 결국은 쌓여만 가는 식자재들을 감당하지 못하게 되었고 미수금도 갚지 못한 채 폐업하고 말았다. 요즘 들어 유행인 듯이 냉동 또는 냉장 원 팩 제품을 사용하면서 여러 가지 음식을 판매하는 매장들이 부쩍 늘었다.

추가광고를 늘리고 노출도를 높이면 직원 한두 명 인건비 정도는 뽑아먹을 수 있다는 생각으로 메뉴를 늘려나가는 곳들이 '과연 잘될 것인가?' 열에 하나, 눌은 살될 수도 있다. 하지만 잘되지 않았을 때 사업자 본인도 피해를 보겠지만 고객님들은 정신적인 피해까지 보게 될 것이다. 또한, 동종업계 종사자들까지도 싸잡아서 욕을 먹게 된다. 전국적인 감염병(코로나 19)으로 정말 사회적 여건상 어쩔 수 없는 사정으로 하게 된다면 하루 10인분 또는 20인분으로 일정한 양을 정하고 한정판매를 해야 한다. 그리고 그것은 1~2개월 정도로 짧게만 하여야 한다. 샬인샵용 제품은 설코 질이 좋을 수가 없다. 한두 달은 좋은 질의 제품을 받을 수는 있겠지만 그 이상은 장담할 수 없다. 계절 또는 유행을 타는 제품이라면 오래가지 못 할 것은 당연한 이치이기 때문이다. 제품의 공급자 역시도 주력메뉴가 아니므로 대량생산된 제품들을 냉동창고에 쌓아 두었다가 새로운 가맹점에 덤핑처리되어 들어가는 경우가 대부분이기 때문이다.

요즘 들어 원 팩 시스템으로 튀기거나 데워서만 배달 보내기만 하면 되는 국밥, 면류, 튀김류, 볶음류 등의 샵인샵 매장영업을 유도하는 광고들이 자영업자 카페와 창업카페에 눈에 띄게 많이 등장하고 있다. 전국적인 감염병으로 배달/포장이 대세이기 때문이다.

튀기거나 데우는 것도 귀찮은 것인지 원 팩 포장된 그대로 가져가야 하는 밀키트 매장까지 동네마다 우후죽순으로 생겨나고 있다.

전국적으로 확산하는 밀키트매장들 중에는 정말 나쁜 사람들이 종종 있다. 본사에서 가르쳐준 중간이윤을 높이는 작업이라며 매장으로 배송된 제품을 2배 3배 양을 늘리기 위해 시들시들한 양배추, 콩나물 등과 소금물을 넣어서 양을 늘리고 이윤을 남기고 있다. 이런 식으로 영업을 하다 보니 동네 마트에서 판매되는 이름있는 유명업체 냉동제품보다 질과 양 모두가 부족할 수밖에 없고 훌륭한 밀키트 매장들까지 싸잡아서 욕을 먹는 사태까지 벌어지는 실정이다.

냉동되어 온 제품을 해동해서 잘게 나누고 다시 냉동시켜 진열해놓는 음식은 아무리 실력자가 조리 한다고 해도 결코 맛있는 요리로 만들어내기가 쉽지 않을 것이다.

"하나의 식당에는 하나의 테마를 유지해야 한다."

"양다리는 사절이다."

오직 나만 쓸 수 있는
기술을 연마하라

— SECRET DIARY —

술 상무 요리사는 한물갔다

주방 직원 면접을 보러오는 사람들에게 간혹 이런 질문을 한다

"지금까지 어디에 돈을 많이 쓰셨나요?"

내가 원하는 내답은 '외식비' 또는 '학원비' 등인데 서○○이라는 분의
대답은 황당했다.

"허허~ 제 뱃속에 그랜저가 3대 정도 굴러다닙니다."

"거의 매일 2차까지 갑니다~."

황당하고 기가 막힐 노릇이다. 술꾼들은 근태가 좋지 못하고 입맛이 자
극적이라서 채용하기를 꺼리는데 술을 많이 먹은 것을 자랑삼아 이야기한
다는 것이 이해할 수가 없었다.

'일주일에 두 번 이상 술을 마시는 사람이 간이나 똑바로 볼 수 있을 것인가?'

이런저런 생각들로 머릿속이 복잡해질 때쯤 본인이 더 황당하다는 표정을 지으며 "왜 그러세요? 다른 사람들도 20년 정도 주방일을 했다면 보통 그 정도는 마시지 않나요?"라고 말했다.

일식당에서 일을 오래 하다 보면 손님께서 권하는 한 잔술 두 잔 술을 받아마시고 이왕에 살짝 취했으니 퇴근 후에 한잔 더하고 들어가는 날들이 많아졌고 주방 책임자로서 밑에 직원들과 어울리고 친해지기 위해 한 달에 한두 번씩은 회식했다는 것이다.

당사자에게는 당연한 일이지만 주변 사람들이 듣기엔 좀처럼 이해가 잘 되지 않는 일들이 종종 있다. 술이 중간이윤이 많이 남고 손이 많이 가지 않기 때문에 술로서 매출을 올리려 든다면 차라리 술집을 해야 한다.

흔히들 술 상무, 매출담당이라고 불리는 사람들이 주방에 1명이라도 있으면 같이 일하는 사람들은 괴롭기만 하다.

본인의 포지션의 업무를 다른 사람에게 떠넘기고 손님방에 오래 머물거나 당일 작업량을 깜빡하는 일들이 빈번하기 했기 때문이다. 그리고 손님이 뜸해서 술을 못 마시는 날은 안절부절못하거나, 신경질적이라 주변 사람들이 눈치를 보게 하는 일들도 많았다. 손님께서 주시는 술을 잘 받아먹고 비싼 술을 잘 권해서 매출을 올려주는 기술은 한편으로는 대단한 영업기술이지만 그런 술 영업 기술자를 현시대에는 원하지 않는다.

"술 잘 먹는 술 상무 요리사는 이제 한물갔다고 볼 수 있다."

지금 시대에 도태된 자들이라고 생각한다. 영화나 드라마에서 등장하는 요리사들이 손님과 대화를 하며 술을 마시는 장년들이 간혹 나오기는 하지만 그것은 극히 일부분일 뿐이다. 이런 단편적인 면만을 보며 당신이 요리사를 꿈꾸거나 식당 창업을 목표로 하고 있다면 다시 한번 생각해보기를 바란다.

"술 상무 요리사는 한물갔다."

주방 직원의 기본기

각자의 주방 위치에서 주어진 일을 매일 해내다 보면 숙달되어 시간도 단축되고 요령이 생긴다. 그 때문에 일반인들이 보았을 때 요리사들은 업무상 스트레스를 받는 경우가 거의 없을 것으로 보이겠지만 실제로는 일반 직장인과 별반 다를 것이 없다. 게으른 조리부장의 업무를 나눠서 해내야 하는 경우도 많이 있고 지각/결근이 잦은 직원의 업무를 다른 직원들이 나눠서 해야 하는 상황이 빈번하게 발생하기 때문이다.

그런 매상의 요리사들은 엄청난 스트레스를 받게 된다. '일이 힘들기보다는 사람이 힘들다'는 말은 인간이 덜된 불성실한 소수의 사람 때문에 주변 사람들이 힘들어진다는 뜻이다.

"기본 중의 기본은 제시간에 출근하는 것이다."

출근 시간을 지키지 않는 사람은 이 세상 어떤 직장을 다니더라도 대우받지 못할 기본이 안 된 사람이다. 20대 시절 근무하던 매장에서 항상 제일 일찍 출근하는 나에게 정말 어이없게도 이런 말을 하는 사람도 있었다.

"너는 기본기가 모자라다!"

　라는 말을 처음으로 들었을 때 나는 속으로 생각했다. '나처럼 기본기가 모두 잘 갖춰진 최고의 요리사인데 무슨 개소리일까?' 그때 당시에는 전혀 이해할 수 없었지만, 지금은 정확하게 알고 있다. '기본기'가 부족하다고 들었던 것은 나는 어린 시절부터 주방일을 해왔기 때문에 주방의 모든 것을 다 안다고 생각했던 나의 자만심이 표정과 행동에서 조금씩 나타났기 때문이다. 그러므로 오랜 주방 경력자들 눈에는 나의 학습 태도가 나빠 보였을 것이다. 그런 오해를 받은 후에는 누군가에게 인수인계를 받을 때와 새로운 메뉴를 교육받을 때는 알고 있었던 내용이라 하더라도 꼭 메모하고 그렇게 기록해 둔 것을 교육한 사람 또는, 인수인계해준 사람에게 다시 한 번 보여주고 확인을 받는 습관을 만들어버렸다.

　20년이 다 되어가는 지금도 새로운 직원이 오면 수첩과 볼펜을 꼭 손에 쥐여준다. 여기서 일을 계속할지 아니면 다른 곳으로 가서 일하게 되더라도 이렇게 메모하는 것이 기본이라는 것을 항상 이야기한다.

　흔히들 말하는 기본기는 썰기와 다지기 등 칼질이나 초밥 쥐기, 팬 돌리기와 같은 조리기술이 아니다. '꾸준함과 배우려는 자세'가 바로 주방에서의 '기본기'이다. 아무리 칼질과 초밥 쥐기를 잘한다고 하여도 꾸준히 제시간에 출근하지 못하고 지각 결근이 많은 직원은 '기본기가 부족한 사람'이다. 오랜 경력을 쌓았고 성격이 좋더라도 함께 일하는 주방 책임자의 스타일에 맞춰주지 못하는 부진한 학습능력을 갖추고 있다면 그런 직원 또한 쓸모가 없는 기본기가 모자란 사람일 뿐이다.

　'기본기'는 사람의 생활습관이고 그동안 쌓아왔던 생활습관이 '인간의 됨됨이'로 나타나는 것이다. 아무리 좋은 학교에 다녔이도 학창시절 출결 상태가 좋지 못했거나 수업시간에 학습 태도가 불량했던 학생들은 어김없이 첫 직장에서 오래 견딜 수가 없을 것이다. 잦은 지각과 무단결근으로 함께 일하는 동료들을 힘들게 하고 부진한 학습능력으로 본인에게 주어진 업무량을 소화하지 못하는 경우가 많다. 그런 사람에게는 수많은 잔소리가 따라오기 마련이다. 기본기가 부족한 사람 중에 몇몇은 가르침을 잘 참고 배워나가지만, 지금까지 10년 넘게 지켜본 바로는 '기본기'가 부족한 사람은 꼴에 싫은 소리는 듣기 싫어서 곧잘 그만둬 버리는 경우가 대부분이었다.

신입 주방 직원의 이력서를 보면서 면접을 볼 때는 '기본기'에 대한 공식을 적용하며 대화를 해본다.

보통아침에는 몇 시에 일어나는지, 전 직장의 출근 시간과 업무 내용을 들어보면 그 사람의 생활 태도와 '기본기'를 어느 정도 알 수가 있다.

기본기 = 생활 습관(0.8) + 학습능력(0.1) + 학습 태도(0.1)

생활습관이 좋지 못한 사람이라면 아무리 학습 태도와 학습능력이 뛰어난 사람이라도 채용하지 않도록 적용한 공식이다.

"기본기는 사람의 됨됨이다."

인간의 됨됨이는 한 번에 고치거나 바꿀 수가 없다. '기본기'를 갖추기를 원한다면 생활방식을 앞당겨야 한다. 나는 주방 책임사가 된 지 10년이 훨씬 넘었지만 지금도 '기본기'를 유지하기 위해 다른 직원들보다 가장 먼저 출근하고 있다.

조리기술의 기술연마는 간절함으로 개발된다

얻고자 하는 조리기술과 완벽하게 만들어내고 싶은 메뉴가 있다면 어떤 일보다 그 일을 먼저 하는 습관이 되도록 해야 한다. 그렇게 하지 못하더라도 얻고자 하는 조리기술이 있거나, 완벽하게 셰프와 같은 메뉴를 선보이고 싶은 간절함이 있다면 학창시절 쉬는 시간마다 운동장에서 뛰어놀 생각으로 머릿속이 가득 차 있었던 아이들처럼 그렇게 오전 일과를 시작해야 한다.

만들어 보고싶어 했던 메뉴가 하루 종일 주문이 들어오지 않거나 조리할 타이밍이 내 손에 들어오지 않은 날이 있을 수도 있다. 설사 주문이 들어오더라도 조리할 시간에 내가 다른 식자재를 손질해야만 하는 날들이 있을 수도 있을 것이다. 하지만 거기서 포기하지 않고 끝까지 인내할 수 있는 사람만이 승리할 수 있다. 이것은 입에 발린 거짓말이 아니다.

솔직한 경험담을 한 가지만 말하자면 10여 년 전 경기도 고양시 일산의 고급 일식당에서 근무하는 동안 나는 단 한 번도 손님께 초밥을 만들어 드린 적이 없었다. 생선을 손질하거나 튀김과 볶음요리를 주로 했었다. 요리에 대한 간절함으로 남들보다 2시간이나 일찍 출근하고 궂은일을 도맡아서 해왔지만 1년이 다 되어가는 시간 동안 결국 단 한 번의 기회도 나에게는 찾아오지 않았다. 먼저 입사한 선배 요리사를 원망하였고 주방장을 원망하고 가게 사장님도 원망했다. 어떤 가르침도 없었기에 나에게는 어떤 발전도 없다고 생각했기 때문이다. 원망은 증오로 바뀌었고 증오는 무기력으로 변해버리고 말았다. 시키는 일만 잠깐 하고 나서 핸드폰게임을 하며 시간을 보냈을 뿐이다. 어느 날 음식물 쓰레기를 비우는데 손님께서 드시지도 않은 초밥이 수두룩하게 나오는 것을 보며 "이곳은 앞으로 얼마 못 가겠다."라는 생각이 들었다. 하지만 그날부터 나에게는 알 수 없는 오기가 다시 발동하기 시작했다. 나는 날마다 그것들을 주섬주섬 골라내서 맛을 보고 만지기 시작했다. 가게가 앞으로 얼마 가지 못해서 문을 닫게 되리라는 것을 확신하기 시작했고 그런 조급함에 투지가 불타올랐다. 초밥을 배우고 싶다는 나의 간절함은 나를 나만의 연구에 몰두하도록 했다. 그 당시 내가 근무했던 곳은 서울과 경기도를 통틀어 유명 연예인과 저명인사들이 즐겨 찾는 정말 유명한 일식당이었다. 나는 영업시간에는 선배 요리사들의 손놀림을 유심히 관찰하고 늦은 밤에는 음식물 쓰레기통을 뒤져서 상한 생선 살과 버려진 밥을 꺼내어 초밥 쥐기를 연습했다. 쉬는 날에는 선배들에게 책을 빌려보며 연습했다.

그때의 그 간질힘은 지금의 나를 행복하게 해준다. 그토록 오랜 세월이 지났지만, 어제와 같이 생생하게 기억이 난다.

"그때 내가 얼마나 간절했는지 떠올려 볼 때마다 가슴속이 불처럼 타오른다."

열정과 꿈으로 가득했던 음식물 쓰레기통을 뒤졌던 20대 시절의 내 모습은 40대가 된 나의 모습에서는 전혀 찾아볼 수 없지만, 지금도 가끔 힘들 때면 지난날들을 떠올리며 혼자 피식 웃곤 한다.

지금의 길고 긴 근무시간과 각종 소음과 열기로 가득 차 있는 열악한 근무환경에서도 나에게 행복함을 주고 있는 것은 바로 그때의 그 간절함이 아닐까?

"음식물 쓰레기통의 생선 살과 밥알로 정성을 다해 연습했던 덕분에 난 이 세상 누구보다도 깨끗하고 정성이 가득한 초밥을 쥘 수 있는 사람이 되었다."

"조리기술의 연마는 타고난 재능이나 특별한 사람의 가르침만으로는 결코 크게 개발할 수 없다."

반드시 자기 자신이 스스로 깨달음을 얻어야만 한다. 자신만의 깨달음을 얻기 위한 간절함 또한 필요하다. 그 간절함을 유지하고 기억하는 사람만이 멈추지 않고 계속하여 성장할 수가 있다.

즉 "조리기술의 연마는 '간절함'으로만 크게 개발이 된다."

》 일산의 일식 골목의 음식물 쓰레기통을 뒤지던 도둑고양이 같던 요리사는
》 지금의 #요리연구가심은일 #나주야옹이당 으로 활동중입니당.

독창적인 요리를
만드는 방법

— SECRET DIARY —

어떤 점이 독창적인가? (차별화 전략)

같은 식자재를 이용하고 같은 레시피로 음식을 여러 사람이 만들면 모두 같은 맛이 날 것 같지만 조금씩 맛이 다르다.

"간단하게 끓여 먹는 리면도 끓이는 사람마다 입맛에 따라 조금씩 다른 것이 사실인데 손이 많이 가는 요리는 오죽이나 할까?"

그처럼 한 스승 밑에서 '똑같은 요리'를 배워왔어도 살아온 환경과 개개인의 신체구조 그리고 개개인의 성향에 따라 '같은 요리' 만든다 할지라도 맛은 조금씩 다르게 나타나기 마련이다.

정확한 계량을 원칙으로 오븐을 사용하는 제과점과 빵집들도 살 나가는 빵과 메뉴가 조금씩 다른 것을 보면 역시 만드는 사람마다 맛이 조금씩 다르다는 것을 알 수 있을 것이다.

　같은 가맹점 치킨집이지만 지점마다 '맛이 다른 것인지' 지역마다 '선호하는 브랜드가 다른 것인지' 정확하게는 알 수가 없겠지만 지점마다 매출의 차이도 큰 것을 보면 나는 후자보다는 전자라고 생각한다. 일주일에 한 번씩 한꺼번에 닭을 받는 매장인지 3일에 한 번씩 받는 곳인지 날마다 받는 곳인지는 가맹점주의 요청에 따라 달라지기 때문이다. 이렇게 가맹점주의 자질에 따라 가맹점 치킨집도 맛에서 차이가 난다. 그렇다면 만드는 사람과 관리하는 사람에 따라 맛이 조금씩 다른데 뭐하러 "굳이 독창적인 요리를 개발할 필요까지 있을까?"라는 의문을 가진 적도 있었다. 김치찌개 전문점이나 고깃집들 맛이 비슷비슷 하다는 것은 당연한 이치이다. 하지만 더 찾게 되는 곳과 덜 찾게 되는 곳은 왜 확실하게 구분이 가는 것일까?

　그것은 바로 고객님들께서 입맛에 따라 선호하는 메뉴에 따라 구분을 하셨다면 다른 곳들과는 확실하게 구분이 되도록 '차별화'가 필요하다는 결론에 도달하게 된다.

　'파닭'이 처음 나왔을 때와 '오븐구이 통닭'이 처음 나왔을 때를 돌이켜보면 정말 독창적이고 확실하게 구분이 가는 차별적인 맛으로 전국적인 인기를 누렸다.

　하지만 추가로 대파를 올린 치킨과 오븐구이 통닭은 시간이 지나 가맹점들이 늘어나면서 그저 그런 흔한 메뉴가 되어 버리고 말았다. 요리사로서 삶을 이어나가는 나에게는 시간이 지나도 흔한 메뉴가 되지 않는 오래갈 수 있는 '독창적인 메뉴'가 필요했다.

　"독창적인 요리를 만들기 위해 무엇을 더 해야 할까?"

고민하던 중에 고객님들께 무엇을 '더 드리기보다는 빼는 것이 어떨까?'라는 생각을 하게 되었다.

"팥빙수에 '인절미 떡'은 빼주세요."

"설렁탕에 소면은 빼주세요."

라는 말처럼 같은 돈을 지불하지만 입맛에 맞지 않는 부재료를 빼달라고 요청하는 사람들이 많다는 것을 알 수 있는데 이것을 초밥집에서 적용했다. 보통 모듬 초밥이라 하면 광어2 연어2 참치1 냉동제품 초밥 5개 또는 롤이나 김밥을 끼워 넣는다.

내가 초밥을 먹을 때에는 절대 넣지도 않을 것이고 먹지도 않을 것들인… 초밥 재료들…. 국적도 정확하게 알 수 없는 '냉동 가리비', '냉동한치', '냉동 소라' 등을 손님께는 가격을 낮춰놓았으니 곁들여서 드시라고 나도 모르게 강요하고 있다는 생각이 들었다. 새로운 냉동제품을 추가로 넣는 것 또한 독창적이라기보다는 '끼워 넣기' 식의 강제 판매이다.

"일명 '평균단가 낮추기'라고 할 수밖에 없는 장사꾼들이나 하는 짓을 그만두어야 한다."

나만의 독창적인 모듬초밥을 손님께 제공하기 위해서는 점심 특선과 모듬초밥에 들어가고 있는 '냉동제품'을 모두 없애야 한다고 생각했다.

무엇을 더했다기보다는 빼내기였다. 냉동제품으로 된 가리비, 한치, 유부, 소라 등을 빼내고 '계절 생선'과 '연어' 그리고 '생선구이 초밥' 등으로 그 자리를 채웠다. 재료비가 차지하는 비용이 음식 가격의 절반 이상을 웃돌게 되었지만 과감하게 진행했다.

하지만 일반인이 봤을 때는 유난히 비싼 가격인 것은 사실이다. 예약문의 전화가 걸려오면 모듬초밥 가격을 듣고 비싸다며 끊어버리는 손님들도 계시고, 왜 모듬초밥 가격이 2만원이 넘는지 따져 물으시는 분들도 많이 계셨지만 나는 고집대로 밀고 나갔다.

가격은 비싸지만, 가성비가 훨씬 좋은 메뉴라는 것과 냉동제품이 들어가지 않는 차별화된 모둠 초밥이라는 것 그리고 생선 초밥 하나하나가 숙성시간이 길어, 보이지 않는 피까지 제거하고 수분을 줄였기 때문에 다른 일반매장과 비교 했을 때 생선 살이 훨씬 찰지고 맛있다는 점을 강조했다.

시간이 지나자 많은 분이 공감하시기 시작했고 특히나 평일 점심시간에는 오전 11시 이전에 예약해야만 방문할 수 있을 정도로 많은 분이 찾아주시기 시작했다.

모듬 초밥

무엇인가를 더 주기보다는 안 좋은 것을 빼버리겠다는 '차별화'된 생각이 흔하고 흔한 메뉴를 독창적인 메뉴로 만들었다.

가성비에 대한 오해

많은 분이 착각하는 부분이 있다.

"이 집은 가성비가 갑이야!"라는 말을 들어 본 적이 있을 것이다. 하지만 막상 그곳에 가보면 딱 정확하게 사장님께서 수익을 많이 낼 수 있는 구성의 음식인 경우가 대부분인 경우가 많았다.

아니면 대기시간이 길어서 식사시간에 30분 이상을 기다려야 먹을 수 있는 곳들이었다. 아무리 싼값에 좋은 음식을 먹을 수 있다고 해도 1시간 가까이 시간을 허비하게 하는 곳이라면 가지 않는 것을 권한다. '시간'은 돈으로 환산할 수 없을 만큼의 가치가 있다. 특히나 짧은 점심시간에는 10분이라도 일찍 음식이 나올 수 있는 정말 '가성비'가 좋은 식당을 찾아야 한다.

길고 긴 대기시간으로 허기를 반찬 삼는다면 뭐든지 맛있을 것이다.

"허기진 배를 움켜잡고 기다린 시간을 제외하고 가성비를 계산하는 것은 크나큰 착각이다."

착한○○, 바른○○ 이처럼 가게 이름 앞에 '착한' 또는 '바른'이라는 말을 붙이고 영업하는 곳이 정말 많아졌다.

"그런 곳은 정말 '가성비'가 좋거나 '바른' 곳일까?"

'가성비'란 '가격 대비 성능의 비율'을 줄여서 이르는 말인데 정확하게 따지고 보면 대부분 그 가격이 적당하게 알맞은 음식들이었다. 초밥집을 예를 들자면 점심 특선 9500원~12000원이라는 가격을 내걸고 우동 한 젓가락, 냉동제품 초밥 4~5개 김밥 또는 롤 2개가 주로 구성하고 있고 정작 생선회 초밥은 2개~3개밖에 들어가지 않는다.

손님 입장보다는 가게 사장님 입장에서 '가성비가 갑'이라고 밖에 보이지 않는데 일단 가게 이름을 그렇게 만들어 놓았으니 가게 이름만큼의 적당한 가격을 걸고 그 가격에 걸맞은 적당한 식자재를 찾아 넣을 수밖에 없을 것이다.

장사꾼들이 광고를 그렇게 하고 있고 일반인들은 가격만 낮으면 '가성비'가 좋다고 생각한다는 것이 어쩔 수 없는 현실이라고 다들 말하지만 나는 그런 안타까운 현실에 안주하지 않고 현실적으로 '가성비'가 진심으로 최고인 '점심 특선'을 만들어냈다. 내가 근무하고 있는 **나주목 초밥**(스시웨이 나주점)은 점심 특선 가격이 18,000원이다.

냉동제품 없이 100% 수제 초밥이고 초밥 하나하나가 독창적인 맛을 이루는 초밥으로 구성되어있다.("냉동 유부, 냉동 소라, 냉동한치, 냉동 가리비, 김밥(롤) 등으로 양을 채우지 않습니다", "냉동제품과 김밥 따위를 끼워 넣어 마진을 올리지 않습니다"라고 자랑스럽게 크게 써 붙이고 싶었다.)

18000원이라는 가격은 점심으로 먹기에는 가격이 상당하므로 메뉴판을 자세히 보지도 않고 메뉴판을 덮고 나가버리는 손님들도 많았지만 나에게 **점심 특선**이란 메뉴는 말 그대로 '점심시간에 즐길 수 있는 특별한 선택'이 되어야 한다고 생각한다.

10개의 정성이 가득한 독창적인 초밥들과 우동 전골 또는 매운탕을 후식으로 곁들여 먹을 수도 있다.

독창적인 요리를 위해 무엇을 더하거나 보태지 않고 고객님 입장에서 눈으로 바로 확인할 수 있도록 냉동제품 초밥 비율을 줄여나가다 보니 독창적인 모둠 초밥과 남다른 점심 특선이 탄생하였다.

점심특선

• 재료비를 5000원을 사용하고 판매가격 12000원 점심특선을 판매하는 A가게
• 재료비를 14000원을 사용하고 판매가격 18000원 점심특선을 판매하는 B가게

"당신이 봤을 때 어떤 가게가 고객님께 정말 '가성비'가 좋은 식당인가?"

점심특선이 유난히 싼 가게들이 많은 이유는 재료값이 저렴하거나 전날 남은 식자재를 재사용하는 경우가 대부분이기 때문일 것이다. 그런 곳은 대부분 to day 초밥 또는 런치특선 따위의 이름을 붙인다.

"귀한 점심시간을 많이 빼앗기거나 자주 배가 아프다면 그곳은 반드시 피해야 한다. 직장인에게 '시간'과 '건강'은 금보다 귀하기 때문이다."

독창적인 요리의 우선순위

평범한 메뉴도 독창적인 요리로 만들 수 있다. 일단 독창적인 요리를 만들려면 본인만의 우선순위를 두어야 한다. 식감과 비주얼이 우선인지 맛과 향이 우선인지를 먼저 생각해야 한다. 단 가게의 회전율과 매출 그리고 식자재 비용과 마진을 우선으로 먼저 생각한다면 그곳은 결코 오래 갈 수 없을뿐더러 요리사로서 더 이상의 성장을 기대할 수는 없을 것이다.

당신의 짧은 경력과 자신 없는 요리 실력 때문에 우선적인 기준을 정하지 못하였다면 메뉴의 이름이라도 독창적으로 우선순위로 정해야 한다. 앞서 말한 것과 같이 개개인은 모두 독창적이지만 그 독창성을 표현하기 위해서는 메뉴 이름부터가 첫걸음이라 생각한다.

어디를 가나 고깃집은 많이 있고 고깃집마다 된장찌개 또는 김치찌개가 있을 것이다.

어떤 집은 그냥 김, 치, 찌, 개 네 글자만 적어놓았는데 어떤 집은 '맛있는 돼지고기 김치찌개', '고기 송송 김치찌개'라고 적어놓았다.

"어떤집 김치찌개를 추가로 시켜 먹고 싶겠는가?"

고깃집에서 판매하는 김치찌개라면 당연히 고기가 들어가 있을 것이다. 하지만 메뉴판에 출력하면서 몇 글자 더 적어넣는가와 넣지 않는가에 따라 사람의 기대심리를 자극하는 차이는 엄청나다. 요리사와 식당 창업자의 작은 투자와 의지가 평범한 메뉴도 독창적인 요리가 되도록 만들 수 있다.

내가 근무하는 곳은 18평짜리 작은 초밥집이지만 나주목 초밥(스시웨이나 주점)에는 평범하지만, 메뉴 이름이 특이한 것들이 몇 가지 있다.

그중에 두 가지만 예를 들자면 **연어회**와 **참치회**이다.

메뉴 이름은 **연어회가 두툼해야 제맛이지, 연어회가 얇아야 입안에서 살살 녹고 맛있지!** 이다.

1인분 메뉴이고 가격은 15000원 내용물은 평범하다 연어회 그것뿐이다.

요즘처럼 1인 가구가 많아진 세상에서 1인분 메뉴를 내놓는 것은 당연하지만 고객님이 선호하는 식감에 따라 다시 한번 분류해 놓았다.

주문하실 때 "두껍게 썰어주세요~", "얇게 썰어주세요~"라는 말을 따로 하실 필요 없이 선택하실 수 있다.

참치와 제철 생선도 메뉴판에 이런 식으로 분류해 두었다.

초밥집의 선어회 맛을 알고 찾아오시는 몇 안 되는 분들께 정성을 다한다는 것 하나만으로는 부족하다. 메뉴판에 몇 글자 더 적어 넣는 노력으로 바쁜 시간에도 손님께서 원하시는 두께로 마음 편히 주문하실 수 있고 덕분에 평범했던 단품 메뉴도 특별한 메뉴로 만들어 주는 것이다. 우리가 할 수 있는 노력은 꼭 해야 한다.

닭발집과 매운 족발집을 보면 매운맛을 단계별로 나누어 놓은 곳과 그냥 매운맛만 있는 곳은 호불호가 많이 나뉜다. 매장에서 매운맛을 단계별 또는 소량으로 미리 나눠 놓기만 해도 독창적이면서 호, 불호가 덜 갈리는 매장이 될 것이다.

이런 모든 것은 식당사장과 요리사의 배려심에서 시작된다.

배달/포장 주문이 많은 시대에 사는 우리는 '손님의 갑질'이라는 제목들로 인터넷을 뜨겁게 달구었던 제보들이 많이 볼 수 있을 것이다. 나는 그것을 갑질이라고 보지 않는다. 선을 넘지 않는다면 입맛이 특이한 고객님이나 고객님의 자녀분들께도 맞춰줄 특별한 기회를 요리사로서 놓쳤다고 생각한다.

독창적인 요리는 독창적인 기호를 가진 특별한 손님을 배려하면서 만들어진다.

애견카페와 키즈카페 등 ○○○전문점이라는 작은 크기의 전문점들 역시 손님을 위한 배려에서 파생되어 나온 업장이라고 볼 수 있다.

내가 운영하는 초밥 전문점 또한 일식당에서 간단하게 초밥을 주로 드시고 나가시는 바쁜 손님들을 위한 배려로 시작된 문화에서 빠져나온 것이라고 할 수 있지 않을까?

"독창적인 요리를 만들고 싶은가?"

"당신의 특별한 창의력과 기가 막힌 발상은 일단 접어두고 특별한 입맛이나 기호를 가지신 고객님께 당신이 맞춰 드려라."

그럴 수 있다면 그것만으로도 당신의 평범했던 요리는 고객님께 독창적이고 특별한 요리가 될 수 있다. 그것은 갑에게 굴복하는 것이 아니라 '독창적이고 감동적인 요리를 만들어내는 과정'인 것이다.

그런 과정과 횟수가 늘어난다면 따로 메뉴를 정해두는 것 또한 좋다. 그렇게 한다면 당신이 근무하는 곳은 특별한 곳이 될 것이고 당신은 독창적인 요리를 만드는 특별한 요리장이 된다.

"독창적인 요리를 개발하는 데 있어
　우선순위는 역시나 고객님이다."

chapter 3

최고의 셰프들의
남다른 습관

'신장개업 증후군'을
이겨내라

SECRET DIARY

외식하는 곳이 재방문을 한 곳이라면 별다른 고민 없이 지난번 방문 때 느꼈던 감흥을 다시 한번 느끼기 위해 먹었던 메뉴와 같은 메뉴를 재주문하게 되는 경우가 많다. 하지만 신장개업을 한 곳이라면 음식을 주문하기 전에 실내장식과 식당 기물들을 먼저 살피게 된다. 수저와 메뉴판에 어느 정도 비용이 들어갔는지 자리에 앉아서 계산부터 하는 예도 있지만, 그것보다 더 중요한 것이 있다. 그것은 바로 '신장개업 증후군'이 남아있는가이다. 새로 산 수저와 접시를 깨끗하게 씻지 않은 곳은 플라스틱 냄새와 녹 냄새가 난다. 그곳에서 근무하는 사람들은 장시간 그 냄새에 노출되어 있었기 때문에 느끼지 못하는 경우가 많다. 플라스틱 냄새와 쇠 냄새가 나는 것을 손님의 예민함이라 생각하고 대수롭지 않게 웃어넘기거나 "새 제품은 원래 그래요~"라고 우겨대는 곳들도 있다. 과연 그런 집에서 음식이 맛있을까? 홀에서 사용하는 기물이 이 정도 수준이라면 분명히 주방 기물 또한 깨끗하게 정리하지 못했을 것이 뻔하다. 역시나 몇 점 먹자마자 구역질이 나올 정도로 쉿가루 냄새가 난다. 한번 끓이고 면 행주로 닦아내기만 했어도 좋았을 텐데 신장개업으로 많은 사람이 몰리긴 했지만 얼마 못 갈 것이 뻔해 보였다. 손님은 어린아이와 같이 대하여야 한다. 새로 산 수건이나 옷이 있다면 한번 세탁해서 사용하고 신생아의 젖병을 끓는 물에 소독해서 사용하는 것처럼 고객을 대하여야 한다. 하지만 음식 맛과 서비스와는 상관없이 이런 부분을 놓친다면 요즘처럼 전 국민이 예민할 때에는 특히나 재방문율도 낮아질 것이고 소문이라도 난다면 머지않아 폐업하게 될 것이 뻔하다.

'새집 증후군'처럼 신장개업한 식당에서 간혹 느낄 수 있는 불쾌감은 예민한 사람들에게는 각인이 되어버려 두 번 다시는 방문하지 않게 된다.

항상 신장개업한 식당을 방문하면 지역 게시판과 SNS에 홍보 글을 올려드리는데 신장개업 증후군이 있는 곳은 지인들과의 대화에서도 입에 담지 않는다.

말 한마디 잘못했다가는 나의 통찰력이 의심받을 수도 있고 다른 이의 생계를 위협하게 될 수도 있기 때문이다.

신장개업 증후군이 나타나는 식당은 식당 창업이 처음인 사장님들이 계시는 곳보다는 오히려 여러 번 개업해 보셨거나 오랜 시간 주방일을 도맡아서 해오신 '오너 셰프'들의 가게에서 많이 나타난다. 음식에만 온정신을 몰두하다가 놓치는 경우가 대부분이다. 또는 시간에 쫓겨서 바쁘게 오픈을 한곳이나 인력 부족으로 주방과 홀을 들락거리며 정신없이 영업을 시작하는 곳에서 많이 발생하지만, 가족이나 지인조차도 따끔하게 말해줄 수가 없다. 힘들게 오픈준비를 해온 사람에게 면박을 주게 되는 꼴이 되다 보니 오히려 말을 아끼게 된다.

사람들은 식당 창업을 준비하면서 많은 책을 읽고 여러 사람에게 조언을 구하고 여러 가지 노력을 하고 있다. 레시피 전수와 창업설명회, 주방 도구와 식당 용품 싸게 사는 방법, 1인 창업에 비용을 줄이는 방법 등을 가르쳐주는 곳은 많이 있지만 신장개업 증후군처럼 정작 중요한 문제를 짚어주는 곳은 드물다.

'셰프'는 뛰어난 요리 실력보다 훨씬 더 습관처럼 익혀야 하는 것이 있다. 그것은 '셰프의 3가지 필수 덕목이다.'(지시, 감독, 확인) '지시'를 했다면 '대답'을 들어야 하고 행하고 있다면 수시로 지켜보며 '감독'하여야 한다. 그리고 마지막에는 잘되었는지 '확인'이 꼭 필요한데 수시로 '지시'만 해놓고 '감독'을 하지 않거나 최종적으로 '확인'을 하지 않는 경우가 종종 있다. 물론 아무런 '지시'하지도 않고 "~~했어?"라고 '확인'만 수시로 해대는 사람도 있다.

지시, 감독, 확인 3가지는 '셰프'에게 있어서는 필수 덕목이다. 내성적인 성격이라 남에게 지시를 못 하는 사람과 '지시'만 할 줄 알고 '감독', '확인' 하지 않는 사람은 셰프로서 자질이 부족한 사람이다. 경력과 나이가 많은 셰프가 주방에 있어도 식자재와 주방 업무에 문제가 생기거나 잦은 인원교체가 있다면 그것은 바로 필수 덕목이 부족한 셰프의 탓이다.

지시, 감독, 확인 3가지 필수 덕목을 꼭 익힌 셰프가 있다면 신장개업 증후군 따위는 쉽게 이겨낼 수 있을 것이다.

벤치마킹과
샵인샵 창업의 유혹

SECRET DIARY

맛집으로 소문난 곳에 벤치마킹을 가서 음식들을 즐기다 보면 내가 근무하는 곳에서도 꼭 내고 싶을 만큼 맛좋고 비주얼이 근사한 요리들이 있다.

하지만 요리의 맛과 비주얼보다 중요한 그것이 있다. 그것은 우리 사람들(주방 직원)이 이 요리를 '계속 낼 수 있는 능력이 있는가?'를 판단하는 것이 가장 중요한 섬겸 사항이다.

손님으로서는 '이것은 맛있다', '건강에도 좋을 것 같다', '비주얼이 좋다.' 등이 중요하겠지만 셰프로서는 '이 요리가 과연 우리 매장의 기존메뉴와 어울릴 것인가?' 그리고 '내가 근무하는 매장에서 지속해서 판매할 수 있는 시스템을 구축할 수 있을 것인가?' 등을 먼저 따져야 한다.

마음에 드는 음식을 나의 주방에서 조리하게 된다면 어떤 추사직인 주방 도구를 구매해야 하는지 또 음식이 나가기까지 다른 요리에 방해가 되거나 주방을 차지하는 면적이 너무 크지는 않을지도 자세히 살펴야 하며 추가될 요리의 식자재의 구성이 원활하게 수급/관리가 가능할 것인가도 생각해보아야 한다.

이런 고민을 한방에 잠재울 방법이 있다. 그것은 바로 샵인샵 창업이다. 주방 공간에 구애받지 않고 시스템화할 수 있다는 장점뿐만 아니라 기존 가게시스템을 유지하면서 수시로 추가로 메뉴를 넣을 수도 있다는 것과 배달 주문 앱에 새로운 이름으로 등록만 하면 하나의 가게에서 2개 이상의 배달 전문점 매출까지 노릴 수 있으므로 여름에는 냉면과 콩국수를 판매하고 겨울에는 국밥과 군고구마를 판매하는 뜬금없는 매장들이 속속들이 등장하게 되었다.

삼겹살집에서 닭발을 판매하고 떡볶이집에서 육회비빔밥을 판매한다. 짜장면과 탕수육을 판매하면서 초밥과 치킨을 판매하는가 하면 초밥집을 운영하면서 치킨과 짬뽕까지 판매하는 그곳까지 있다.

추가적인 인건비 발생도 없이 간편하게 매출을 올릴 방법이라 생각하겠지만 실상은 생각보다 처참하다 직원들의 피로도가 높아져서 분위기도 흐려졌을뿐더러 음식들도 처음과 다르게 질이 낮아질 수밖에 없다. 소스를 듬뿍 뿌리고 채소를 쌓아 올렸지만 역시나 음식의 질이 좋지가 않은 것은 인정할 수밖에 없을 것이다.

배달 앱에 떠 있는 매장 이름은 연어 전문점인데 자세히 보면 고깃집이나 국밥집인 경우들도 있고 매장 이름은 국밥집인데 자세히 보면 횟집이나 술집인 경우가 바로 그런 집들이다.

"판매되면 좋고~ 판매되지 않는다면 다시 냉동시키겠다."라는 심리로 시작한다면 지금 당장 몇 개월은 수입이 늘어날 수도 있겠지만 초도물량을 감당하기는 벅차기 마련이고 기존에 판매하던 메뉴들의 조리 시스템에 조금씩 방해되고 간혹 팔리는 냉동제품들 종류가 몇 가지만 더 늘어나게 되어도 주방 직원의 스트레스는 한없이 높아지기 마련이다.

요즘같이 배달업이 흥하는 시대에는 샵인샵 매장의 유혹을 정말 뿌리치기가 정말 어렵다. 원 팩 포장으로 쉽게 공급받을 수 있고 쉽게 조리해서 내놓을 수 있을뿐더러 생각보다 저렴한 원가로 중간이윤을 많이 남길 수 있을 그거로 생각하기 쉽기 때문이라 판단된다.

"하루에 3~4개씩만 팔아도 괜찮지 않을까?" 하고 계산기를 두들겨보고 흡족해하지만 결국에는 괜찮지가 않다. 단일 메뉴 판매점보다 맛과 서비스에서 밀리기 때문이다. 뜬금없는 메뉴들과 겉과 속이 다른 매장의 간판은 당신이 얼마나 비전문적인 요리사이고 욕심만 가득 찬 장사꾼인지 만천하에 알려준다.

샵인샵 창업의 유혹에 넘어가 한 가지를 해봤지만, 반응이 좋지가 않아 새로운 이름으로 2가지를 추가해보았다가 나중에는 여러 가지를 추가해서 기존 식당을 배달 진문매장으로 바꾸어 영업하고 있다는 한 분의 이야기를 들어보면 추가된 메뉴만큼 추가로 광고비용이 지출된다는 것이 가장 큰 문제라고 한다. 그것보다 더 큰 문제는 얼마 지나지 않아 같은 지역에 비슷한 이름과 메뉴로 구성된 샵인샵 매장들이 우후죽순처럼 오픈하면서 매출이 줄어들었다는 것이다. 울며 겨자 먹기로 버티기 위해 샵인샵 창업 메뉴를 추가로 계속해서 넣어보았지만 결국에는 영업을 포기할 수밖에 없다는 결론에 도달할 수밖에 없었다. 1년 내내 1가지만 판매하는 전문점보다 냉동되었던 것을 해동해서 다시 판매하다 보니 음식의 질이 떨어져서 결국은 요리전문점에 밀려서 폐업하게 되리라는 것을 알 수 있었다. 그런 곳에서 근무하는 요리사는 요리사가 긍지와 자부심을 가질 수 있을까?

샵인샵 창업의 유혹에 빠진 경영자는 고객님과 요리사를 모두를 잃게 될 것이다. 식당 창업 당시에 가졌던 오너셰프의 낭만과 자긍심은 찾아볼 수 없다. 샵인샵 매장으로 간혹 단기적으로 재미를 보신 분들이 계시겠지만 전국적인 전염병 확산으로 배달음식점 창업이 빈번한 요즘 같은 때에는 특히나 판매량이 저조하다.

샵인샵 창업으로 냉동실과 냉장실에 식자재의 재고는 쌓여만 가는데 몇 달치미수금을 갚지 못해서 난감한 상황이라는 이야기를 여기저기서 듣고 있다.

메뉴의 가짓수를 늘려서 매출을 늘리겠다는 어리석은 사람이 되어서는 안 된다. 요리를 본업으로 살아가는 사람이라면 "일만 가지의 요리를 배운 사람보다는 1가지 요리를 일만 번 연습한 그런 사람이 되어야 한다."

'셰프의 삶'이란 그런 것이다. 배우겠다는 욕심과 그리고 배운 것을 지켜내겠다는 뚝심으로 최고의 경지에 도달하기 위해 매일 최선을 다하며 하루하루 성장해 나가는 삶이다. 물론, 누가 진정 최고인지는 아무도 모른다. 하지만 내가 매일 노력하고 있다는 것은 내가 알고 하늘이 알고 손님이 안다.

"손님이 알까?"

"손님은 모든 것을 잘 알고 계신다."

손님은 당신의 스승이고 당신의 거울이다.

당신이 '셰프의 삶'을 살고 있다면 손님은 알 수 있을 것이다. 당신이 "샵인샵 창업의 유혹을 이겨내고 기존 손님에게 최선을 다하고 있다"는 것을.

셰프로서 손님과 친해지는 좋은 방법

SECRET DIARY

어린 왕자와 사막여우

"소설 어린 왕자를 읽어보았는가?"

사막여우 편을 보면 사막여우가 어린 왕자에게 조금씩 길들기를 원하고 있음을 표현해놓았다. 이런 말을 꺼낸 이유는 몇몇 셰프와 자영업자들이 자신을 어린 왕자, 손님을 사막여우라 생각하는 것처럼 무조건 손님 입맛을 길들이려 드는 경우가 많기 때문이다. 각종 조미료에 버무린 음식들과 식후에 제공하는 커피믹스와 알사탕 등으로 손님을 길들이던 시대는 이미 지난 지 오래되었다.

'실질적인 가성비'가 좋고 최고의 음식 맛으로 승부를 보아야 한다.

입맛이 독특하신 분이 고객님으로 방문하셨다면 그분만을 위해 맞춰줄 수 있는 서비스를 선보여야 한다. 내가 정기적으로 모시고 있는 손님을 한 분만 예로 들자면 한 달에 두 번 이상은 꼭 방문하시는 나이 지긋하신 신사 분이 한 분 계신다. 오실 때마다 불만을 말씀하시고 가셨는데, 내용 정확하게 이해하지는 못했다.(나는 오른쪽귀가 어둡다.) 내용을 전달받아 요약하자면 그 내용은 단순했다.

"다른 곳에 가면 된장 국물이 나오는데 왜 이곳은 나오지 않느냐?"고 2번이나 말씀하셨단다. 우리 매장은 우동 국물을 따로 제공하고 있으므로 그런 말씀은 그냥 웃어넘길 수도 있는 일이고 손님께서도 콕 집어서 "된장국을 주시오!"라는 말을 따로 하신 적도 없었다.

하지만 나는 언제 방문하실지 모르는 그 한 명의 손님을 위해 된장과 도미 껍질을 따로 준비해 둔다. 그러다 어느 날인가 방문하시는 날이면 "나 왔네~ 잘 지냈는가?" 이 말 한마디에 빠르게 더운물에 된장을 풀어 끓이기 시작한다. 그리고 잘 걸러내고 생선 된장국을 한 그릇씩 내어 드린다.

이런 것을 '손님의 갑질'이라고 말하는 사람도 있겠지만 내가 먼저 나서서 해드린다면 이것은 '손님의 갑질'이 아니라 '셰프의 솜씨 뽐내기'라고 할 수 있을 것이나.

고향이 경남인 나로서는 그분의 전남 특유의 억양과 구수한 사투리로 인하여 절반 이상은 전혀 알아듣지 못하지만, 항상 좋은 말씀을 해주시는 듯하다. 나를 찾아주는 손님께 내가 잘할 수 있는 일을 해드리는 것은 정말 행복한 일이 아닐 수가 없다. 인터넷에 글을 올려서 푸념하거나 욕을 할 만큼 어렵고 힘든 일이 아니다. 그보다 요리사인 나에게는 ㅡ서 징말 감사할 일인 것이다.

손님은 어린 왕자이고 요리사인 나는 사막여우다. 나는 손님께서 다음 주에도 예약을 해주신다면 주말이 지나기도 전부터 신나있을 것이고 다음 달에 또다시 뵙는다면 정말 반가울 것이다. 퇴근하는 길에 만나거나 시장을 보러 가는 길에 인사라도 건네주신다면 나는 너무 좋아서 어찌할 줄 모를 것이다.

나는 손님의 입맛을 길들이려 드는 요리사가 되기보다는 손님 한 명, 한 명에게 길들이기를 원하는 '사막여우'가 되고 싶다.

"누군가에게 길들여진다는 것은 눈물을 흘릴 일이 생긴다는 것일지도 모른다."

소설 어린 왕자 속의 '사막여우'는 어린 왕자에게 길들여주기를 부탁하지만 언젠가 어린 왕자가 나이가 들고 성인이 되면 자신을 찾지 않으리라는. 그것을 알고 있었다.

나를 길들여주신 손님들도 하나둘씩 언젠가는 이곳 '나주 혁신도시'를 떠나겠지만 그들과 함께한 추억과 참신한 레시피는 영원할 것이고 나를 '장인의 길'로 한 걸음 더 나아가게 해주셨다는 것을 알고 있기에 후회나 아쉬움은 없다.

"손님을 길들이려 하지 않고 손님께 요리사인 내가 당신께 길들여지도록 하는 것!" 그것이 바로 손님께 요리사인 내가 친해지는 가장 좋은 방법이다.

》 니주혁신도시로 발령받아 내려오신 많은 단골손님이 몇 년간 이곳을 많이
》 떠나셨다. 근처에서 대학을 다니던 손님들도 취업하거나 결혼을 하면서

떠나셨고 오래된 손님들은 벌써 일흔, 여든이 넘으신 손님들도 많아졌다. 나 역시 30대 초반에 나주에 왔지만 벌써 40대가 되었다.

"누군가에게 길들여 진다는 것은 눈물 흘릴 이리 생긴다는 것일지도 모른다."

하지만 나는 여전히 손님 한 명, 한 명에게 길들여 지기를 원하는

'사막여우'이고 싶다. "나는 나주 야옹이당"

거짓된 서비스와 진실한 서비스

"밝은 얼굴과 큰 목소리로 손님을 항상 정답게 맞이해야 한다."

나 역시 그렇게 교육을 받았지만, 막상 작은 매장을 직접 운영하다 보니 손님의 표정을 살피고 과장된 미소로 손님을 대하는 것은 '손님께 오히려 부담을 드리는 것'이라는 걸 어느 순간 깨닫게 되었다. 자주 오시는 분께 "또 오셨네요~", "지난주에 이어 다시 방문해 주셔서 감사드립니다~"라는 말은 오히려 실례가 되는 경우가 종종 있었다.

손님과 친해지고 싶겠지만, 사실 손님은 당신과 친해지고 싶지가 않은 경우가 많다. 오히려 손님은 당신에게 관심이 없는 경우가 대부분일 것이다. 당신 역시 손님께서 음식을 맛있게 드시는 모습이 좋은 것이지 '손님의 직업이 무엇인지?' '사는 곳은 어디인지?'까지 궁금해하지는 않을 것이다.

손님의 개인적인 정보를 우연히 알게 되는 때도 있겠지만 몇 년을 단골로 방문하신 분의 나이와 직장을 모를 수도 있다. 그리고 손님들은 자신에 대해 모르는 척해주기를 바라는 날도 분명히 있을 것이다.

과장된 서비스교육과 부담스러운 관심은 접어두고 손님께 필요한 것을 찾아보아야 한다.

추가 반찬과 후식 우동

몇 년 전만 해도 내가 근무하는 매장의 테이블마다 락교, 초 생강, 고추냉이 등 반찬 등이 조금씩 세팅되어있었다.

빨리 드시고 반찬을 더 갖다 달라는 손님들도 있었지만 그렇지 않은 손님들이 대부분이었다. 반찬을 많이 남기신 분들도 종종 계시기 때문에 항상 마음이 아팠다. 남은 반찬은 모두 폐기해야 했기에 항상 덜 줘야 한다는 생각 뿐이었는데 3년 전쯤 단골손님 일행 중에 한 분께서 일행분께 귓속말로 "락교랑 초 생강 조금만 더 달라고 말해줘~"라고 말하는 것을 우연히 듣게 되었다.

지난 몇 년간 락교의 1인당 5개~7개의 개수가 정확한 정량이라 생각했고 더 드시고 싶으신 분은 '더 달라고 말하면 되지 않을까?'라고 생각하고 살아왔지만, 소극적인 성격의 손님으로서는 바쁘게 뛰어다니는 홀서빙 아르바이트생에게 뭘 더 갖다 달라고 말하는 것이 어려웠을지도 모른다는 생각이 들었다. 하지만 더 많은 양을 세팅하기에는 버려지는 양이 많았기 때문에 고민하게 되었다.

결국 생각해낸 것은 '셀프바'이다. 마음껏 직접 가져가서 드실 수 있도록 반찬 냉장고를 홀에 설치해 두었다.

셀프바

'셀프반찬' 코너를 설치하고 나서는 버려지는 반찬 양이 확실하게 줄었다. 가끔 노인분들께서 테이블에 갖다 놓으라고 호통을 치실 때도 있지만 몇 번 직접 가져다 드시다 보면 금방 적응하신다. 내가 근무하는 매장에 방문하시는 소극적인 성격의 손님들을 놓치고 싶지 않았다. 나 역시 중식당에 가서 식사 중에 "단무지 조금만 더 주세요~."라는 말을 못 할 정도로 소극적인 면이 있으므로 내성적인 성격의 분들과 공감할 수 있었기 때문에 이런 '반찬 셀프바'를 설치할 수 있었다.

감언이설과 각종 아부 등 과장된 표정으로 응대하려 들기보다는 손님의 입장에서 생각해보고 불편한 점을 하나씩 줄여나가는 것이 '진실한 서비스'가 아닐까?

낮은 가격으로 '가성비 최고'라고 광고를 하면서 냉동제품을 해동해서 내주기보다는 다소 높은 가격이지만 좋은 식자재를 사용하고 정성을 다한 요리를 내어놓는 것이야말로 손님과 친해지기 가장 좋은 방법이라 하겠다.

'셰프'로서 손님과 친해지는 방법이 있다면 그것은 손님께서 당신의 요리와 친해질 수 있도록 최선을 다하는 일뿐이다.

요리사로서 자기 계발을 위한
황금 시간대

─ SECRET DIARY ─

출근 시간 (-1시간)

요리사들에게 자기 계발은 얼마나 잘하고 있는지 말해 보라고 하면 여기 저기서 신음 섞인 신세 한탄 소리가 나온다.

"밤 10시에 퇴근하고 집에 도착하면 밤 11시간 넘어요! 도통 뭘 할 수가 없어요! 그런 제가 언제, 어떻게 자기 계발을 할 수 있을까요?"

"저는 아침 8시에 집에서 나오고 집에 돌아오면 12시가 넘는데 저는 정말 일 말고는 정말 아무것도 할 수가 없어요."라고 하는 사람들이 있다.

지구력으로 일하고 체력으로 쉬는 직업이다 보니 체력이 약한 사람은 쉬는 날에 종일 환자처럼 누워서 시간을 보내는 사람들이 대부분이라는 것을 나는 잘 알고 있다. 그리고 그들의 말이 틀린 것은 아니다.

'근무시간이 9시간이 되지 않는 기업이나 호텔에서 근무하는 요리사들도 시간이 없다고들 하는데 주 6일로 하루 12시간을 근무하는 사람들은 오죽이나 할까?'

주방장이 아닌 이상 일 과중에 시간을 내기가 쉽지 않다. 설사 주방장이라는 직급을 맡고 있다 해도 근무하는 매장업무에 통달이 되어있는 부하직원이 부족한 경우에는 정말 시간을 전혀 낼 수가 없을 것이다. 하지만 누군가는 그 시간을 쪼개서 독서를 하고 자격증을 취득하며 메뉴개발을 해내고 가게 홍보까지 해내고 있는 것 또한 사실인 것을 부인할 수는 없을 것이다.

"그들은 과연 어떻게 그럴 수 있을까?"

일단 초보자라면 남들과 같은 시간에 출근하고 남들과 같은 시간에 퇴근하면 발전이 없다. 주어진 일만 하다가 퇴근하는 날들만 계속된다면 직급도 연봉도 오르지 않는다.

초보 요리사에게 자기 계발을 위한 황금 시간대는 1시간 일찍 출근했을 때 발생한다.

1시간 일찍 출근하여 맡은 포지션 업무를 완벽하게 준비해놓았을 때 다른 포지션의 업무도 배울 수가 있다. "일하면서 배워야 한다"라는 말은 누구나 들어봤겠지만 "식당은 학원이 아니다". 당신을 위해 시간을 따로 내어 가르칠 정도로 한가한 식당은 없을 것이다. 맡은 업무가 숙달되어 시간이 남을 때에 다른 기술도 배울 수 있겠지만 그렇게 되기를 기다리다 가는 얼마나 많은 시간이 걸릴지 모른다.

본인의 경험을 털어놓자면 매일 남들보다 3시간 일찍 출근했다. 1시간 동안 주방을 둘러보면서 새벽에 배송된 식자재를 정리하고 2시간 동안은 내가 맡은 업무를 마쳤고 다른 직원들이 출근해서 각자 맡은 업무를 시작할 때면 배우고 싶은 포지션의 업무를 도와주면서 일을 배웠다.

한 달에 2번은 쉬는 날에도 가게에 나와서 다른 포지션의 일을 옆에서 눈여겨보면서 일을 도우며 일을 익혔고 한 달에 2번은 무보수로 다른 가게에서 일하면서 조리기술을 익혀 나갔다. 그렇게 명절과 휴가 없이 쉬는 날도 없이 살다 보니 주방 책임자가 되기까지 3년이 걸리지 않았다.

"남들보다 손이 느리거나 학습능력이 떨어진다는 것이 고민이라면 가게 열쇠를 받아서 남들보다 1시간 일찍 출근하는 습관을 들이는 것을 추천한다."

6개월도 되지 않아 업무적으로나 개인적으로 남다른 발전이 있을 것을 장담한다.

퇴근 후 (+30분)

요리사라는 직업을 가진 사람들이 '장래성이 전혀 없다', '체력적으로 힘들어 못 할 짓이다', '주말도 없이 살아가는 불행한 직업'이라고 말하는 사람들도 종종 있지만 그렇게 말하는 사람들은 스스로 아무런 노력도 안 하는 사람들일 뿐이다. 본인이 하는 일의 '장래성과 행복'은 스스로 찾아내야 할 '세상 모든 사람의 숙제'일 뿐이기 때문이다.

어릴 적 꿈이었던 요리사 되어 살아가는 사람도 있겠지만 대부분 명예퇴직 후 취업이 되지 않아 본인의 가게라도 운영해야 하는 사람들과 취업

준비나 이직을 위해 잠시 아르바이트로 일하려다 본업이 된 사람들도 많이 있다. 그들 중에서도 퇴근과 동시에 피시방이나 술자리로 직행하거나 퇴근 후 감정과 체력을 소모하는 일에만 몰두하는 사람들은 발전이 없다. 열악한 근무환경에 찌든 피곤한 몸과 마음을 엉뚱한 곳에서 위로받기만을 원하겠지만 엉뚱한 곳에서 엉뚱한 사람들에게는 결코 위로받을 수가 없다. 스스로 마음을 다지고 자신을 위로해야만 효과가 있을 것이다.

자기 계발을 위해서 뭘 해야 할지 뭐부터 해야 할지 정말 모르겠다면 퇴근길에 '한 정거장 일찍 내려서 '걷기'와 '족욕 30분 하기'를 추천한다.

이것도 힘들다면 가만히 누워서 '이미지 트레이닝'을 할 것을 권한다. 오늘 무엇을 했는지 그리고 내일은 무엇을 해야 하는지를 생각해낼 수 있다면 가만히 누워있더라도 상관이 없다. 그것만으로도 오늘보다 나은 내일을 접할 수 있을 것이다. 기술연마에는 '이미지 트레이닝'이 꼭 필요하다. 실제로 많은 운동선수가 '특정한 동작'을 반복적으로 머릿속에 그려보는 것만으로 실력이 향상되는 경험을 한다. 이처럼 조리기술도 간단한 칼질과 손동작 등을 머릿속에 그려보는 것, 그 자체로도 기술 습득에 매우 큰 영향을 줄 수 있다.

주6일 12시간 근무 또 출퇴근거리가 멀다면, 하루에 14시간을 서서 보내야 하는 환경에서도 누군가는 퇴근 중에 차 안에서 독서를 하거나 강의를 듣는 사람들도 존재한다. 주방일이 낯설게만 느껴지는 초보자라면 퇴근 후 집으로 돌아가는 버스 안에서 30분간 오늘 아침부터 저녁 마감까지 있었던 일을 기억해 내기를 바란다. 내일 아침에 해야 할 일들을 순서대로 생각해보고 습득해야 할 조리기술을 차례로 떠올려 보는 것만으로도 당신

이 많은 포지션의 업무에 금세 통달할 것이며 업무에 대한 스트레스를 낮출 수 있다. 단 "퇴근 후 30분간의 유혹에서 이겨낼 수 있는 사람들만이 할 수 있다."

경쟁자가 없다, 그냥 하면 된다

꼭 주5일 주 40시간을 근무하는 호텔이나 학교/병원에 다니는 대기업 식당 직원들만이 자기 계발을 할 수 있는 것은 아니다. 환경이 좋은 만큼 경쟁자들도 역시나 많이 있다. 그와 반대로 개인 사업장은 환경이 열악한 만큼이나 경쟁자도 적다. 일주일에 한두 번이라도 꾸준히 하면 된다. 당신이 근무하는 곳이 배달 전문점이든 치킨집이든 횟집이든 전혀 상관이 없다. 열심히 할 필요도 없다. 그냥 하면 된다. 남들이 안 하고 있으므로 조금이라도 하기만 한다면 생각보다 성과는 빠르게 눈에 보이게 될 것이고 동료들보다 우위의 실력을 갖추게 되기 마련이다.

경쟁자가 없는 만큼 성과도 빠르겠지만 게으론 인간들과 함께 시간을 보내다 보니 못난 인간들의 게으름에 전염되기도 한다.

"남들은 재밌게 사는데 나는 재미도 없는 책을 왜 읽어야 할까?"

"주방장이 시키는 것만 잘하면 되는데 내가 따로 공부할 필요가 있을까?"

"왜 나만 가게를 위해 홍보를 해야 하지?"

"내가 마케팅에 힘쓴다고 사장님이 월급을 올려주는 그것도 아니고 누가 알아주는 것도 아닌데 할 필요가 있을까?"라며 스스로 '게으름의 늪'에 빠지려는 사람들도 있겠지만 본인이 운영하는 블로그와 SNS의 영향력을 높이고 독서를 하는 것 또한 '나의 자산'으로 남게 될 것이다.

'게으름의 늪'에 한 번 빠지게 되면 게으르고 답이 없는 사람들과 동화가 되고 함께 낙오되어 엉뚱한 길로 빠지게 되거나 "배운 게 도둑질"이라 말하며 억지로 주방일을 하는 멍청이가 되어가다. 우리는 종종 무기력하고 멍청한 '이름만 셰프'인 사람들을 볼 수가 있다. 아무런 의지나 생각도 없이 월급날만을 기다리며 하던 일만 계속하는 사람들 말이다. 꼭 주방창고 한구석에 처박혀 먼지만 쌓여가는 오래된 고물 기계처럼 살아가는 주방의 '좀비' 같은 삶을 사는 사람들….

대형 업장에 다니는 이들이 하나같이 '자기 계발'을 하며 열심히 노력하고 있는 것 같지만 생각보다 열심히 노력하는 사람이 없는 것 또한 사실이다. 그러므로 하면 된다. 잘 할 필요까지도 없다. 그냥 하면 된다. 이 책을 읽고 있는 당신이 바로 주인공이다.

"오늘부터 시작이다!"

최고의 셰프는
굳은 의지를 가진 요리사

SECRET DIARY

얼마 전 유명 셰프님께서 약 30년 전 축농증 수술로 후각을 상실했다는 방송 관련 기사를 읽은 적이 있다. 냄새를 못 맡는다는 것은 맛을 보지 못한다는 것이다.

맛을 보지 못하는 사람이 요리를 잘한다는 것은 맛을 잘 보는 사람보다 수십 배, 수만 배를 연습했다는 것이 예상되었다. 기사 내용을 읽으며 "그분이 얼마나 힘들었을까? 얼마나 괴로웠을까?"보다는 정말 굳은 의지가 있는 사람이라는 것을 느꼈다.

축구영웅 박지성 선수의 발이 공개되면서 세상이 다시 한번 놀란 적도 있었다 장시간 걷기만 해도 통증을 느끼는 평평한 발바닥과 왜소한 체격으로 고된 훈련을 버티고 드넓은 축구장 구석구석을 뛰어다니는 모습은 기적에 가까웠다. 신체적 약점을 이겨낼 만큼 강한 의지로 더욱 열심히 뛰고 노력하며 매진한 것이 아닐까? 생각된다. 누구나 될 수 있는 초밥 요리사지만 나는 초밥 요리사라는 직업의 열악한 근무환경보다는 다른 문제로 시작을 수년간 고민했었다.

여자처럼 작은 손이 콤플렉스였고 군 생활 중에 폭발사고로 오른손에 화상을 크게 입고 군 병원에 3개월간 입원한 적이 있었기 때문에 지금까지도 후유증은 남아있다. 지금까지도 주먹을 강하게 쥘 수가 없다. 날이 흐리거나 몸이 피곤한 날은 새끼손가락 마디부터 손목까지 저린다. 손날에 힘이 들어가지 않기 때문에 젓가락질과 글쓰기실력은 유치원생보다 못한 실력이다.

"이 손으로 예리한 칼질을 할 수나 있을까?"

"이 손으로 커다랗고 펄떡이는 큰 생선을 손질할 수 있을까?"

"일하다가 손이 저리면 어떡하지?"

나 스스로가 만들어낸 고민과 걱정들은 자신의 강한 의지로 잊기보다는 엉뚱하게도 취업면접에서 번번이 떨어지면서 까맣게 잊혀 갔다.

"서양 요리 계속하시는 것이 어때요?"

"호텔에서 계속 근무하시지 왜 나오시려고 그래요?"

"나이가 어중간해서 막내로 쓰기는 조금 그렇네요. 다른 곳을 알아보세요"

"아예 모르는 사람이면 가르치겠는데 알 만큼 아시는 분이라 가르치면서 일하기가 좀 그렇네요!"

마지막 면접에서 탈락했던 것에서 힌트를 얻어 2001년부터 2008년 사이의 이력을 모두 지워버리고 지원했을 때 일식당 주방 막내로 첫 취업을 할 수 있었다.

역시나 일식당은 양식당보다 조리도구를 사용하기보다는 손을 많이 사용하는 작업이 많았고 하루하루가 힘들고 괴로웠다. 괴로운 만큼 손 건강을 위해 노력했다.

지금까지도 매일 출퇴근 시간에 악력기로 악력 운동을 하고 있으며 남들이 보든지 말든지 화장실에 다녀올 때마다 손을 씻고 크게 손뼉을 친다.

"남들 시선이 뭐가 중요한가?"

나의 손 건강에 나의 인생이 걸려있고 내 삶이 걸려있다는 것을 잘 알고 있는 나는 항상 1년 내내 항상 운동복 차림이고 주머니에 악력기를 넣고 다닌다. 가게창고에는 간이 철봉을 설치해놓고 하루에 2번씩 매달리기를 한다.

"초라한 옷차림이 창피한 것이 아니라, 초라한 생각이 창피한 것이다."

라고 어떤 배우가 영화에서 말했었다.

남들보다 손이 불편한 덕분에 남들보다 더 많이 연습하고 운동할 수 있었고 지금도 요리 실력이 계속 성장할 힘의 원천이 되었다고 생각한다.

냄새를 맡지 못하는 사람이 최고의 중식 요리사가 되었고 왜소한 체격에 평발인 청년은 전 국민의 사랑을 받는 '축구 영웅'이 되었다. 나 역시 굳은 의지를 갖추고 노력한다면 이런 작은 불편함. 정도는 쉽게 극복하고 최고의 초밥 요리사가 될 수 있으리라 생각했다.

"어떤 직업을 가지고 있든지 굳은 의지를 가진 사람이 최고가 되는 일은 너무나도 당연한 일인 것이다."

요리에 대한 아이디어는
직접 움직여야 모인다

— SECRET DIARY —

요리에 대한 아이디어를 얻기 위해 SNS와 요리 관련 카페를 이리저리 검색해 보는 사람도 많겠지만 사진과 글쓴이의 짧은 글귀만으로는 요리의 의도와 맛을 모두 알 수가 없다.

"쉬는 날 직접 움직여 아이디어를 모아야 한다."

오답 노트

식당의 간판이나 인테리어만 봐도 무엇을 판매하는 곳인지 알 수 있을 것이다. 평범한 일반인들도 메뉴판을 펴기 전에 예상할 수 있을 정도로 간판에 특정 동물 그림이나 주로 판매되는 메뉴의 이름을 그대로 간판에 적

어둔 곳들이 대부분이기 때문이다. 식당을 찾는 대부분 손님은 자리에 앉기 전에 혹은 가게에 들어서면서 주문할 메뉴를 정하게 되는 경우도 많을 것이다.

벤치마킹이라 칭하며 입소문과 온라인상 많이 노출된 곳을 찾아다니지만 대부분 거기서 거기라는 생각이 들 때가 많다. 지난밤 술 한잔하지 않았고 아침 일찍 커피 한 잔 마시지 않았는데 이 정도 감흥이라면….

"이 음식을 요리한 사람도 알고 있지 않을까?"

맛이 그저 그렇다는 것을…. 식사를 마치고 나갈 때 "맛있게 드셨어요?"라는 말 한마디가 부담될 때도 있다.

가끔 지인의 추천이나 '신장개업'을 한 곳으로 초대받아 방문한 곳이라면 더욱 부담된다. 신메뉴라고 내놓는 음식을 맛보고 '맛있습니다', '잘 팔리겠는데요'라는 말을 예의상 해야 할 텐데 선뜻 말씀드리기가 힘들다.

새로운 양념갈비, 새로운 치킨, 이름은 새롭지만, 기존메뉴의 맛과 별다른 차이는 전혀 없었다. 비주얼에서 차이점을 찾아보려 애써 노력해 보았지만, 뭐라 대답하기가 힘들 때는 이런 말을 한다.

"맛있지만 조금 부족한 느낌이 들어요. 기존메뉴와 반반 세트로 만들어 보시는 것은 어떠세요?"

⇒ 기존메뉴와 별다른 차이가 없으니깐 둘 중의 하나를 빼라는 뜻이다.

"맛있기는 한데 다른 메뉴랑 세트메뉴로 만드시는 것이 어때요?"

⇒ 단품으로는 절대 판매되지 않을 테니 잘 팔리는 메뉴와 함께 묶어서

판매하라는 뜻이다.

버려지는 식자재의 양이라도 줄이기를 간접적으로 말해주고 싶었다. 맛이 없어도 솔직하게 직접 '맛없다'라는 말을 하기는 정말 힘들다. 나 역시 음식점을 하면서 지인을 통해서 또는 배달 앱을 통해 맛없다는 소리를 들을 때마다 의기소침해지고 나와 입맛이 다른 사람을 원망하기도 한다. 그러므로 나 역시 다른 사람에게 상처 주고 싶지가 않다.

고생스럽게 오픈한 가게를 방문해서 남에게 상처를 주는 말을 절대로 하지 않는다. 그리고 결코 남을 깔보거나 망신을 주어서는 안 된다고 생각한다. 언젠가 처지가 바뀌는 날 또한 반드시 올 수도 있다는 것을 잘 알고 있기 때문이다. 조용히 '오답 노트'에 적어두었다가 비슷한 사례가 있을 때마다 꺼내어 보는 것이 자신에게 큰 도움이 된다. 그리고 컨설팅을 요청한 분들께 한 번씩 사례를 들면서 보여주는 것 또한 효과적이다.

당신이 요리사이거나 식당 창업을 준비한다면 "식당 오답 노트를 반드시 만들어라".

모방과 창조의 사이에서

'요리의 맛'에도 생명력이 있다. 어디를 가서 식사하면 죽어있는 요리와 살아있는 요리로 나눠서 생각한다. 죽어있는 요리는 어디선가 본 그것 같고 어디선가 분명히 먹어본 듯한 맛만이 가득하고 두 번 이상 손이 가지 않는 요리이다.

하지만 '살아있는 요리'에는 생기가 가득하고 한입 먹을 때마다 탄성이 나오고 어떻게 만들었을까라는 의문이 계속 떠오르며 식사를 마치고 집에 가면서도 계속 생각이 난다.

살아있는 요리를 맛보면 상상력과 추진력에 박차를 가하게 된다.

영산포의 홍어 1번지 홍어 요리와 기타 반찬들도 맛있었지만, 홍어 뼈를 튀겨서 따로 주셨는데 오독오독한 식감과 바삭하면서 고소하게 퍼지는 맛이 일품이었다. 씹어 삼키고 나서야 뒤늦게 입안 깊게 뿜어져 나오는 향 또한 정말 대단했다. 집에 오면서도 계속 생각나고 다음 날 아침에도 생각이 났으며 일하면서도 계속 생각이 났다. 그러다 문득 "난 이런걸 할 수 없을까?"라는 생각이 들었다. 생선을 잡아도 내가 더 많이 잡았고 생선 살을 만져도 내가 훨씬 많이 만지는데 '왜 나는 이런 생각을 못 했을까?' 우선 가게로 돌아와 광어, 우럭, 도미, 연어 등의 뼈를 튀겨보았다. 아무리 오래 튀겨도 결코 '연골어류'와는 같은 식감을 낼 수는 없었다. '홍어 뼈'만 따로 구매해서 만들 수도 없는 노릇이다. 정말 단골손님들께 꼭 선보여드리고 싶은 맛인데 아쉬웠다.

몇 주가 지난 후 '연골어류'와는 전혀 다르지만 그나마 뼈가 억세지 않은 연어를 '뼈 튀김'의 식자재로 정했다. 손질할 때마다 나오는 연어 뼈에 살이 많이 붙도록 손질하기 시작했고 여러 번 시도 끝에 원하던 모양이 나왔다. 물에 4시간 이상 담가놓았다가 면포로 물기를 제거하고 튀겨놓으니 비주얼이 나쁘지 않았다.

평일에는 15명에게 줄 수 있을 만한 양이 나온다는 계산이 나왔고 토요일에는 22명에게 줄 수 있었다.

추가적인 수입이 생기는 것도 아니고 손이 더 가고 신경이 쓰였지만 손님께서 "아니 뭘 이런 것까지 주세요?" "추가로 좀 더 줄 수 있어요?"라고 말씀하실 때 정말 좋았다.(물론 더 드린 적은 없다.)

극소수의 고객님께만 제공되지만, '연어 뼈 튀김'을 무료로 드리는 매장으로 알려진 그것만으로도 나에게는 최고의 성과였다.

연어뼈 튀김

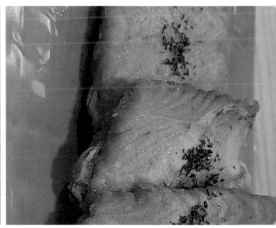
연어뼈 튀김

연어 뼈 튀김 – 흐르는 물에 충분히 피를 빼내고 물기를 제거한 뒤에 튀긴다.

요리에 대한 아이디어는 직접 움직여야 모을 수 있다

인터넷으로 검색하며 여기저기 사진을 보고 동영상을 보는 방법도 있지만 직접

움직여서 맛을 보고 감흥을 얻어야 아이디어도 나오고 결과물이 나온다.

같은 업종의 종사자와 이야기 하고 아이디어를 얻기보다는 다른 업종의

종사자와의 대화에서 혹은 같은 스타일의 요리지만 식자재의 변화로 다른

성과를 낼 때가 있다.

요리에 대한 아이디어를 얻고 싶다면

"온라인으로 검색하는 데에 몰두하지만 말고 오프라인으로 직접 움직여라."

0.01%의 노력이
최고의 요리를 만든다

SECRET DIARY

0.01%의 노력이란 티가 나지 않을 정도의 '아주 적은 노력'이다. 결과에 영향을 미치지 않을 수도 있고 아무도 알아주지 않을 수도 있지만 수고스러움을 무릅쓰고 이런 적은 노력을 계속 쌓아야 최고의 요리를 만들 수 있다.

예를 들어 어떤 요리를 봤을 때 '중심을 조금만 옮겨서 담았으면 먹기 편했을 텐데' 하는 생각이 들 때 그 자리에서 다시 요리해서 담을 수 있는 자세와 용기가 필요하다는 말이다.

"일식은 한칼에 썰어야 한다"라고 누가 말했던가?

'일식은 한칼이다'라는 말이 널리 알려져서 그런지 정말 한 번에 썰고 나면 끝인 줄 아는 사람들이 요리사 중에도 존재한다. 생선 살을 한 번에 썰어내기 위해 칼날이 길게 늘어진 칼을 사용하지만 잘려 나온 생선 살 사이의 막이나 힘줄을 찾아서 깊고 예리한 칼집을 넣을 수 있는 수고스러움은 방송은 물론이고 책에서도 잘 소개되지 않는다.

"한칼에 썰어 생선 살의 단면을 미끈하게 만들어 손님상에 나갔을 때 아름다움을 유지한다는 것이 더 중요한 것일까?"

"아니면 드시는 분의 치아와 턱관절의 수고스러움을 덜어주는 것이 중요할까?"

나는 후자라고 생각한다.

"누가 뭐라고 해도 요리의 기본은 먹는 사람의 턱관절의 수고스러움을 덜어주는 것이 가장 중요하다고 말한다."

미과열 요리의 기본은 먹는 사람의 치아와 턱관절에 부담을 줄여주는 데에 있다.

쉬운 예를 들자면 '낙지 탕탕이'처럼 말이다. 횟집에서 낙지 탕탕이를 주문하면 주방에서 "탕! 탕! 탕! 탕탕탕……." 소리가 난다.

나름대로 요리사들만의 리듬과 음률이 있다. 가로세로 위치를 바꿔가며 돌려서 쳤는지 13번을 쳤는지 17번을 쳤는지 정확하게는 알 수가 없지만 여기저기서 먹나 보면 이떤 곳은 다른 곳들보다 몇 번을 더쳤는지 바로 느낄 수 있을 것이다. 주방에서 산 낙지 살점의 각도에 따라 방향을 바꿔가면서 더 신경 썼다는 것은 정말 예민한 사람만 알 수 있는 0.1%의 노력이다.

0.01%의 노력은 눈에 보이지 않을 수도 있는 정말 미미한 노력이라고 하지만 매일매일 남들보다 0.01%의 노력을 100일 1000일 10000일을 해나간다면 "이 세상 그 누구보다 좋은 실력을 갖춘 요리사가 될 것"이다.

어떤 분야든지 마찬가지로 작용이 될 것 같은 0.01%의 노력을 나는 매일 행하고 있다. 여러 가지 초밥 중에 하나만 꼽자면 '참치 초밥'을 말해주고 싶다.

"참치는 결이 따로 없다. 신경 쓰지 말고 빨리 썰어라!"라는 말을 줄곧 들어왔다. 하지만 내가 보았을 때 참치 등살은 분명히 결이 있고 질겨 보이는 막이 보였다.

찾고 따지고 들면 결이 눈에 보이고 특히나 꼬리 부분은 생선의 결 반대로 칼집을 넣지 않는다면 질길 수밖에 없다. 물론 이것을 씹는 맛으로 드시는 고객님들도 계시는 것은 사실이지만 어린아이와 치아가 좋지 않은 어르신들이 드실 수도 있는 참치 초밥은 항상 나에게 근심거리 중 하나였다.

눈다랑어 복육

어떤 가게를 가면 가끔 질긴 참치 초밥을 맛보게 되는 예도 있는 그것이 바로 이런 부분일 경우이다. 크게 신경 쓰지 않는 부분이지만 내가 근무하는 매장은 항상 결을 찾고 막을 찾아 끊어서 드리는 것을 원칙으로 한다.

다소 손이 많이 가지만 드시는 분들이 불편함이 없어야 한다.

눈다랑어의 복육부위의 질긴 부분을 하나씩 찾아 칼집을 넣으면 이런 모양이 된다.

눈다랑어 초밥

남들과 같은 곳에서 같은 시간을 보냈다. 그리고 남들과 같은 거래처에서 참치를 납품받고 비슷한 가격으로 판매를 한다. 하지만 내가 만든 참치 초밥은 남다른 식감을 자랑한다. 이것은 누군가가 단기적으로는 흉내를 낼 수는 있겠지만 지속할 수는 없을 것이다. 습관적으로 나의 생활에 녹아있는 이런 0.01%의 추가적인 손질 방법을 달리하는 노력은 내가 죽는 순간까지도 계속될 것이다.

어떤 분야든지 남다른 0.01%의 추가적인 노력을 쌓는 사람들이 있는 반면에 항상 0.01%의 빈둥거림으로 살아가는 사람들도 있다. 출근 시간에 5분 10분씩 늦게 출근하는 것은 당연하다는 듯이 생각하고 함께 일하는 사람들보다 항상 덜 움직이려는 사람들을 말한다. 고정적인 월급을 핑계로 삼아 최선을 다하지 않는 삶을 살아가는 사람들은 말한다. "나의 가게를 개점했을 때만 잘하면 되겠지!"라고 하지만 정작 본인과 비슷한 성향의 사람들과 함께 가게를 오픈 하고나서 얼마 가지 못하고 결국은 폐업하게 되는 경우가 대부분이었다.

사업을 하든지 연애하든지 가족 관계나 친구 사이에서도 눈에 보이지 않는 0.1%의 노력 쌓는 사람에게는 좋은 결과를 가져다준다. 요리사에게 남다른 0.1%의 추가적인 노력이 최고의 요리를 만들게 하고 최고의 '셰프의 삶'을 살 수 있도록 해준다는 것은 너무나 뻔한 이야기가 아닐까?

우리가 사는 세상이 금수저들만의 세상이고 가진 자들만이 성공할 수 있는 세상이라고 말하는 사람들 속에서 나는 자신 있게 말한다.

"이 세상은 금수저들만이 성공 할 수 있는 세상이 아니라 자기 분야에서 0.01%의 추가적인 노력을 하는 사람들이 성공할 수 있는 세상입니다."

0.01%의 노력을 쌓아 최고의 요리를 만든다. 그리고 우리는 0.1%의 셰프의 삶을 살아야 한다.

chapter 4

셰프라 불리는
당신의 삶
이대로 괜찮은가?

"10명 중의 8명은 엉뚱한 방향으로 가고 있다"

당장 내줄 수 있는 음식은
요리하지 말아라

SECRET DIARY

"현재 개업을 앞둔 매장의 80%가 잘못된 방법과 방향으로 오픈준비 중이다."

누군가 이 글을 읽는다면 많은 반론이 쏟아지겠지만 이것은 반드시 짚고 넘어가야 할 문제이다. 지금 당신이 요리하고 판매하고자 하는 메뉴와 가격, 매장의 시스템 등이 시작부터 잘못되었을 가능성이 80% 이상이라는 뜻이다. 아니라고 반박하는 사람들도 많겠지만 전체적으로 2년 이내의 식당 폐업률을 따지자면 80% 이상이라는 분석결과를 본다면 누구나 인정할 수밖에 없을 것이다. 그들 대부분이 잘못된 방향으로 오픈을 준비하고 있을 것이라고 확신한다. 그렇다면 "왜 이토록 많은 창업자가 잘못된 길을 걷고 있을까?"

그것은 바로 대다수 사람이 '지금 당장이라도 뚝딱 오픈할 수 있는 매장'

을 원하고 있고 '1년 안에 투자금을 회수할 수 있는 매장'을 준비하고 있기 때문이다.

물론 시대의 흐름에 따라 배달 전문점, 무인매장, 원팩시스템 매장 등 짧은 시간 안에 '대박 가게'를 이뤄내는 가게들도 많이 있었다.

하지만 '지금 당장 뚝딱 개업할 수 있는 매장'과 '1년 안에 투자금을 회수 할 수 있다'라는 매장들은 바꿔말해 '지금 당장이라도 문을 닫을 수도 있고 1년 안에 폐업할 수도 있는 매장'이라고 할 수도 있을 것이다. 정확하게 말하자면 당신의 가게가 손님께서 편안하게 이용하고 당신의 음식을 즐기게 해드릴 목적으로 오픈한 곳인지, 아니면 사장님의 돈벌이가 수월하게 잘되기 위한 목적으로 오픈한 가게인지에 따라 매장의 수명은 달라진다는 것이다. 오직 돈벌이를 위해서 오픈한 매장들은 찾아가기도 힘들고 냉난방 시설이나 화장실 관리가 전혀 안 되어있는 곳들이 대부분이다. 그런 곳은 손님께서 이용하기 불편하므로 반드시 배달/포장 영업만을 고수 할 수밖에 없을 것이다.

식당 창업을 준비하면서 월세가 싼 곳만을 고집하고 정확한 온도설정 조작도 되지 않는 중고 냉장고에 원 팩으로 포장된 냉동 냉장 제품들로 가득 채워서 운영을 준비하는 곳들은 6개월에서 1년 정도만을 영업하는 것을 목표로 하고 오픈했다고 해도 과언이 아니다. 앞서 말한 것과 같이 "2년 안에 반드시 폐업을 하기 위해서 오픈을 준비하는 것"과 같은 것이다.

그런 곳에는 '셰프의 삶'을 사는 사람이 한명이라도 있을 리 만무하다. 그저 시간만 보내려는 아르바이트생들과 음식의 풍미와 정성을 전혀 따지지 않는 장사꾼만 있을 뿐이다. 일시적인 유행에 맞춰 나오게 된 원 팩 냉동제품을 해동해서 내놓는 시스템의 유혹에 넘어가서는 안 된다. 지금 당장 뚝딱 오픈하는 매장들은 짧게는 6개월 길어봤자 2년 안에 많은 사람이 외식업에서 손을 놓게 되는 경우가 많이 있다. 나는 요리사가 되고 싶어서 하는 예비 요리사들과 식당 창업을 준비하는 사람들에게 반드시 두 가지 질문을 한다.

"당신이 요리하고 싶었던 것은 어떤 음식이었나요?"

"당신이 요리사(오너셰프)로서 20년쯤 더 살고 나면 어떻게 되고 싶습니까?"

이런 질문은 창업 전후의 본인의 이미지와 삶의 가치를 예상하는 데에 있다. 음식을 대하는 사람의 사고와 행동, 생활습관이 어떻게 변해가는지 자신을 살필 수 있어야 한다.

"그래야 실패와 좌절을 맛보면서도 이겨낼 수 있는 용기가 생기기 때문이다."

당장 내줄 수 있는 요리와 당장 뚝딱 하고 오픈할 수 있는 식당 창업을 해냈을 때 얼마 가지 못해 공허함과 씁쓸함은 물론이고 스스로에 대한 자괴감까지 밀려들어 힘들어하는 사람들이 대부분이다.

심리적인 문제보다 더 큰 문제는 따로 있다. 판매자의 식자재가 원 팩 제품에 대한 의존도가 높으므로 높아지는 공급단가와 낮아지는 품질에 소비자로서 목소리를 내기 힘들고 오히려 공급자에게 가격협상에서 끌려다니게 될 수 있다는 것이다. 물리적인 어려움은 자신을 포함한 주변 사람들까지도 힘들게 하고, 많은 이들에게 상처를 남기게 된다. 긴말은 더 필요가 없다.

"지금 당장 내주는 요리를 판매하거나 며칠 안에 뚝딱 오픈할 수 있는 가게는 오픈하지 말아야 한다."

"이 책을 읽은 당신은 더는 장사꾼이 아니다.
'셰프의 삶'을 살아갈 준비를 해야 한다."

셰프가
잘해야 하는 것

SECRET DIARY

셰프가 요리를 잘해야 하는 것은 기본이지만 '스스로 요리를 잘한다는 것'과 '자신이 요리할 때 가장 행복하다'라는 것만으로는 '셰프의 삶'을 살기가 쉽지 않다는 것을 알아야 한다.

'셰프'가 텔레비전 나와서 요리를 정말 잘하는 모습을 종종 볼 수 있는데 그것만이 전부가 아니란 뜻이다. 그들이 설명하는 것을 들어보면 요리를 전혀 해보지 않은 사람도 "이번 주말 저녁에는 나도 한번 저걸 만들어 볼까?"라는 생각이 들 정도로 자세히 잘 설명한다는 것이다.

이 말은 요리를 잘하는 것도 중요하지만 셰프는 잘하는 것을 뛰어넘어 '요리를 잘 가르쳐야 한다는 것이다.' 50인분 100인분 200인분 요리를 셰프 한 명이 식사가 시작하는 시간 안에 모두 맡아서 완성할 수는 없다. 셰프 본인의 실력이 100이라 했을 때 함께 일하는 직원들을 잘 가르쳐서 97%

이상을 완성하게 하고 마지막에는 직접 확인/보완을 해서 100에 가까운 음식을 식사시간에 맞춰서 완벽하게 나가야 하기 때문이다.

잘하는 것과 잘 시키는 것, 그리고 잘 가르치는 것은 다른 문제다.

그중에 잘 가르치는 것은 노력이 필요하다. 직원들이 업무를 제대로 이해하지 못하고 식자재 준비를 잘 해내지 못했다면 셰프는 직원들의 부족한 부분을 보강하고 실력을 쌓을 수 있도록 가르쳐야 한다. 그리고 그들의 부족한 부분만큼 작업 현장 속에서 더 움직여야 한다.

경력이 많은 직원은 개별적으로 따로 불러 설명을 해야 하고 경력이 없는 초보자의 경우에는 공개적으로 한 동작씩 직접 보여주며 단기적 기능을 높여야 한다. 학습능력이 떨어지는 직원은 학습능력이 떨어지는 사람들을 한곳에 모아서 함께 가르치는 것이 효과적이다.

간혹 본인이 배운 대로만 가르치려는 셰프들은 직원교육에 실패하는 일이 빈번하게 발생한다. 배우려는 의지와 체력 그리고 학습능력은 사람마다 개별적으로 다르기 때문이다.

특히나 소규모 식당의 경우는 특급 호텔이나 대형 매장과 비교하면 교육하기 더욱 힘들다.

대표적인 식자재인 양파를 예로 들자면 직원들에게 양파를 준비하라 했을 때 "여기 양파 준비해서 줘봐~" 이 말 한마디에 지금 작업하고 있는 것이 무엇인지를 알아차리고 껍질을 까고 씻고 적당한 크기로 썰어서 주는 사람이 있다면 정말 좋겠지만 처음 대면하거나 손발이 맞지 않은 직원의 경우에는 양파를 물에 씻으면서 껍질을 깔 것인지, 껍질을 까고 나서 씻을 것인지 가로세로 길이는 어떻게 할 것인지 그때그때 알려주어야 한다. 일반 소규모 식당에서는 주방 보조에게 양파를 준비하라고 했을 때 그대로 생양파를 갖다 놓는 사람도 간혹 발생할 수 있다.

물론 호텔조리용어로 편하게 "스몰다이스로 썰어주세요", "화인다이스로 썰어주세요", "뤼스로 썰어서 넘겨주세요~"라고 말할 수도 있겠지만, 일반 소형매장에서는 전문 조리용어가 전혀 통하지 않는 경우가 많을 것이기 때문이다.

당일 파출부로 오신 아주머니들, 방학 동안 주방에서 단기적으로 일하는 학생들을 데리고 일해야 하거니와 짧게는 한 달, 길게는 6개월에서 1년 안에 그만두고 나갈 어중이떠중이들을 데리고 주방일을 진행 시킨다는 것은 서울 촌놈을 시골에 데려와 소몰이를 시키는 것만큼이나 힘든 일이다.

이런 경우에는 하나하나를 직접 보여주며 설명해야 한다. 정말 실습생 같은 사람들을 데리고 매일 수시로 가르치면서 일할 각오로 개인 사업장을 오픈하지 않은 호텔조리사 출신 오너셰프들은 곧잘 병이 나곤 한다.

이런 단편적인 예만 들어도 다들 개인 사업장보다는 대형 매장의 직원들이 비슷한 수준의 조리 교육을 받았고 조리용어가 통하는 사람들이 대다수를 차지하기 때문에 다들 호텔에서 계속 근무하고 싶어서 하는 것일지도 모른다. 하지만 정말 레시피와 조리기술에 통달하여 누구나 잘 가르칠 수 있는 능력이 있다면 개인 매장에서도 충분히 능력을 발휘하게 될 것이다.

"한 명의 요리사를 만들기 위해서는
10명의 단골손님이 등 돌릴 것을 각오해야 한다!"

이 말처럼 많은 주방 직원을 가르치면서 영업을 하다 보면 손님을 놓치는 예도 있고 정말 화가 나는 경우도 많이 있다.

잘못 가르치거나 게으르게 가르치는 셰프가 있는 곳은 아무리 목이 좋고 유명한 식당이라도 고객님의 재방문율이 낮을 수밖에 없다. 아무리 좋은 상권에 멋진 인테리어와 좋은 메뉴들을 세팅해놓았다 한들 셰프가 수시로 가르치고 확인 감독하지 않는다면 그곳은 오래갈 수 없을 것이 뻔한 일이다.

'셰프는 누군가에게는 스승이 되어야 한다.'

"셰프는 요리를 잘하는 것도 중요하겠지만
 잘 가르쳐야 한다."

셰프의 삶을 살기 위한
전략, 전술, 터닝 포인트

SECRET DIARY

[전략] 셰프가 되려는 목적과 꿈 – 돈, 식욕 충당,

[전술] 셰프가 되는 방법 – 취업, 창업

[터닝 포인트] 셰프로서 개성과 성장 – 연구와 특허, 사업 확장

전략

2년의 외항선 선원 생활과 5년이라는 군 생활을 견디어 내고 사회로 나오게 된 나의 바람은 그저 비바람을 맞지 않고 일할 수 있는 곳이라면 어디든지 취업하겠다는 것이었다. 하지만 숙식 제공이 되지 않는 곳에 취업하게 된다면 남들보다 식비가 현저히 많이 발생하는 나로서는 생활이 유지

되지 않을 것이 뻔했다.

'나는 먹기 위해 사는 걸까? 살기 위해 먹는 걸까?'

누구나 한 번쯤 장난스럽게 들어봤을 것 같은 말이지만 나는 진심으로 고민하고 결심했다. '나는 먹기 위해 살 것이다.' 이 세상 누구보다도 맛있게 요리하고 많이 먹겠다는 각오를 다지며 생각했다. 대한민국이라는 사회에서 학력은 짧고 식욕이 남달리 충만한 내가 살아남을 수 있는 길은 바로 '셰프의 삶'이라는 결론에 도달한 것이다.

대한민국 사회에서 살아남기 위한 나의 생존전략은 나의 식욕을 수시로 충당해주며 낮은 학력으로도 취업할 수 있는 요리사가 되는 것이다.

전술

자발적이지는 않았지만 선원 생활을 하면서 주방일을 했던 경험들도 조금 있었으니 쉽게 취업이 될 것으로 생각했다. 하지만 식당 취업은 절대로 쉽지기 않았다. 면접을 수십 번이나 떨어졌다. 보통사람 같으면 "겨우 식당 주제에 따지기는 더럽게 따진다"라고 욕할 수도 있고 실망스러웠겠지만 나는 실망하기는커녕 더욱더 열심히 구직활동을 했다. 취업이 힘들었던 이유가 여러 가지가 있었겠지만, 결정적인 원인은 내가 구직하는 방법에 있었다. 구인광고를 게시한 적도 없는 식당에 손님으로서 식사하고 돌아간 뒤에 일하고 싶다는 생각이 들면 다음 날 가게로 찾아가서 취업을 의뢰하는 방식이었기 때문이다. 나의 입맛에 맞고 내가 일하고 싶은 멋진 인테리어를 갖춘 식당을 찾다 보니 취업이 더욱 어려웠는지도 모른다.

구인광고를 게시한 식당에서 식사하고 취업을 문의하는 것으로 방법을 바꾸고 나서는 날마다 즐겼던 맛집 탐방 겸 구직활동도 곧 끝나버렸다.

오랜 시간이 지났지만, 어제같이 생생하게 기억을 떠올리며 이런 이야기를 다른 사람들에게 들려주면 크게 웃거나 나의 지능을 의심받을 때도 있다. 하지만 정확하게 따지고 보면 나의 취업 전술은 완벽했다고 생각된다.

요리사가 될 사람이 구인광고만 보고 찾아가 면접을 본 뒤에 바로 취업을 한다면 손님으로서는 먹어보지도 않은 음식들을 주방에서 처음 맛보게 될 것이다. 여기서 문제가 발생한다. 주방에서 만들던 음식을 직원으로서 먹어보는 것과 손님으로서 식사했던 식당의 주방에 들어가 요리를 하게 되는 것은 순서만 다른 것 같지만 시간이 지나고 나면 전혀 다른 결과를 가져온다.

학생으로 예를 들자면 중학교에 동시에 입학한 학생 두 명 중에 예습하고 수업을 듣는 학생과 예습을 하지 않고 수업을 듣는 학생의 차이처럼 학습능력과 상관없이 습득력에서 차이가 날 것이다. 이와 마찬가지로 식당취업 전에 손님으로서 음식을 접하지 못했던 사람은 결과물(완성된 음식)을 충분히 즐기지 못했기에 식자재의 구성과 조리순서 그리고 마지막 플레이팅까지 모두 생소하게 주방에서 하나씩 배워나가야 하기 때문이다.

직급이 올라가거나 주방 책임자가 되었을 때는 그런 차이가 더 크게 나타난다. 오랫동안 만들어 온 메뉴겠지만 손님으로서 처음 느꼈던 분위기와 맛을 기억해 내고 추억하며 개선할 사항을 찾아낼 수 있는 요리사와 주방에서만 맛을 보고 수동적으로 조리기술이 주입된 요리사는 기량에서 차이가 나는 것은 당연하지 않을까?

그래서 주방 직원이 입사가 결정되었을 때는 첫 출근을 하기 전에 입사 예정자를 초대하여 메뉴를 시식하게 하는 업장들이 존재한다.

전국에 200만 명이 넘는 오너셰프와 요리사들이 근무하고 있겠지만 그들 중에서 본인 입맛에 맞는 음식을 조리하는 요리사는 과연 몇 명이나 될까? 본인의 입맛에 완벽하게 맞는 음식을 조리하고 있는 요리사가 10명이라면 그중에 한 명은 바로 나라고 생각한다. 그러므로 '셰프의 삶'을 살기 위한 나의 '전술'은 처음부터 완벽했다고 말한다.

터닝 포인트

그들처럼 될 수 없다면 터닝포인트를 찾아라

셰프가 되는 (전술) 방법은 크게 두 가지다.

누구나 알고 있는 방법이겠지만 본인이 가게를 오픈하고 주방을 맡으면서 '오너셰프'가 되는 것이 가장 확실한 방법이다. 또 다른 하나는 다른 이가 오픈한 매장에 셰프로 취업을 한다는 아주 간단한 방법이 있다. 식당주인 겸 요리사라는 뜻의 '오너셰프?' 이런 말은 언제부터 생겼을까?

팔자 좋게 하고 싶은 거 다 하면서 흥청망청 살던 식당 아들 녀석이 결혼도 하고 나이가 들게 되면 보통 주방에 박아놓고 주방일을 배우게 해서 가업을 물려받게 된다. 이런 식으로 2대 3대째 내려오는 식당의 '오너셰프'가 대부분이다.

물론 퇴직 후 나이가 너무 많아 재취업이 어려워서 어쩔 수 없이 식당을 창업하고 오너셰프가 된 예도 있다.

　내가 아는 오너셰프들은 대부분이 식당 사장의 아들로서 사회생활에 적응하지 못했다. 늦은 나이에 부모님 가게 일을 돕다가 겨우 물려받은 사람들이 대부분이란 뜻이다.

　식당 사장 아들 중에서 '오너셰프'로서 가업을 물려받는 이들은 자식 중에 가장 무능력하거나 조금 모자라는 사람이 아니라면 대부분이 '한량'이었다. 주방에 들어와서 하는 일 없이 빈둥거리다가 주방 직원들이 식자재를 훔쳐가거나 요령을 피우는지 또는 자리를 비우는지를 감시하고 고자질하는 사람 정도라면 아주 훌륭한 편이라 생각했었다. 그래서 의외로 2대째 3대째 이어온 가게의 '오너셰프'가 되는 과정은 생각보다 어렵지가 않다. 주방에서 실수하거나 수시로 결근 지각을 해도 단 한 번 야단 맞지 않고 넘어갈 수 있는 특권을 가지고 있으며 언젠가는 '오너셰프'가 될 수밖에 없는 확정된 금수저의 삶이다. 몇몇 개념이 없는 '사장 아들'이나 조카들이 가게 주방이나 홀에 직원으로 있는 곳은 이런 특권들 때문에 가게 분위기가 나빠지고 직원들이 수시로 교체가 된다. '절이 싫으면 중이 떠나야 한다.'라는 것은 세상의 이치이기 때문이다.

　당연히 가족이고 친척이니깐 보통 직원들보다 급여도 많이 챙겨 받으면서 쉬는 날도 더 많겠지만 그마저도 수시로 자리를 비워서 함께 일하는 직원들을 힘들게 했던 사람들이 대부분이었다. 친척이나 지인들 오면 홀에 나가서 얼굴도 비추고 술자리도 함께 즐기며 본인이 꼭 준비한 것처럼 설명하던 모습이 어찌나 꼴 보기 싫었는지 지금도 2대째 3대째 이어져 온 집들이나 젊은 '오너셰프'가 운영하는 '대형 매장'이라고 하면 색안경을 끼고 살펴보게 된다. 방송에서는 더욱 멋지게 잘 꾸며져서 소개되기 때문에 요식업계의 흙수저인 나는 배알이 꼬이고 더욱 속이 쓰려서 그런? 이들이 나오는 방송을 잘 보지 않는다.

그들에게는 식당을 물려받는 것이 인생의 '터닝 포인트'이고 도전이고 희망이겠지만 그곳의 직원들에게는 그저 민폐이고 꼴사나운 지랄병일 뿐이다. 재벌가의 갑질과 세습경영과 재벌 특혜에 대해 세상 사람들은 관심을 가지지만 그에 비해 작은 규모의 식당 세습경영과 낙하산 특혜에 대해서는 세상 사람들은 그 누구도 신경을 쓰지 않는다. 사람들의 눈에는 그저 '몇 대째 이어져 온 대단한 식당?'일 뿐이다.

공기업에 비정규직으로 입사한 직원들의 정규직화를 주장하고 사회적 이슈를 끌지만, 정작 정규직으로 입사한 식당 직원들은 비정규직이나 계약직 직원보다 못한 대우를 받으며 살아가고 있다.

누군가는 10년넘게 열심히 일해온 직장이었겠지만 사업에 실패한 사장님 아들에게 주방장 자리를 내주고 떠나야 했다. 어떤 이는 20년이 넘는 시간을 보내며 식당 입구를 지키며 살아왔지만 가게 사장님 조카며느리에게 점장 자리를 내어주고 떠나야 했었다. 하소연할 곳도 없고 원망할 수도 없다. 억울하면 식당주인 자식으로 태어났어야 했다. 그리고 세상 사람들 그 누구도 아무런 신경을 쓰지 않는다.

고인 물이 썩듯이 그냥 내가 한곳에 오래 일하다 보니 나태해지고 나이가 들어 쓸모가 없어져서 떠나게 되었다고 자책하고 자기 자신을 비난하는 사람까지 있다.

그들은 갑작스러운 실직을 인생의 '터닝 포인트'라 생각을 하고 이직 또는 창업을 준비했지만, 재취업과 창업에 번번이 고배를 마셨기 때문이다. 그들에게 심심한 위로를 전하고 싶지만, 그들에게는 부족한 것이 있었다.

그들은 매일매일을 열심히 일하였겠지만, 성장이 멈춰있었다. 버림받기 전에 먼저 버리고 떠날 수 있는 용기가 필요했었고, 언제라도 떠날 수 있는 준비가 필요했었다.

갑작스럽게 이직을 준비하고 창업을 준비하려고 해보았겠만, 마음의 조급함으로 본인의 역량을 충분히 발휘하지 못한 경우가 대부분이었다.

창업과 이직을 하기 좋은 시기는 화가 났을 때와 퇴사를 권유받았을 때는 정말 최악이고 갑작스러운 실직으로 무기력에 빠졌을 때는 정말 최악 중의 최악이라고 볼 수 있다.

창업과 이직은 철저한 준비가 되어있고 장기적 계획과 단기적 계획을 세우고 하루하루를 계획들을 실행하고 있을 때만 성공할 가능성이 커진다.

'터닝 포인트'는 매일 성장하고 있는 사람과 날마다 준비를 하는 사람에게만 온다.

가지지 못한 것을 갈망하지 말고 '셰프의 삶'을 살아라

몇 대를 대물림하여 이어져 온 가게 또는 개그맨 출신, 가수 출신, 운동선수 출신 등의 오너셰프들의 유명세를 이용한 식당들은 개인적인 전략, 전술로서는 이길 수가 없다. 그들이 방송에서 던진 말 한마디에 동종업계 식당들 매출이 들썩이는 것을 보면 간혹 나도 가게 간판을 바꾸고 싶을 때가 있을 정도이다. 그런 이들도 이겨내기 위해서는 삶의 '터닝 포인트'가 필요하다. 내가 요리사가 되기 전에 혹은 내가 식당 창업을 하기 전에 지금 내가 어느 수준의 위치에 있고 어디를 향해 나아가야 하는지 알아야 한다. 방송인 출신, 연예인 출신 ○○○ 씨처럼 스타 셰프와 친구를 먹거나 고용을 할 수 있겠는가? 젊은 시절부터 식당경영을 천직으로 생각하고 40년을 해온 사람 혹은 인생의 희로애락을 주방에서 20년 이상을 즐기며 살아온 사람들보다 주방운영을 잘할 수 있겠는가?

가정형편이 좋아서 해외 유명 요리학교를 졸업하고 목 좋은 자리에 식당 창업 할 수 있겠는가? 늘 가지지 못한 것을 생각하고 남들과 비교하기 시작하면 결코 시작할 수도 없을 것이다.

우리는 각자의 목표를 향해 열심히 살아왔고 새로운 일에 도전하며 살아왔으며 지금 이 자리까지 와있다. 지금 당신이 할 수 있는 것은 동네 식당 주인 또는 동네식당 요리사의 삶에서 벗어나 오늘을 기점으로 '셰프의 삶'을 살아가는 것이다. 한 걸음 한 걸음씩 하루하루를 최선의 삶을 살아가는 것이다. 가끔 백종원의 골목식당을 볼 때면 출연자들이 방송 출연으로 장사가 잘되기도 하고 욕을 먹기도 하고 대성하는 모습들을 보았지만, 그곳에 나오는 '레시피'나 '조리기술', '광고효과'들보다도 정말로 배워야 하는 것은 그들의 '삶의 태도'이다. 매일 성실하게 생활하고 좋은 식자재를 사용한 요리를 손님께 내놓는 그들의 '삶의 태도'를 보고 배워야 한다. 골목상권의 작은 가게들이지만 한 명 한 명이 '셰프의 삶'을 살아가는 그들의 거듭나는 생활을 우리는 그것을 보고 배워나가야 한다.

장사가 잘되는 날이면 잘되는 날이라고 기분 좋게 늦게까지 술을 마시고, 장사가 안되는 날이면 안 되는 날이니깐 일찍 마감하고 술자리로 향한다면 곧 망하게 될 것은 뻔한 일이다. 주방일을 좋아하고 먹는 것이 좋아서 시작했겠지만 타고난 금수저가 아닌 이상 우리는 항상 외식업계에서는 열등생이다.

남들보다 1시간 일찍 출근해 먼저 시작하고 1시간 늦게 퇴근하며 자신의 내면과 대화할 수 있는 시간을 가져야 한다.

'셰프'로서 자신의 인생을 전략적으로 살아가야 가며 각자의 '터닝 포인트'를 찾기 위해 준비해야 한다.

"내가 갖지 못한 것을 갈망하거나 질타하지 말고 '셰프의 삶'을 살아라."

요리하고 싶은 분야를
찾는 방법

SECRET DIARY

나는 소시지가 싫어요

"요리하는 것이 행복해요"

"요리하는 것이 재밌어요."

이렇게 말하는 사람들이 간혹 있다. 정말일까? 자세히 물어보면 요리하는 것보다는 먹고 싶어서 하는 마음이 더 큰 경우가 대부분이었다.

- 먹고 싶다 ⇒ 요리하고 싶다.
- 먹는 것이 행복하다 ⇒ 요리하는 것이 행복하다.

나는 어릴 적에 간혹 먹었던 줄줄이 비엔나소시지가 제일 좋았다.

"매일 소시지만 먹었으면 소원이 없겠다."

"매일 소시지만 봐도 너무 행복하겠다."

라는 생각으로 학창시절을 보냈다. 얼마나 소시지가 좋았는지 '어른이 되면 경남 진주에 있는 소시지 공장에서 일해야겠다'라는 소망을 글로 적어놓았을 정도였다.

하지만 레스토랑에서 일하며 하루에 1시간씩 소시지에 칼집 넣는 일을 매일 하게 되면서부터 소시지가 싫어졌다. 소시지를 만들 때마다 느껴지는 짠 내와 고기 냄새는 시간이 지나도 적응하기가 힘들었고 나중에는 소시지를 보기만 해도 징그러울 정도가 되었다. 그토록 좋아했던 '소시지가 이제는 정말 싫어졌다.'

최고의 레전드 농구선수였던 서장훈 씨가 제일 싫어하는 말을 빌리자면

"좋아하는 일을 한다고 해서 즐길 수만은 없다."

"그렇다! 좋아하는 일은 한다고 해서 그걸 즐길 수만이 없었다."

소시지를 1시간씩 만지는 일은 정말 괴로웠다. 요리하는 것을 좋아한다고 해서 요리사의 길을 선택했다가 낭패를 보고 전혀 다른 길로 떠나는 사람들을 종종 보아왔다.

"좋아하는 것을 하고 즐겨라?"

"웃기는 소리다 즐겨서 하는 일이 무슨 최고의 성과를 낼 수 있겠는가?"

"노력하는 자가 즐기는 자를 못 따라간다는 말은 정말 무책임하다!"

서장훈 선수 그는 하루하루가 전쟁이었고 진지하게 게임에 임했지 단 한 순간도 즐기면서 즐겁게 운동한 적이 없었다는 그의 말을 들었을 때 정말 공감이 갔다. 하지만 그가 최고 농구선수의 삶의 살았던 것은 "계속된 자기

발전과 성장을 즐기고 있었기 때문이 아니었을까?"라고 한편으로 반박도 해보지만, 소시지를 떠올리면 나 역시 그의 말을 결코 부정할 수가 없었다.

'셰프의 삶'도 마찬가지라고 생각하기 때문이다. 계속된 자기발전과 성장이 있는 분야를 찾아야 한다. 여러 종류의 식자재를 만질 수 있고 여러 가지 요리를 직접 개발할 수 있는 곳 호기심이 가득한 곳에서 일하고 싶어서 해야 한다.

나는 수많은 치즈와 소시지를 만지면서 이런 게 셰프의 삶이라면 선원 생활과 해병대 하사관으로 생활하면서 즐겼던 바다생물을 만지고 싶어졌고 그렇게 일식 요리사로 업종을 변경하게 되었고 지금까지 만족하는 삶을 살고 있다.

셰프의 삶 vs 공무원의 삶

처음에는 '셰프의 삶'을 살고 싶다고 말하지만, 대부분이 대기업이나 공기입 직원의 삶을 살려는 사람들이 대부분이다. 그들은 짧은 학력으로 짧은 근무시간과 안정된 생활을 원하고 있는 '겜블러' 같은 사람들이다. 누구나 잘 아는 대기업 또는 이름만 대면 알 수 있는 특1급 호텔만을 고집하다 '셰프의 삶'을 포기해버리는 사람들을 볼 때마다 마음이 아프다.

5년 전 일이다. 오래전에 함께 일하던 동생에게 전화가 왔다.

"형님! 이 길은 제길이 아닌가 봐요. 이번에도 정직원이 되지 못했습니다."

몇 해 전 초밥집에서 함께 일했던 동생이었는데 1년 만에 퇴사해버리고 전문대학에 진학했다는 소식을 들은 뒤에는 한동안 연락이 없었다가 종종 소식을 전해 듣곤 했었다. 졸업 후 호텔에 들어갔고 하는 일에 만족한다는 이야기까지는 전해 들었는데 오랜만에 직접 전화해서 한다는 소리가 계약직으로 2년을 허비하고 이제 곧 나와야 한다는 이야기였다. 듣다 보니 너무나 당연한 이야기였다 하지만 본인은 이해를 못 하는듯해서 쓴소리를 퍼부었다.

"업무 내용이 그렇게 단순한데 비싼 돈을 지급하고 너를 계속 써야 하는 이유가 있을까?"

"해마다 대학에서 수많은 졸업생이 쏟아져 나오고 있고 너보다 말 잘 듣는 어리고 급여를 덜 받는 사람과 계약을 하는 것이 회사로서 더 이익이 될 수 밖에없어 보인다."

"하루에 12시간 일할 때는 책도 읽고 서평도 쓰고 요리도 개발하더니 호텔에 취업하고 그동안 하루 8시간 일하고 나서는 뭐했냐?"

"네가 지난 2년 동안 했었던 일들만 잘 정리해서 자료를 만들고 연구했어도 지금 다른 데서도 서로 너를 데려가겠다고 난리였겠는데 2년 동안 모은 자료는 있니?"

"이왕이면 대학 갓 졸업하고 군기가 바짝 들어있는 신입 쓰고 싶지 경력 많고 나이 많은 신입을 정직원 시키면 너보다 먼저 들어온 나이 어린 입사 선배들은 불편하지 않겠어?"

"지난 2년 동안 직장 동료 중에 너를 끌어줄 사람들을 확보하지 못했다면 거기에서 일하는 동안에 너한테는 편한 직장이었겠지만 그곳 직원들에게 너는 그냥 불편한 직장 동료였을 뿐이다."

"안정된 직장을 얻고 싶으면 재수 삼수해서 좋은 대학 나오고 좋은 직장에 취업해야지, 원서만 넣으면 들어가는 지방전문대를 나와서 대기업 정직원을 바라고만 있냐?"

전화수화기 너머로 힘없는 목소리가 흘러나왔다.

"노력하고 정말 최선을 다했는데도 안 되는 걸 어떡해요!"

이 말을 들은 순간 화가 나서 소리쳤다.

"네가 출퇴근만 했지 뭘 노력했는데?!"

남들과 같은 공간에서 똑같이 생활하고 시간만 흘려보내는 그것을 노력했다. 최선을 다했다는 말하는 사람을 나는 정말 싫어한다.

공부를 전혀 하지 않았던 학생이 고3이 되고나서 몇 달이 지난뒤 마음을 잡고 학교 수업시간에 집중하고 숙제하기를 시작했다면 그것이 노력한 것이라고 할수 있을까?

다른 친구들은 모두 수업에 집중하고 숙제를 해오기를 3년 전부터 항상 해오고 있었고 1학년 초부터 공부를 전혀 안 하던 학생이 3학년 2학기가 되어서 수업에 뒤늦게 집중하고 열심히 숙제를 해내기 시작했다면 그것이 노력한 것이되고 좋은 대학에 갈수도 있다는 말과 같은 것이다. 그것은 노력을 시작했다기보다는 안 하던 것을 하기 시작했을 뿐이다. 추가로 과외를 받든지 학원에 다니든지 홀로 복습을 하든지 뒤처진 부분을 메꿔야 한다.

즉 안 하다가 하는 것을 노력 했는데 안된다고 억울하다고 말하는 사람들이 간혹 있는데 그저 혐오스러울 뿐이다.

나는 말을 이어나가며 질문했다.

지난 2년 동안 추가로 획득한 자격증 있는가?

지난 2년 동안 토익점수는 얼마나 올렸는가?

지난 2년 동안 호텔 계약직 생활과 업무 내용에 대해 따로 정리해둔 자료가 있는가?

지금 정직원으로 근무하고 있는 사람의 포지션이 공석이 되었을 때 본인이 인수인계를 받지 않고도 바로 맡아서 일할 수 있는 사람이 되어있는가?

새로운 메뉴 또는 식자재를 더 위생적으로 손질할 방법을 몇 가지나 개발하였는가?

돌아오는 대답은 "없어요, 없는데요, 아니요"였다.

"노력은 남들과 똑같이 출근하고 남들과 똑같이 퇴근하면서 네가 맡은 일만 해낸다면 그게 무슨 노력이냐?"

"남들과 똑같이 출퇴근하고 추가적인 노력이 없었다면 그냥 계약직으로 있다가 계약이 종료되면 나가는 것뿐이다. 지금의 너를 회사에서 붙잡아야 할 이유가 1도 없는 거야."

"나는 10년 넘게 주방 책임자로. 근무하고 있지만 지금도 다른 직원들보다 1시간 이상 일찍 출근하고 1시간 이상 늦게 퇴근하고 있어! 계절마다 손해 보더라도 제철 생선을 사용하고 있기 때문에 내가 사장님께 꼭 필요한 존재로 남을 수 있는 거야."

"물론 완벽한 주방시스템을 유지하려는 나의 욕심을 채우는 것이지만 완벽한 주방을 위한 나의 희생이기도 해!"

나의 인맥을 통해 그친구의 정직원 채용을 부탁해볼 수도 있고 공석이 있는 일자리를 알아봐 주고 싶기도 했지만 오래전에 함께 일한 1년보다 최근의 지난 4년이라는 시간을 어떻게 보냈는지 모르는 상태에서 내가 해줄 수 있는 일은 아무것도 없었다.

대학과 호텔 계약 직원으로서 허송세월하였다고 자책하고 있겠지만 정작 중요한 것을 모르는 것 같았다. 원하는 직업을 갖는다 해도 원하는 분야가 아니거나 원하던 분야라 하더라도 원하는 작업을 하지 못하는 상황이라면 결코 행복해질 수도 없고 성장할 수 없다는 것이다.

"지금 네가 할 수 있는 일은 지금까지 계약직으로 쌓아온 호텔경력으로 재취업을 준비하는 것이다. 하지만 그전에 네가 진정으로 요리하고 싶은 분야를 찾는 것이 먼저다. 그리고 그 분야에서 최고가 되는 것이 정말 중요하다고 생각해!"

그 녀석은 몇 년 뒤 중장비 자격증을 따게 되었고 건설 분야에서 일하는데 재밌다고 연락이 왔다.

사람이 살아가면서 본인이 진정으로 하고 싶은 일을 하면서 사는 사람은 얼마나 될까?

"직업이나 직장은 꿈이나 목표가 될 수 없다."

원하던 직업을 갖게 되어도 원하는 분야에서 일할 수 없는 예도 있고 원하던 분야에서 일하더라도 원하던 작업을 하지 못하는 경우도 많이 있기 때문이다.

약 21년 전에 만18세에 처음 갖게 된 직업은 선원이었고 일하게 된 분야는 요리였다. 둘 다 원하지 않았지만, 그때는 할 수밖에 없었다. 학비가 무료인 고등학교에 다녀야 했고 고3 5월에 취업에 성공해서 겨우 돈을 벌게 되긴 했지만, 너무 힘들어 포기하고 싶었지만 돌아갈 곳이 없었다. 1년 뒤에도 역시나 어려운 가정형편으로 직업군인의 삶을 살아야만 했다. 왜냐하면 1년 남짓한 선원 생활을 하는 동안 입금된 봉급을 집에서 모두 탕진해 버렸기 때문이었다. 물론 일반 병사로 군생활을 하는 것 또한 불가능 했기 때문에 4년이 넘는 시간 동안 하고 싶지 않은 일하면서 먹고 싶지 않은 음식을 먹고 살았다.(해병대 짬밥은 정말 맛이 없다.)

지금은 내가 원하던 직업을 갖게 되었고 원하는 분야에서 원하는 초밥 요리만을 하고 있다. 거기에 함께 일하고 싶은 사람만 뽑아서 함께 일할 수 있는 위치에서 근무하고 있는 행복까지 누리고 있다.

화제가 되는 소식으로 간혹 들을수 있는 이야기들이 있다. 몇 년을 공부해서 합격한 공무원, 공기업 직원들 또는 연예인들이 전혀 다른 분야로 발길을 돌린 것에 많은 사람들이 질타하고 새로운 도전을 응원하기도 한다.

그들이 변덕스럽다며 탓하는 사람들도 종종 있지만 자세히 알고보면 원하는 직업을 가졌음에도 원하는 분야에 속하지 못하는 예도 있고 원하는 분야지만 본인이 원하던 작품을 할 수 없다면 그보다 더 괴로울 수는 없을 것을 예상할 수 있을 것이다.

요리사도 마찬가지이다. 정말 극단적인 예를 하나만 들자면 호텔조리부서 내의 인력 이동으로 날생선을 전혀 먹지 못하는 요리사가 일식 분야에서 근무하게 되는 예도 있었다. 퇴직 후에도 그런 이들이 개인 일식당에서 근무하는 경우가 종종 있지만, 그들은 여전히 날생선 맛을 보지 못한다. 깊게 생각해보면 정말 소름 끼치는 일이다. 먹는 것을 좋아하고 요리하는 것이 좋아 취업했는데 본인이 먹지도 못하는 음식을 온종일 만지고 있다는 것은 얼마나 괴로울지는 각자의 상상에 맡긴다.

날생선을 먹지 못하는 일식 요리사들이 생각보다 많이 있다는 것을 알게 된다면 정말 놀랄 것이다. 그들은 '셰프의 삶'을 살고 있기보다는 호텔이라는 직장 하나만을 바라보며 퇴직할 날만을 기다리는 회사원일 뿐이다.

그래서 요리사가 되기를 갈망하는 학생들에게 호텔, 대기업 정직원을 꿈꾸는 것도 좋지만 그보다 '셰프의 삶'을 먼저 알게 해주고 싶었다.

요리하고 싶은 분야를 찾기 전에 준비하여야 할 3가지

첫째, 매일 먹을 수 있을 만큼 사랑할 수 있는 메뉴를 3가지 이상 정할 것

요리하고 싶은 분야를 찾기 위해서는 종일 맡을 수 있고 1년 내내 맛봐도 질리지 않을만한 메뉴가 3가지 이상은 있어야 한다. 그 메뉴는 당신만의 열정이고 무기가 되어야 한다.

둘째, 강한 체력을 만들 것

요리사 생활을 하다 보면 지치고 지겨워서 포기하고 싶을 때가 반드시 생긴다. 강철같은 체력이 없다면 어느 순간 주방시스템을 따라가지 못해 남들에게 피해를 주게 되거나 스스로 자괴감을 느끼게 되는 경우도 생길 수 있다.

셋째, 나 자신을 사랑할 것

나 자신을 사랑하는 것은 무턱대고 사랑만 하라는 뜻이 아니라 "소질이 없다"라는 소리를 듣거나 "헛돈을 날렸다"는 소리를 듣더라도 계속할 수 있는 노력을 해낼 수 있어야 한다는 것이다. 머리 나쁜 아들을 위해 대학편입과 해외 유학에 2번이고 3번이고 계속해서 지원해줄 수 있는 부모님의 마음만큼이나 본인 자신을 사랑하는 마음을 가져야 한다.

나는 세 번째를 가장 강조하고 싶다. 세상살이에서도 '자기 자신을 사랑하는 것이 가장 중요'할 것이다. 그렇지 않다면 요리 하고 싶은 분야를 찾기 힘들 것이고 찾는다 해도 오래가지 못할 것이다.

요리하고 싶은 분야를 찾기를 원한다면 자신을 먼저 사랑해라.

주방에서
끝까지 버티는 힘
— SECRET DIARY —

욕망을 품어라

아침 시간을 쥐어야 한다

　어떤 가게나 마찬가지겠지만 주방은 오픈 1시간 전부터는 모두가 부산스럽게 움직인다. 넓은 주방에는 포지션별로 맡은 영업준비에 바쁜 사람들이 대부분이겠지만 난 항상 오픈전에 여유롭게 차 한 잔을 즐기며 준비하는 이들을 지켜보며 시간을 보냈다. 물론 그 당시에 나는 가게 사장도 주방 책임자도 아녔다. 하지만 항상 여유롭게 일할 수 있었던 데에는 이유가 있었다. 항상 남들보다 30분 정도 늦게 퇴근하더라도 다음 날 사용할 식자재가 부족하거나 준비가 덜 된 것은 없는지 한 번 더 확인하고 다음 날 아침에 작업할 순서를 기록한 뒤에야 퇴근했다. 매일 아침 남들보다 3시간을 일찍 출근하여 새벽에 배송된 식자재를 정리하고 내가 맡은 포지션 임무를

끝내놓고도 시간이 남아서 지각하거나 결근한 입사 선배의 일까지 도맡아서 해냈기 때문이다.

"거기~ 보기만 하지 말고 저기쯤 가서 도와줘라."

간혹 주방장에게 '너 혼자 잘났으면 다냐?'는 핀잔을 듣기도 했다.

2시간이면 잠을 더 잘 수도 있고 어디 가서 2시간 아르바이트해도 경제적으로 더 풍요롭게 지낼 수도 있는 누구에게나 소중한 시간이다. 그런 소중한 시간을 맹목적으로 식당에 투자했던 것은 그 당시에 근무하던 식당의 주방을 장악할 힘을 원했기 때문이다. 근무하던 식당의 모든 '조리기술'과 '레시피'를 내 것으로 만들겠다는 욕망과 강철같은 체력으로 누가 보아도 15명의 주방 직원 중에서 제일 부지런하고 일 잘하는 사람이 되고 싶었다.

초보자가 남들보다 일찍 출근해야 하는 이유는 힘이 생기기 때문이다. 누구나 마찬가지겠지만 시간에 쫓기다 보면 조급한 마음에 실수하게 되고 실수가 반복되는 요리사에게는 성장을 기대하기가 어렵다. 남들보다 일찍 출근하여 완벽히 준비하고 영업시간에는 요리에만 집중할 수 있을 때만 실수가 줄어들고 조리기술이 숙달된다. 숙달된 조리기술에 속도까지 붙으면 더욱 완벽한 요리를 해낼 수 있다.

"쉽게 말해 남들보다 시간을 앞당겨서 시작해야 한다는 것이다."

시간을 앞당겨서 시작한다면 완벽한 준비를 할 수 있으므로 영업시간에는 요리에만 집중할 수 있다. 식자재와 조리도구를 완벽하게 준비해 두었다면 시간에 쫓기며 영업시간 중간에 식자재를 손질할 필요 없이 요리에만 집중할 수 있을 테니 실력이 나아질 수밖에 없다. 완벽히 준비된 자는 맡은 포지션 안에서 그 누구에게도 잔소리를 듣거나 야단맞을 일이 전혀 없을 것이다. 주방 책임자든 가게 사장님이든 경력이 많은 선배라도 지적을 할수 없을 것이다.

반면에 정시에 출근하거나 지각을 한 초보자는 미숙한 실력으로 시간에 쫓겨 가면서 식자재를 준비하다 보니 영업시간이 다 되어 가는데도 주변 환경을 정확하게 파악/정리가 되어있지 않은 경우가 종종 있다. 준비되지 않은 상태에서 영업을 시작하게 되었을 때의 부담감은 실수로 이어지기 마련이다. 요리하던 도중에 조리도구를 찾으러 다니고 부족한 식자재를 손질해가면서 요리하기란 쉽지 않을뿐더러 괴롭기까지 하다.

근무시간에 발생하는 잦은 실수의 반복으로 수시로 지적을 받고 욕을 먹으면서 상처받고 괴로워하던 신입 직원은 결국은 퇴사를 결심할 수밖에 없다. 이런 부류의 인간들은 다른 곳에 재취업을 하고 시간이 흘러서 주방 책임자가 되어서도, 본인 가게를 개점해서도 마찬가지로 주방을 개판으로 만든다. 게으른 것은 폐업으로 이어지고 다시 어딘가에 재취업하고 또다시 본인의 가게를 오픈하게 되겠지만 다시 한번 폐업하게 되는 것은 당연하게 이어지는 악순환이 계속된다. 유난히 폐업빈도가 높은 가게에서 근무하는 주방 책임사들은 아마도 이런 부류의 사람일 확률이 높을 것이다.

지금이라도 변화를 절실히 갈망하고 최고의 요리사를 꿈꾸는 사람이라면 아침 시간을 쥐는 것에 승부를 걸어야 한다. 한 달만이라도 아침 시간을 쥘 수 있는 요리사가 된다면 지난 1년의 성장보다 더 큰 성장을 느낄 수 있을 것이다. 요리 실력이 나아질수록 요리할 맛이 난다. 요리 실력이 좋아지면 삶이 행복해진다.

누구에게나 공평하게 24시간이라는 시간이 주어지지만, 아침 시간을 확실하게 자기 것으로 쥐는 사람은 드물다. 아침 시간을 쥘 수 있다면 하루를 쥘 수 있고 하루를 쥘 수 있다면 한 달을 쥘 수 있다. 그렇게 우리는 인생을 쥘 수 있다.

> "최고가 되기를 갈망한다면
> 아침 시간을 쥐어야 한다."

버티는 것 = 나가고 있는 것

영업시간마다 셰프의 눈치를 살피고 욕을 처먹는 사람들이 있다. 국물이 넘치지 않도록 또는 튀김이 타지 않도록 타이머를 설정하면 되는 쉬운 일인데도 타이머를 누르지 않아 국물이 넘치거나 튀김이 타도록 내버려 두는 사람들은 정말 게으른 사람이다. 손가락 하나 까딱하기도 싫다는 게으름뱅이에다 인간쓰레기들이다. 그들의 게으름은 동료들의 호흡기를 상하게 하고 주방 기물의 수명을 짧아지게 하며 음식을 기다리는 고객님을 화나게 한다. 이 글을 읽은 사람은 '셰프의 잔소리'에 본인 기분이 상하는 것만 생각하는 수준 이하의 인간이 되지 않기를 바란다.

매일 하는 일인데도 조리 중에 식자재 또는 향신료를 한가지씩 빼먹는 사람이 있다. 그런 사람은 학창시절에도 시험에 나온다는 문제와 정답까지 선생님께서 알려줘도 시험 당일에 답안지에 정답을 적지 못하던 덜떨어진 학생 같은 사람이다. 결코, 새로운 메뉴도 아니고 레시피에 변화도 전혀 없었다. 그냥 중간에 식자재 하나를 깜빡 잊고 요리하는 것이다. 이런 직원은 따로 불러서 야단을 치고 조리방법을 10번씩 쓰도록 한다. 같은 실수가 반복되면 50번씩 쓰도록 한다.

덤벙거리고 같은 실수를 반복하는 것은 지능이 낮은 것뿐이다. 학습능력이 떨어지는 사람은 꾸준한 반복 학습을 하도록 하여 반드시 암기할 수 있도록 해야 한다.

배우겠다는 열정보다 가르치겠다는 열정이 더 클 때 학습능력이 떨어지거나 의지가 약한 사람까지도 함께 이끌어 나갈 수 있다.

보통사람보다 학습능력이 떨어진다는 것을 스스로 인정하는 사람 중에 '주방에서 버티는 힘'을 가진 사람은 크게 두 가지 부류이다. 다른 곳으로 이직할 능력이 없으므로 어쩔 수 없이 버티는 사람과 부족한 학습능력에도 불구하고 갖고 싶은 기술을 반드시 습득하고 그 기술에 통달하겠다는 의지를 가진 사람이다.

나는 두 가지 부류의 사람들 모두를 응원한다.

"그들은 주방에서 버티기만 하는 것이 아니라 나아가고 있기 때문이다."

이루고 싶은 욕망만큼의 시간을 투자해라

백화점, 먹거리 장터, 예식장 뷔페 등에서 요리사들은 주말에 특히나 바쁘다.

그들의 표정을 자세히 살펴보면 굳은 표정으로 부산스럽게 움직이는 사람들과 밝은 표정으로 여유롭게 움직이는 사람들 둘로 나눠진다.

백화점 또는 아웃렛 매장은 평일과 비교 했을 때 주말 매출이 5배 이상 나올 정도로 특히나 바쁘다. 그런 이유로 주말에는 자발적으로 30분이나 1시간씩 일찍 출근해서 여유롭게 움직이는 사람들의 표정에는 여유가 있어 보이겠지만, 평일과 같은 시간에 출근해서 바쁜 만큼 빠르게 움직이겠다는 사람들은 표정이 굳어 있을 수밖에 없다.

시급제이든 월급제이든 본인의 시간을 1도 손해 보지 않으려는 사람들이 표정이 굳은 사람들이다. 그들은 부산스럽게 움직이는 만큼 잦은 실수를 하게 될 것이고 결국은 얼마 못 가서 이직하게 될 것이다.

바쁜 만큼 조금 일찍 출근해서 본인의 시간을 투자한 사람만이 업장과 함께 오래갈 수 있다. 주방에서 버티는 힘을 키우기 위해서 하루에 5분씩 시간은 앞당겨서 일찍 출근하는 습관을 들인다면 당신이 투자한 시간만큼의 여유를 얻을 수 있다.

• 월 - 5분, 화 - 10분, 수 - 15분, 목 - 20분, 금 - 25분

이런 식으로 출근 시간을 하루에 5분씩 일찍 시작함으로써 아침 시간에 여유가 생기고 체력이 키워진다. 학원가에 있는 식당에서 근무하다 보면 많은 학생을 보게 된다. 공무원 시험이나 대학 입시를 준비하는 어린 학생들이 대부분이지만 그들은 목표를 위해 많은 시간을 투자하고 있음을 느낄 수 있다. 그들만큼 나 역시 나의 목표를 위해 시간을 투자하고 있는지 한 번씩 되돌아볼 때면 부끄러워질 때가 있다.

늦은 시간까지 공부하는 학생들보다 일찍 퇴근하고 새벽에 학원강의실 앞자리를 맡으려는 학생들보다 항상 늦게 출근하고 있다. 그러면서도 세계 최고의 요리사가 되겠다느니, 제2의 백종원을 꿈꾼다는 말과 행동이 전혀 다른 사람이 되는 것은 아닌지 우리는 스스로 반성해야 한다. 정해진 근무시간에만 맞춰서 일하는 요리사들의 실력은 항상 제자리에 머물 수밖에 없다.

의사가 되기 위해서 또는 간호사가 되기 위해서 그들은 얼마나 많은 시간을 투자했을지 한 번쯤을 생각해 보아야 한다. 대학교수가 되기 위해서 학교 수업시간 외의 그들이 얼마나 많은 시간을 공부에 투자하였을지는 상상도 가지 않는다. 직업에는 귀천은 없다지만 그들과 비교하였을 때 우리는 요리사가 되기 위해서 어떤 노력과 과정들이 필요했는지를 생각해본 사람은 얼마 되지 않을 것이다. 그리고 요리사로서 급여를 받기 위한 노동을 제외하고 홀로 공부하거나 연습한 시간이 과연 몇 시간이나 되었는지 한 번쯤은 생각해보아야 할 것이다.

일반 직장인들의 저녁이 있는 삶과 주말이 있는 삶을 부러워하고 각종 연자와 휴가, 상여금 등은 부러워하면서 정작 그들의 노력과 고생에 대해서는 전혀 알지 못하는 요리사들이 간혹 있다.

일명 "배운 게 도둑질이라 이 짓만 하면서 산다"라고 말하는 이름만 '셰프'인 사람들이다. 이렇게 이름만 '셰프'인 사람들은 유능하지 못하고 논리적이지 못하며 인내심이 약하다는 공통점을 가지고 있다. 그냥 주방에서 시간을 보내며 나이만 먹은 사람들일 뿐이다. 간혹 비슷한 경력의 유능한 사람들과 술자리를 함께하며 두각을 나타내고 싶어서 하지만 자기계발을 전혀 하지 않았던 그들의 시간 보내기 식의 노력은 노력이 아니기에 항상 뒤처져 있을 뿐이다. 그에 반해 소수의 몇몇 요리사들만이 출퇴근 시간을 이용하며 강의를 듣고 독서를 하며 수면시간을 쪼개면서까지 자기계발을 한다. 조리기술 연마와 메뉴개발은 기본이고 마케팅과 서비스교육까지 준비한다.

"이루고 싶은 목표가 있다면
그 목표를 갈망하는 만큼의 시간을 투자해라!"

매력적인 이력서를
쓰는 방법

— SECRET DIARY —

똑같은 내용의 이력서를 지원하는 곳 이름만 변경하고 여러 장을 출력해서 여러 곳에 일괄적으로 제출하는 사람들이 많다. 외식사업장이라면 주방 책임자를 제외하고는 온라인으로 지원을 하고 곧바로 면접으로 이어지는 경우가 대부분이기 때문이다. 그만큼 서류심사보다는 면접에 비중이 크다는 것이나. 하지만 허술한 이력서는 걸러내는 것이 원칙이다. 작성 일자와 지원동기 등만 확인해 보아도 성실하지 못한 지원자를 단번에 알아볼수 있다. 작성 일자와 자기소개서 등이 생략되어 있거나 이메일을 보낸 시간 등만 대조해 보았을 때도 차이가 크게 나는 지원자는 미리 걸러내는 것이 좋다. 새벽 늦게까지 잠을 못 이루는 사람 또는 경력을 과장하거나 허위로 기재했을 가능성이 크기 때문이다.

사실 이력서를 꼼꼼하게 살펴보아도 전에 근무했던 곳에서 근태는 어땠

느지 맡았던 포지션은 무엇이고 실력은 어느 정도인지는 같이 일해보지 않는 이상 정확히는 알 수가 없는 노릇이다. 그래서 이력서에 기재된 전 직장에 전화를 걸어 확인을 해야 하는 경우도 종종 발생한다.

기혼자의 경우와 자녀가 있는 사람은 예외적으로 빠르게 채용하는 경우가 종종 있는데 정말 잘못된 일이다. 기혼자가 부지런하고 책임감도 강할 것 같지만 오히려 실상은 그렇지 않은 경우도 제법 많았다. 자녀를 양육한다는 이유로 이런저런 특별대우를 바라는 사람들도 종종 있었고 본인의 지각과 결근 사유를 자녀 핑계로 돌리려 하는 사람들이 많았기 때문이다. 거기에 집안 행사 하나하나를 핑계 삼아 결근하고 지각하려는 사람들과 전날 밤 부부싸움으로 생긴 스트레스를 직장에서 풀려는 사람들까지 10년 20년 전만 해도 총각 요리사들이 항상 문제였는데, 요즘은 오히려 철없는 기혼자들이 유난히 문제를 많이 일으키곤 한다. 이력서를 읽으면서 수상한 점이 있다면 과감하게 '전 직장에 전화를 걸어보고 확인했어야 했는데!'라는 후회감이 들었지만 이미 지난 일이다. 성의 없는 이력서를 준비하는 사람은 절대 뽑아서는 안 된다.

식당에 제출할 이력서를 작성할 때의 팁

이력서에 본인이 졸업하거나 근무를 무사히 마쳤던 곳들만 적어놓는다면 다른 이력서들과 별반 차이가 없다. 본인이 적극적으로 배울 자세가 되어있고 열정적으로 생활하는 사람이라는 것을 나타낼 수 있는 내용을 기재하기를 권한다.

*취득하지 못한 학위와 자격증 => '○○년 ○월까지 취득 예정'

*이력서의 공백 => 뜻하지 않던 사유로 퇴사를 하였다면, '○○ 사유로 퇴사'라고 적어놓는 것이 오히려 더 채용하는 데에 도움이 될 것이다. 실무면접자가 전 직장 퇴사 사유를 알게 된다면 같은 사유로 퇴사하지 않도록 기존 직원들과 함께 노력할 수 있을 것이고 목표하는 학위와 자격증과 같은 목표를 가진 직원이 있다면 정보를 공유할 수도 있고 함께 노력할 수 있을 테니 말이다.

이제 100세 시대를 맞아 20대, 30대보다 40대와 50대 이상의 지원자들이 많아지고 있다. 창업 전 경험을 위해 또는 새로운 직업에 대한 도전이든 이유를 불문하고 모든 지원자를 환영한다. 50대 60대 중년의 지원자는 짧은 면담으로 함께 근무할 수 있을지 파악하기에는 긴 세월을 살아오셨다. 외식업과 전혀 상관없는 이력서를 내밀기보다는 지원한 식당 메뉴에 대한 개선점 또는 본인이 습득하고 싶은 메뉴 등을 기재하기를 권한다. 그리고 짧은 경험이라도 있다면 그곳에서는 왜 짧게 일하게 되었는지 사유를 기재한다면 채용담당자와 지원자 모두에게 도움이 될 것이다. 추가로 함께 일하겠다는 각오 등을 적어놓는다면 높은 나이의 무경력자라도 당신의 이력서는 더욱 매력적으로 보일 것이다.

학생들은 대학에서 학원에서 더 잘 배우고 있을 것으로 생각하기에 따로 해줄 만한 말이 없다. 굳이 한마디를 거들어달라고 한다면 졸업예정자 또는 학생들의 이력서 대부분이 자신의 과거의 이력을 소개하는 글을 이력서에 기재하고서도 다시 한번 자기소개서에 그대로 복사한 듯이 적어내는 실수를 범하지 말았으면 한다.

자기소개서에는 당신의 과거의 이력이 아닌 '지금 무엇을 할 수 있는가?' '앞으로 무엇을 할 수 있을 것인가? 를 채워 넣어야 한다.

당신의 짧은 이력을 세분화하여 설명문 형식 또는 일기장 형식보다는 나는 이렇게 열정적이고 매력적이라는 것을 어필해야 한다. "이 사람이랑 같이 일해보고 싶다." "이 친구 꼭 가르쳐서 함께 일하고 싶다."라는 생각이 들 수 있도록 본인의 성장 가능성과 이어지도록 적었으면 좋겠다. 구체적인 예를 들자면 본인의 음식 관련 SNS, 블로그에 게시된 사진을 넣는 것도 좋을 것이다.

이 글을 읽으신 분은 인턴사원 또는 신입사원이라도 요식업계에 첫발이 딛는 순간부터 엄청난 존재감을 뿜내는 사람이 되시기를 바란다.

셰프의 삶은
하루하루가 '도전'이다

지금까지 살아오면서 '미친놈'이라는 소리를 여러 번 들었다. 외항선 선원으로서 '병역특례'를 받으려는 중에 '해병대 하사관'으로 입대하여 '군인의 삶'을 살겠다고 했을 때와 장기복무를 포기하고 전역 후 요리사가 되어 '셰프의 삶'을 살겠다고 했을 때 주변 사람들은 나에게 "미친놈아 하던일이나 계속해!"라는 말을 했었다. 항상 새로운 일에 도전하려고 할때마다 주변 사람들은 그저 나를 말리기 바빴을 뿐이다.

요리 대회에서 여러 번 입상하고 주방 책임자를 여러 번 맡으며 자리를 잡아갈 때쯤에는 주변에서 나를 말리던 사람들은 입을 다물었다. 최근에는 나이가 마흔 살 넘어서 "'셰프의 삶'과 자영업자들을 위한 책을 쓰겠다"라고 말했을 때 주변 사람들은 나를 걱정했다. 나를 걱정하는 수많은 사람, 그들의 걱정은 '걱정의 탈을 쓴 비웃음'이 대부분이었다. 짧은 학력에 전문적인 교육을 한 번도 받지 못했던 내가 책을 쓴다는 것이 정말 걱정스럽고 우스웠을 것으로 생각한다. 하지만 그들의 비웃음과 걱정스러운 충고보다 더욱 두려웠던 것은 나이가 들고 몸이 약해졌다는 핑계로 내가 새로운 도전을 멈추게 되는 것이었다.

누군가 새로운 일을 시작하기 전에 다른 사람들한테 그 일이 얼마나 어렵고 힘든지를 설명을 하게 된다. 그 일에 실패했을 때 자기가 못난 사람 또는 인내심이 부족한 사람처럼 보이지 않기 위해서이다. 하지만 나는 새로운 일을 시작하기도 전에 다른 사람들한테 하지 말라는 이야기를 줄곧 먼저 듣곤 했다. 그만큼 나의 환경이 어렵다는 것을 주변인들은 잘 알고 있기 때문일 것이다. 정말 새로운 일을 시작하는 것 자체가 버거워 보였을 것이다. 하지만 진정한 도전이란 것은 정말 어렵고 힘들게 맞서야 하는 것이 도전이라 생각한다.

누군가 새로운 일을 배우겠다던가 다니던 대학에서 더 좋은 대학으로 편입하겠다면서 '도전'이라는 말을 사용하는 것을 들으면 듣기가 거북하다. 그들은 '도전'을 한다기보다는 그저 돈과 여유가 있었을 뿐이다. 누군가의 돈과 투자를 받아 시작할 수 있는 '모험'과 자신의 열정과 인내심으로 시작할 수 있는 '도전'은 애초에 다른 것이다.

돈과 여유가 없는 사람이 보기에는 그저 사치스러운 시간 보내기일 뿐이다. 요리사가 되는 것을 '모험'처럼 여기고 잠시 발만 담갔다가 빠져나가는 사람들의 이야기들보다는 주방일을 천직으로 생각하며 생업으로 살아가는 사람의 이야기가 널리 전해지기를 바란다. 우리에게는 매일 같은 공간 안에서 새로운 '도전'이 시작된다. 잘 정리된 식자재와 칼날만 있다면 충분하다.

오늘도 아침 일찍 잠에서 깨어나는 순간에 밀려드는 손 저림을 손뼉치기와 간단한 마사지로 이겨내고 도전하기가 시작한다. 난 우리 동네식당의 그 누구보다 일찍 영업을 시작하는 것에 항상 변함이 없으며 매일 도전하며 승리하는 삶을 살아간다. 그것만으로도 충분히 만족하며 행복한 삶을 살아 갈 수 있다. 주방 안에서 매일 같은 일을 반복하고 있지만, 자세히 보면 하루하루가 다르다. 같은 인종의 인간이라도 사람마다 키가 다르고 몸무게가 다르며 근육량과 피부가 조금씩 다르듯이 생선들 또한 그렇기 때문이다. 매일 새로운 느낌의 생선을 만지고 알맞은 숙성이 되는 타이밍을 잡아낸다. 밥이 식어서도 안 되고 뜨거워서도 아니 되며 밥알이 굳거나 젖어있어도 안 된다. 오전 11시~오후 1시 사이에 맞춰서 이 세상 최고의 초밥을 내놓는 일을 매일 맞춰내야 하는 것이 나의 사명이고 나에게 계속되는 '도전'인 것이다.

'사람이 기계가 아닌 이상 어떻게 그런 걸 하나하나 다 맞춰서 낼 수 있느냐'고 묻는 사람들도 있다. 그럼 나는 이렇게 대답한다.

"기계가 아니니깐 이렇게 음식을 맞춰서 낼 수 있다. 아무리 좋은 기계가 출시 된나 하더라도 이렇게끼지는 못 맞춰낼 것이다."

기계에서 쏟아져 나오는 뭉쳐진 밥알 위에 어딘지 알 수 없는 국적의 냉동제품들을 올려서 초밥을 판매하는 곳들이 아주 많아지고 있지만 내가 지난 세월 동안 수제 초밥만을 고집하며 살아왔듯이 앞으로도 수제 초밥만을 고집할 것이다.

"나의 삶은 '셰프의 삶'이고 '셰프의 삶'은 도전하는 삶이다."

비록 나주혁신도시라는 인구 4만 명밖에 되지 않는 빛가람동 그 안에서도 가장 작은 18평 초밥집에서 나는 매일 '도전하는 삶'을 살고 있다.

우리나라의 모든 요리사가 티브이에 나오거나 억대 연봉을 받을 수는 없겠지만 전국의 모든 요리사가 스스로 자부심을 느끼며 '셰프의 삶'을 살아갈 수는 있을 것이다.

하루하루 기온과 바람의 세기도 다르므로 오늘 하루도 역시 '새로운 도전'이 될 것이고 내일은 '새로운 도전'이 기다린다.

오늘 하루 최선을 다해 식자재를 관리하고 정성을 다해 요리해냈다면 금일 '도전'은 성공이다.

"실패는 없다. '실패하지 않는 삶' 그리고 매일 '도전'하는 삶 이것이 바로 '셰프의 삶'이다."

chapter 5

누구나 탐내는
레시피 만들기

어떤 요리든지 검색창에 '○○○소스'라고 검색만 한다면 아마도 여러 개의 레시피가 나올 것이다. 식자재의 비율 또는 무게로 나뉘어있는 것들을 모두 섞거나 끓이는 방식이 대부분일 것이다. 방송에서나 책에서나 수없이 소개되는 조리방법들로 온 세상이 레시피 홍수가 날 지경이다. 그중에 괜찮은 레시피 몇 가지를 소개하거나 추천하는 요리 관련 서적의 목록 따위를 말하고 싶지 않다. 당신이 요리를 조금이라도 하는 사람이라면 그런 짓이 얼마나 쓸모없는지 알고 있을 테니 말이다.

"맛있다"는
과연 무슨 뜻일까?

SECRET DIARY

"와~ 맛있다!"

"이거 맛있네요."

"맛있습니다."

"맛있어요!"

맛있다는 표현을 많이 듣기도 하고 많이 사용하기도 한 것 같다.

"정말 잘 사용하고 있는 것일까?"

한 번쯤은 요리하는 사람이라면 누구나 생각해보았을 것이다.

"국어사전에서처럼 맛이 뛰어나다? 좋다 나쁘다 등 형용사적 의미일

까?"

내가 '대한민국을 대표하는 유명 셰프'도 아니고 '조리학을 가르치는 교

수님'도 아니지만 '맛있다'는 말을 한 번쯤은 꼭 정리해보고 싶었다.

이것은 정말 요리를 사랑하고 '요리사'라는 직업을 천직이라고 생각하는 사람이라면 한 번쯤 정의해 놓아야 할 당연한 일이라 생각한다.

'맛있다'와 '맛이 있다'로 나눠서 말씀하시는 사람도 있을 것이고 '맛있다'의 '있다'는 '동사'적 표현, '맛없다'의 '없다'는 형용사적 표현이라고 말씀하시는 분들도 있을 것이다.

> "하지만 나는 요리사로서
> '맛있다'라는 표현의 뜻을 정의하고 싶었다."

요리와 관련된 표현들과 여러 가지 자료를 찾아보고 정리하던 중에 'salt'라는 단어가 눈에 들어왔다.

'salt'라는 단어는 'salary', 'sausage' 등의 봉급, 소시지 등의 단어와도 밀접한 관련이 있었다. 군인의 봉급은 소금으로 받았기 때문에 소금의 유무에 따라 병사를 유지할 수 있었으며 지금의 샐러리맨이라는 단어까지 파생된 것이었다. 그리고 소시지라는 단어는 고기에 소금을 더해 오랫동안 보관하도록 한 것으로서 소금을 더하지 않으면 고기가 오래가지 못해 상하게 되는 가짜 소시지가 되는 것이다. 그러므로 진짜 소시지는 짜다. 그리고 월급쟁이의 월급도 짜다. 소금이 짠 그것처럼 말이다.

우리나라의 음식을 포함한 세계의 모든 음식 대부분은 '간'이 절묘하게 가미된 요리에 보통 '맛있다'는 표현을 사용한다. 좋다 나쁘다는 표현 보다는 '간'이 잘되어 '있다', '없다'라는 표현이 먼저인 것이다.

아무리 '마블링'이 좋고 질이 좋은 고기라 할지라도 '간'이 되어있지 않

은 고기 맛은? '없다.'

아무리 좋은 재료로 국을 끓여도 소금 '간'을 하지 않으면 맛이? '없다.'

"있다"와 "없다". '간의 유무'를 따지는 것이지 '맛'에 있어서는 '좋다', '나쁘다' 혹은 '훌륭하다' 또는 '높고', '낮음'의 문제 따지는 것이 아니라는 뜻이다.

"맛있는 음식을 만드는 방법을 배우는 것은 생각보다 아주 간단하다."

'간'을 하는 방법을 배우면 된다. 김치를 담가야 할 때, 반찬을 만들 때, 국을 끓일 때, 고기를 구울 때, 가장 기본적이면서도 어려운 일이다. 종종 요리사들도 레시피에만 집중하다 보면 '간'을 놓치는 실수를 범할 때 맛없다는 소리를 듣곤 한다.

맛있는 요리와 맛없는 요리 그것은 '간'의 유무에서 차이가 난다. 시중에는 벌써 수많은 염도계가 출시되어있다. 시간과 온도에 따라 부지런히 '간'을 측정하고 정확히 맛있는 음식을 내드리는 것이 가장 중요하다.

"이 책을 읽은 사람은 '맛있다.'라는 뜻을 이렇게 아셨으면 좋겠다."

"맛있다"
= "간의 유무이다. 맛있는 음식은 간이 되어있는 음식이다."

》 저는 요리사로서 '맛있다'를 동사적 표현으로 정의하였습니다.

황금비율 레시피
만들기

── SECRET DIARY ──

정확한 계량 기준을 정해라

만능 간장, 만능소스라는 말을 붙인 소스 만드는 레시피들을 많이도 보았을 것이다. 알고 보면 정말 터무니없는 이야기다. 만능 간장, 만능소스라고 불리는 것들은 달콤한 간장 물, 달고 싱거운 비빔장 정도라고 표현하는 것이 나는 가장 적당하다고 본다. 그것이 정확한 표현이다. 그것들은 그 이상도 그 이하도 아니기 때문이다.

그런 것들은 간장, 설탕, 물 등의 비율을 맞춰 만들어 놓았기 때문에 많은 양의 요리를 하다 보면 심심한 맛을 감추기 위해 조금씩 더 넣게 되거나 결국에는 가열하는 시간이 늘어날 수밖에 없으므로 업장에서는 결코 사용할 수가 없기 때문이다.

일반인들 역시 사용 할 때마다 느끼게 되겠지만 식자재의 성질에 따라 첨가되는 양이 늘어날 뿐 실력은 늘지 않는다. 오랜 시간 그런 방식으로 요리한다면 어느 순간 그저 달기만 하다는 생각이 들 것이다.

그래도 굳이 황금비율의 레시피를 만들어 보겠다고 한다면 제일 먼저 본인만의 정확한 '계량 기준'을 정해야 할 것이다.

물 한 컵의 예를 들어보겠다.

물 한 컵(8/10)

물 한 컵(얼음물)

물 한 컵(10/10)

여기 요리에 사용 중인 물이 여러 컵에 있다. 당신이 생각하는 물 한 컵은 어느 정도의 양인가? 누구나 알기 쉽게 컵 또는 스푼으로 레시피가 기재되어 있다 하더라도 만드는 사람 개개인의 기준에 따라 전혀 다른 맛이 나올 수가 있는 것은 바로 개개인의 다른 계량 기준 때문일 것이다.

같은 기준으로 계량을 하더라도 조리시간을 단축하기 위해서 더운물을 사용했는지도 확인해 보아야 할 것이다. 평소 따뜻한 물을 드시던 노인의 레시피인지 평소 얼음물을 항상 비치해놓고 먹는 사람의 레시피인지에 따라 간결하게 작성된 레시피의 사용결과는 확연히 달라진다. 또한, 계량컵을 사용했다면 어떤 눈높이로 계량 기준을 정했는지도 확인해 볼 필요가 있을 것이다.

온스와 컵, 리터와 그램 등 계량의 기준 수치를 어디에 두었는지 정확하게 파악한다 해도 1스푼, 1t 숟가락, some 등 이렇게만 적혀있는 레시피를 볼 때면 정말 답답할 때가 많다. 당연한 이치겠지만 레시피는 적혀있는 순서대로 조리해야 한다. 하지만 수학 문제처럼 순서대로 정확하게 풀려나가지는 않는다는 함정이 있다. 레시피를 만들어낸 사람만이 알 수 있는 적절한 희석 시기와 숙달된 조리요령까지 알 수 있어야 비슷한 감흥을 즐길 수 있을 것이다.

수업을 듣거나 누군가에게 가르침을 받았다면 그 레시피를 사용할 수 있도록 여러 가지 질문을 해야 한다. 본인의 조리기술의 수준에 맞춰서 행할 수 있도록 계량 기준과 조리순서까지 새롭게 기록하여야 한다는 것이다.

누군가의 '레시피북'을 갖고 싶은가? 요리책을 만든 사람의 습관이나 조리요령 그리고 그 사람만의 계량 기준을 정확하게 파악하지 못했다면 그 사람의 '레시피북'은 당신에게 그저 그림책일 뿐이다. 레시피북의 작성자와 계량 기준이 같거나 조리기술의 수준이 비슷하지 못한다면 그것은 그저 인터넷에 떠도는 레시피처럼 그저 참고만 할 수 있을 뿐 레시피 작성자와 같은 수준의 요리는 절대로 나오지 않을 것이다.

그러므로 무엇보다 자신만의 일괄되고 확실한 계량 기준을 만드는 일이 우선이다. 본인의 계량 기준이 확립되어 있어야만 다른 이의 레시피도 호환할 수 있게 된다.

일명 '요리의 달인' 또는 '요리의 고수'라 불리는 주방일에 잔뼈가 굵은 사람들 역시 대부분이 자신만의 비율로 사용할 수 있는 도구들이 정해져 있을 것이다. 플라스틱 물바가지부터 밥공기 또는 국그릇 등이 바로 그것이다. 오랜 세월 같은 레시피를 사용해서 만들다 보니 계량컵이나 저울을 이용할 필요가 없을 정도로 정확한 계량 해낸다. 눈으로는 따라갈 수 없는 속도이다 보니 오랜 시간 함께 일한 사람 중에서도 깨달음을 얻지 못하게 되는 경우가 대부분이다.

"본인만의 빠르고 정확한 '계량 기준'을 정하는 것 그것이 가장 먼저이다."

맛집 고수의 비결

앞서 말했던 요리의 달인 또는 맛집 고수의 비법을 알고 싶거든 그곳에 있는 모든 그릇과 조리도구를 측량하고 분석하는 노력이 필요할 것이다. 간단한 예를 하나를 들자면 소주잔과 맥주잔이 바로 그것이다. 나는 소형 식당에서 근무하면서 계량컵을 사용하기보다는 소주잔과 맥주잔을 기준으로 주로 계량을 하고 있다. 맥주잔 1개는 220mL이며 1kg~2kg 정도의 소스를 준비할 때 편리하기 때문이다. 많지도 않고 적지도 않은 양을 수시로 준비하는 소형식당에서 가장 손쉽게 구할 수 있는 계량컵이 바로 술잔이다. 얼마나 황금비율을 잘 맞출 수 있는지는 평소에 소맥을 드시는 분이라면 충분히 알 수 있을 것이다.

소주, 맥주잔

맥주잔과 소주잔의 비율은 3.5:1이다.

3.5:1의 소량의 갈비찜, 7:1의 우동육수, 14:1의 모밀육수를 소량으로 빠르게 만들기 편리하다. 딱 떨어지지 않는 비율의 소스를 만들기 좋은 비율이익 때문에 나와 함께 일했던 사람들에게는 항상 다른 곳에 가서도 바로 사용할 수 있는 요령을 가르치고 있다. 주류업계에 큰 이변이 없는 이상 식당마다 비치되어있는 소주잔과 맥주잔은 전국 어디를 가도 쉽게 얻을 수

있는 계량컵이다. 지금도 어떤 식당에 가더라도 소주잔과 맥주잔을 이용한다면 웬만한 레시피의 소스는 가장 빠르게 만들 수 있다고 자부한다.

> "황금비율을 따지기 전에
> 본인만의 철저한 계량 방법을 정해야 한다."

당신이 요리사라면 본인의 손안에 들어오는 모든 레시피는 재분석을 할수 있어야 한다. 그리고 비율로 정해놓는 것이 원칙으로 해둔다면 대량으로 준비해야 할 때 정말 효율적으로 작업할 수 있을 것이다. 일반인들의 레시피라도 셰프라면 대량으로 빠르게 요리할 수 있어야 하기 때문이다. 그뿐만 아니라 소량을 기준으로 만들어진 레시피가 대량으로 만들어질 때도 레시피의 본질적인 맛을 지키기 위해서이다. 철저하게 계량 원칙을 지키고 비율만 잘 계산해낼 수만 있다면 당신은 이 세상 누구보다도 빠르고 맛있게 요리할 수 있는 셰프가 될 수 있을 것이다.

레시피의 참신함과 공감

— SECRET DIARY —

새로 오픈한 가게에서 식사를 하다 보면 뻔한 요리라도 놀라운 맛이 날 때 가 있다. 그럴 때는 '어떤 순서로 조리하였을까?'라고 의문을 가질 정도 이다. 신장개업한 바쁜 중식당에서 요리를 먹다 보면 볶아서 익힌 후에 첨 가해야 할 채소가 삶아져서 들어가 있는 일도 있고 새우를 볶는 일을 깜빡 하셨는지 전혀 조리되지 않은 새우가 요리와 함께 나오는 일도 있다. 이런 경우가 발생하는 곳들은 보통 소스류의 레시피에만 집중하는 대형식당에 서 많이 일어나는 경우이다.

대형식당의 경우에는 일손이 많다 보니 평준화된 실력으로 식자재 손질 하는 것이 철저히 지켜진다. 하지만 조리순서보다는 ○○소스 레시피, ○○ 샐러드드레싱 레시피 등 소스류에 과도한 집중이 되어있기 때문에 정작 중 요한 조리순서를 틀리는 경우가 많이 발생하곤 한다. 그래서인지 맛집으로 알려진 곳 중에 소문만큼의 수준의 음식이 나오는 곳은 소형 가게가 대부분이라고 해도 과언이 아니다.

확실하고 맛있는 요리를 정확하게 내놓기 위해서는 단순한 소스류의 레시피에 치중된 주방시스템을 조리에 집중된 시스템으로 바꿔야 한다. 그래야 다른 가게들과 차별화가 될 것이다. 차별화된 참신한 가게로 인정받기를 원하는 가게라면 식자재 손질과 조리순서까지 철저하게 짜인 레시피가 필요하다. 유명한 맛집에 가서 식사하면 레시피는 정확하게 2가지로 나눠진다.

- 공감을 형성하는 레시피를 사용하는 곳
- 참신한 레시피를 사용하는 곳

공감을 형성하는 레시피를 사용 하는 곳의 예를 들자면 초밥집과 양념갈비 집이 특히나 그렇다. 이런 곳은 어디를 가나 맛이 비슷할 것이다. 기본은 한다. 보통 어디를 가더라도 공감대를 형성하는 맛이라는 것이다. 초밥집 또한 어디를 가나 맛이 비슷하다. 설탕, 소금, 식초가 적당한 비율로 버무려진 밥 위에 생선 한 점이 전부라고 할 수 있다. 추가로 맛을 내기 위해 생선을 굽기도 하고 소스를 뿌리기도 하겠지만 여기저기서도 비슷하게 하다 보니 공감을 형성하는 맛밖에 나오지 않는 경우가 대부분이다. 나는 '공감을 형성하는 맛'에서 벗어난 참신한 맛을 낸 초밥을 만들고 싶었다.

여러 가지 노력을 해왔지만, 그중에서 하나를 꼽자면 4년간의 연구 끝에 특허출원까지 완료된 **나주 배 건강 초밥**이다.

초밥 밥에 들어가는 설탕량을 줄이고 배 효소를 넣어 만들어낸 **나주 배 건강 초밥**은 '특허출원'까지 완료하게 되면서 정말 참신하다고 생각했지만, 주변 반응은 그다지 뜨겁지가 않았다. 무분별한 상표등록과 광고를 해대는 일반 가게들이 난무하다 보니 그들 사이에서 조용히 묻혀 버렸다. 단언컨 대 '특허출원'을 하는 것과 상표를 등록하는 것은 전혀 다른 일이다. 가끔 가게 이름이나 특이한 메뉴 이름 하나를 '상표등록'을 해놓고 특허를 출원 한 것처럼 묵시적으로 기만하는 가게들까지 등장하고 있다.

특허 출원번호와 상표등록 번호는 전혀 다르게 시작한다. '상표'는 타인 의 상품과 식별하려는 '표장'이고, 특허는 특허인의 기술적 '사상'으로 '구 체화'한 '아이디어'이다. 참신하면서도 공감을 얻을 수 있는 맛을 내는 '아 이디어'를 2020년 특허로 등록하고 가게 입구에 영업시간마다 세워두고 있다.

나는 참신한 맛을 지켜내기 위해 두 가지 방법을 강구했다. 그것은 누구 나 알고는 있지만 하지 않고 있는 일들은 해내는 것이다. 첫째는 판매량에 구애받지 않고 일정한 식자재를 준비하는 것이다. 일반인들은 판매량에 따 라 수시로 식자재를 준비하면 될 것으로 생각할 수도 있겠지만, 초밥을 만 드는 요리사라면 결코 해서는 안 되는 일이라는 것을 알 것이다. 미리 준비 되지 않은 식자재 갓 준비된 식자재의 식감과 맛의 차이는 확연히 다르기 때문이다.

둘째는 생선 숙성시간을 정확하게 지키는 것이었다. 이것은 첫 번째를 지켰을 때만 가능한 일이다. 손님이 많았던 다음날이면 아침에 갓 잡은 생 선을 내놓는 것은 정말 하수들이나 하는 일이다. 그리고 식자재가 많이 남

가게 앞 특허출원 팻말

아서 다음날에는 '오늘의 초밥', 'to day 초밥' 등의 이름으로 저렴하게 판매하려 드는 가게들을 볼 때마다. 정말 소름이 끼칠 뿐이다. 하지만 놀랍게도 그런 짓을 하는 매장들이 저렴한 가격으로 영업이 잘되는 것을 보면 아이러니하다.

내가 근무하는 매장은 참신한 맛을 철저하게 지킴으로서 매출이 급격하게 줄어들었다. 하지만 재방문율은 계속 높아졌다. 음식점에서 버려지는 식자재 또한 크게 줄었기 때문에 손실은 크지 않았다.

거기에 티브이에도 몇 번이나 방송되었던 냉동제품 초밥 재료들을 사용하지 않았다. 남미와 동남아 등에서 작업 되어 우리나라로 넘어오는 소라,

한치, 가리비 등 냉동제품 초밥들은 뷔페에 가도 있고 웬만한 초밥집마다 사용하고 있는 것이 현실이다. 그것들을 사용하지 않겠다고 선포하는 것은 초밥집이 돈을 벌지 않겠다고 선포하는 것과 마찬가지였지만 다른 매장들과 정확하게 차별화될 수 있는 가장 참신한 방법이었다. 물론 냉동제품이 꺼내쓰기도 편하고 남으면 하루 정도는 얼려놨다가 다음날 다시 해동해서 사용할 수도 있다는 장점까지 있다. 요리사들이 손질할 필요가 전혀 없으므로 인건비를 절약까지 할 수 있는 초밥용 냉동제품은 버려지는 식자재 또한 전혀 없어서 최고의 마진을 안겨준다는 것은 명백한 사실이다. 대중화되어있는 냉동제품 초밥으로 공감을 얻을 것인가? 수제 초밥으로 참신함을 선보일 것인가? 이것은 남과의 비교의 문제가 아니라 식당사장 개인의 선택에 달린 문제이다. 나는 참신함을 선택했고 그에 따른 책임을 다하고 있다. **나주 배를 이용한 건강한 초밥**이라는 참신한 맛과 냉동제품을 사용하지 않는 참신한 구성을 선보이고 있다.

  힘들지 않냐고 묻는 같은 업계의 종사자들이 많이 있다. 그럴 때마다. 나는 이렇게 대답한다. 몸은 힘들지만, 항상 고객님께 당당할 수 있고 "마음이 편하니까 피로도 잘 풀린다." 물론 힘들고 불편한 점들도 많다. 그중에 하나만 꼽자면 냉동제품을 사용하지 않기 때문에 빨리 식자재를 충분히 확보하지 못한다는 것이다. 그러므로 예약하지 않으셨거나 늦은 시간에 방문해주시는 손님들을 정말 죄송한 마음으로 돌려보내야 한다. 준비된 양만 판매하기 때문에 점심 영업은 오후 1시, 저녁 영업은 저녁 8시가 되지도 않아서 일찍 마감하는 경우까지 종종 발생한다. 그에 따라 이따금 분노를 표출하시는 분들도 계실 정도이다.

얼핏 보면 게으른 요리사가 근무하는 가게로 오해받을 수도 있고 불친절한 가게로 생각될 수도 있겠지만, "실상은 정말 최고의 식자재를 사용한 요리만을 손님께 내주려는 참신한 착한 가게이다."

많은 분께 공감을 얻기보다는 극소수의 분들께 공감을 얻을 수 있도록 많이 노력했다. 참신한 레시피를 강조하다 보니 준비할 수 있는 양이 얼마 되지 않았기 때문에 마감하는 시간이 빨라져서 원성도 많았다. 하지만 시간이 흐른 뒤에는 오히려 최고의 초밥이라는 입소문이 나게 되어 더욱 많은 분께서 찾아 주신다. 2023년에는 출원된 특허를 '특허등록'까지 마칠 계획이다.

> "요리사는 참신한 요리를 내놓았을 때만
> 대중들에게 '공감'을 얻을 수 있다."

레시피의 의도를
알고 가져가라

SECRET DIARY

레시피 파악하기

　고깃집에서 6개월, 중식당에서 1년, 초밥집에서 8개월, 한정식집에서 1
년 등등 여기저기서 일하다 그만둬버리는 자칭 단타 요리사인 사람들이 많
이 존재한다. 그들 중 몇몇은 그만두기 전에 꼭 그곳의 레시피를 모두 적어
가는 사람들이 있는데 재밌는 것은 레시피를 적어가서 보관만 할 뿐이지
사용은 하지 않는다는 것이다. 그리고 다른 매장에 가서도 정작 마땅히 사
용할 곳은 거의 없다. 본인이 창업하거나 주방 책임자로 취업하지 않는 이
상 본인의 집에서나 사용할 수 있을 것이다. 같은 업종의 다른 매장에서 그
대로 사용하기는 더더욱 힘들다 앞서 말한(182쪽 '황금비율 레시피 만들기')에
서 설명한 바와 같이 다른 매장에서 잠깐 일하며 훔쳐온 레시피는 '쓰레기',

'그림책' 또는 참고자료 정도의 가치밖에 되지 않는다.

　나 역시 근무하는 매장의 모든 소스를 직접 만들고 있으므로 함께 일하는 친구들에게 내가 가진 레시피를 항상 100% 공개를 한다. 레시피를 숨기기보다는 널리 알리고 싶은 마음이 더 크다. 내가 만든 레시피로 만든 요리가 전국적으로 보편적인 맛이 되기를 기대하기 때문이다. 그래서 나주 배를 이용한 초밥 레시피를 특허등록을 준비하고 있다. 나의 초밥 레시피를 전국의 모든 초밥 요리사와 공유하기 위해서다.

　얼마 전 중식당과 횟집에서 일하던 자칭 경력자가 주방에 신입으로 들어온 적이 있었다. 뭔가 열심히 하겠다는 의지는 충만해 보였지만 설거지를 제외하고는 능숙하게 하는 일이 전혀 없었다. 중식당에서 배워온 레시피와 팬 돌리기 기술, 횟집에서 배워온 해산물 손질하기와 회 썰기 등의 실력을 선보일 일이 없었기 때문이다. 초밥집에서 팬을 돌릴 일도, 많은 양의 해산물을 손질할 일은 거의 없다. 초밥집 주방에서는 설거지 외 채소 손질을 능숙하게 하는 초보자일 뿐이다.

　밥 짓기부터 다시 익혀야 한다. 중식당의 볶음밥과 일식당의 초밥 밥은 조리방식이 전혀 다르다. 일반인들이 보았을 때도 쌀을 익히는 정도와 보관하는 방법까지 차이점이 확연히 눈에 띌 것이다. 그만큼 빨리 차이점을 깨우치고 빨리 적응하는 사람이 있는가 하면 중식당에서 했던 밥 짓기가 손에 익어버려서 초밥집에서는 사용할 수 없는 밥을 해버리거나, 일식당에서 튀김을 할 때도 중식용 튀김반죽을 만들어버리는 사람도 간혹 있었다. 이런 사람은 레시피와 조리기술을 그저 몸으로 익혔던 사람이다. 레시피 의도를 정확하게 분석하지 못한 것이라고 할 수 있다. 하고 있던 요리의 목표를 잊고 손에 익은 대로 아무 생각 없이 움직이는 사람들…. 이런 사람에게는 결코 주방을 맡길 수가 없다. 요리사로서 레시피의 의도를 파악하지 못하고 있는 것은 삶의 목표 없이 살아가는 사람과 같다. '삶의 목표' 없이 몸이 가는 대로만 살아가는 사람들은 레시피의 의도와 다른 요리를 만들거나 목표하던 요리의 레시피를 수시로 잊어버리고 실수를 반복하게 되는 사람들이 대부분이다. 아무 생각 없이 외우고 내 것으로 만들겠다는 것은 수학문제집을 풀지 않고 답안지만 암기하고 수학시험을 보는 것과 같다. 암기하지 않은 문제가 나오거나 응용문제가 나온다면 시험결과가 나쁠 수밖에 없듯이 무턱대고 레시피만 암기하는 것은 정말 부질없는 일이다. 요리 실력이 정말 향상되기를 원한다면

"레시피를 내 것으로 만들기 전에
  레시피의 의도부터 파악해야 한다."

셰프가 원하는 레시피

셰프가 원하는 레시피는 따로 있다. 보통 주방 책임자라면 준비작업 시간을 단축하게 해주거나 원가를 절약해주면서 기존 가게 음식에는 큰 변화를 주지 않는 레시피를 원할 것이다. 아무리 좋은 맛이 나더라도 기존 음식들과 완전히 색다른 맛이 나거나 음식의 원가를 상승시켜서 경제적인 부담을 주는 레시피를 채택하기 힘들다. 간혹 "맛있으면 장땡이지!"를 외치

는 사람들도 있겠지만 식당에서 오랫동안 판매했던 메뉴의 레시피를 하루 아침에 바꾸는 것은 오랫동안 키워왔던 개를 파양하고 새로운 강아지를 입양하는 것과 같다. 요리사에게 오래된 레시피의 음식은 정말 '자식 같은 존재'이다. 기존의 레시피에서 조금씩 변경해 나갈 수도 있겠지만 특별한 사정이 없는 이상 하루아침에 폐기해버릴 수는 없다. 특별한 사정이란 가게의 인테리어가 급격하게 변하거나 업종 변경이 있는 경우 등을 말한다. 단편적으로 돈가스집 하나를 예를 들더라도 돈가스라는 같은 업종의 가게라도 원하는 돈가스 소스의 레시피는 전혀 달라진다. 고기를 얇게 펴서 젖은 빵가루를 묻혀 튀긴 경양식 돈가스와 두툼한 고기에 건조된 빵가루를 묻힌 일식돈가스 소스에는 큰 차이가 있다. 경양식 돈가스에는 부드럽고 담백한 맛을 끌어올려 줄 소스가 필요할 것이고 일식돈가스에는 두툼한 고기의 씹는 맛을 방해하지 않을 정도의 깔끔하고 상큼한 맛의 소스가 필요할 것이다. '맛있다.' vs '맛없다.'라는 것과는 전혀 다른 문제의 일이다. 그런데 가게의 의도와는 전혀 상관없는 레시피를 가져와서는 면접 보면서 내미는 사람들이 간혹 있다. 그만큼 요리에 열정과 애정이 있다는 것을 나타낼 수는 있겠지만 자세히 읽어 보기에도 대충 읽어 볼 수도 없는 레시피북을 내미는 지원자와 마주 보는 것은 부담스럽다. 이왕이면 면접을 보게 된 가게의 메뉴와 관련된 음식의 레시피를 선별하고 원가계산까지 끝난 자료와 함께 제출해주었으면 좋겠다.

　물론 당신이 가져온 레시피가 원가를 절감시켜줄 수 있고 작업시간이 짧아진다고 해도 기존의 맛과 차이가 크게 발생할 것으로 판단된다면 사용하지 않겠지만 그것 또한 함께 일하며 의논해야 할 문제이다. 그리고 면접 보는 곳은 초밥 전문점인데 한식, 중식, 양식 자격증시험에 나오는 레시피를 모두 출력해와서는 "검토해주시고 연봉협상을 했으면 좋겠습니다."라고 말하는 사람도 종종 있는데 연봉협상과 열정은 별개이다. 연봉에 걸맞은 사람을 구인하는 중이고 사람에 맞춰서 연봉을 맞춰서 구인할 수 있는 시스템을 가진 매장은 정말 드물다.

그리고 자신의 레시피를 면접을 보면서 소개할 때에는 항상 충분한 연습으로 결과가 증명된 것만 내놓기를 바란다.

레시피에는 레시피를 작성한 사람이 원하는 조리순서와 조리시간이 정해져 있을 것이다. 조금씩 변경하거나 더함으로써 새로운 요리를 개발하고 싶다면 충분히 연습한 뒤에만 선보여야 한다. 식당에 주방 직원으로 취업하는 것을 개인연구실 또는 본인 가게를 오픈하기 전에 다니는 연습실로 이용하려는 사람들을 만날 때마다. 나는 이렇게 말한다.

"이곳은 식당 영업하는 곳이지 당신의 실험실도 학원도 아니다."

티브이에 나오는 요리 관련 방송에서 배운 레시피를 집에서 홀로 연습하고 자신만의 것으로 만드는 작업을 하는 사람이라면 영업매장에서의 주방 화력과 밀려드는 주문 속에서 자신의 레시피가 살아남을 수 있을 것인지까지도 계산해 보아야 할 것이다.

"당신의 레시피는 업장의 스타일과 셰프의 영업손실의 계산에서도 정확하게 맞아떨어지게 되었을 때 빛을 볼 수 있을 것이다."

예상 고객은
누구인가?
───── SECRET DIARY ─────

우리 집 대표 요리사

집에서 요리를 잘한다는 소리를 곧잘 듣는 사람들이 있다. '김치찌개를 잘한다', '라면을 잘 끓인다', '북엇국을 잘 끓인다' 등등 그들이 요리를 잘한다는 소리를 곧잘 듣는 이유는 정기적인 '예상 고객님'이 확실하게 정해져 있기 때문이다.

"우리 엄마 최고!"

"우리 할머니 최고!"

"내 동생은 라면을 최고로 잘 끓여!"

당신의 가족 중에 요리를 정말 잘하는 사람이 있는 것은 당신이 '예상 고객'으로서 10년 이상 꾸준히 방문하고 있기 때문이다. 가족이나 지인에게 요리를 잘한다는 소리를 곧잘 듣던 사람들도 식당 창업을 하게 되거나 요리사로서 취업하게 되면서 전혀 생각하지도 못했던 많은 갈등을 겪게 된다. 그래서 창업했던 식당이 폐업하게 되거나 요리사로 취업했던 가게에서 인정받지 못하고 오히려 크게 상처를 받고 일을 그만두게 되었을 때는 주변 사람들까지도 놀랄 수밖에 없을 것이다. 그것은, 즉 우리집 대표 요리사들이 생면부지의 사람들이 고객이 되었을 때는 낭패를 보는 경우가 대부분이라는 뜻이다. 비로소 본 실력이 명확하게 드러나기 때문이다. 그들 중에는 냉정한 평가에 상처까지 받는 경우도 나타나곤 한다.

우리가 짧게는 20년 길게는 40년 이상 잘 길든 입맛의 가족, 지인 고객님이 아닌 새로운 고객님을 위하여 요리하게 될 때는 지금까지 습관화된 조리기술을 버려야 한다. 업장의 요리사로서 생면부지의 사람들에게 보편적인 맛의 요리를 내어드려야 하는 것이 우리의 첫 번째 과제이기 때문이다.

그러므로 직업적으로 사업적으로 요리를 시작하겠다고 마음을 먹었다면 생면부지의 사람들을 '예상 고객'으로 삼아서 연습할 필요가 있다.

아마추어와 프로

처음 취업전선에 뛰었거나 가게를 처음 오픈 하게된 요리사들은 '예상 고객'의 입맛에 맞는 '요리의 변형'이 필요함이 분명하다. 그런데도 군이 본인의 레시피를 필사적으로 지키려 든다면 영업에 반드시 문제가 생기기 마련이다.

아무리 매출 성과가 검증된 레시피라 할지라도 가게 위치와 인테리어, 지역과 계절에 따라 변수가 생기기는 마련이기 때문에 '예상 고객'을 정확히 파악하는 것이 무엇보다 중요하다. 예상 고객을 '메인 타깃' 고객과 '서브 타깃' 고객으로 나누어 생각해보아야 한다.

내가 근무하는 초밥집은 예상할 수 있는 고객님을 8가지로 나누어 생각한다.

남성과 여성 그리고 10대, 20대, 30대, 40·50대의 8가지 예상 고객으로 나누고 고객님에 따라 초밥의 밥양과 요리의 간을 수시로 조절하고 있다.

점심 영업시간

점심 식사시간 메인 표적고객은 30대 40대 여성이다. 주택가이기 때문에 회사원보다는 가정주부님들이 많이 찾으시기에 점심 고객님 대부분인 여성분들을 위해 준비한 적절한 간과 밥양을 줄인 초밥이 나간다. 그리고 서브 표적고객님은 어르신들과 어린이 손님이었다 오전수업을 마치고 하교하는 어린이들과 그들을 마중 나온 50대에서 60대 어르신들이 부담 없이 드실 수 있는 돈가스와 어린이 초밥 메뉴를 추가해놓았다.

저녁 영업시간

저녁 식사시간 메인 타깃 고객은 30대에서 50대 사이의 남성분들이다. 퇴근 후 가볍게 드실 수 있는 모둠 초밥과 소주 한 잔을 곁들일만한 얼큰한 매운탕이 판매량 대부분을 차지하였다. 서브 타깃 고객님은 점심시간과 마찬가지로 어르신과 어린이 손님이다. 서브 타깃 고객님들이 늘어난다고 해서 결코 가게의 매출이 증가하지는 않는다. 하지만 재방문율을 높여주는 중요한 열쇠는 바로 서브 타깃 고객님이었다.

돈가스와 어린이 초밥은 가격이 가장 저렴하고 마진이 거의 없는 메뉴였지만 서브 타깃 고객님들의 방문율이 높아지는 것은 메인 타깃 고객님의 재방문율을 높아지게 한다.

식당 창업을 한 지 얼마 되지 않았거나 새롭게 오픈한 가게의 셰프로 취업을 했다면 예상 고객님을 파악하지 못했을 경우가 많을 것이다. 메인 타깃 고객님을 좀처럼 정할 수 없었을 것이다. 그렇다면 서브 타깃 고객님을 먼저 공략해야 한다. 서브 타깃 고객님을 위한 메뉴를 만들고 그들을 주 고객으로 생각하고 최선을 다한다면 전국 어딜 가더라도 승산이 있다. 식당 영업의 흥망성쇠의 열쇠는 항상 서브 타깃 고객님께서 쥐고 계신다.

6년 차 식당 경영자로서 한마디

지난 6년이라는 세월을 보내며 기존의 단골이셨던 손님들도 나이가 드셨고 나 역시 이제 40대가 되었다. 오픈한 날을 기준으로 가볍고 달콤한

맛에 치중했었다면 지금은 무겁고 깊은 맛에 치중한다고 볼 수 있다. 생선 작업시간과 숙성시간에 정성을 더하여 더 부드럽고 탄력 있는 생선을 편히 씹을 수 있도록 칼집도 2배 이상 넣고 있다.

기존에 내놓던 생선 종류를 2가지를 더 늘리고 가격 역시 높였다. 분명히 어린 학생이 와서 식사하기에는 부담스러운 가격이다. 하지만 가성비를 정확하게 따지고 든다면 충분히 가성비가 좋은 식당임이 틀림없다. 가격을 올린 만큼 식자재의 투자비용은 더 비싸졌기 때문이다. 예상 고객에 따라 거듭나는 변화가 항상 필요하다. 당신이 근무하는 식당의 영업이 오래가기를 바라고 셰프의 삶을 살아가기를 갈망한다면 "예상 고객이 누구인지 그리고 정확히 메인 타깃 고객님과 서브 타깃고객님이 누구신지 다시 한번 파악해 보아야 한다."

레시피의 정확한 뜻을
알아야 한다

얼마 전 요리사 모임 인터넷카페에서 누군가 나에게 질문을 던진 적이
있다.

"선배님 요리란 무엇인가요?"

온라인상 쪽지로 느닷없이 들어온 질문에 어떻게 답변을 하면 좋을까?
고민하던 중에 쪽지를 보낸 이의 아이디를 검색해보고 질문자가 학생이라
는 것을 알 수 있었다.

그가 몇 해 전 올렸던 가입 인사 글을 보면서 그가 요리사가 꿈이고 앞으
로 어떻게 공부하고 어떤 대학에 진학할 것이고 어떤 곳에서 일하고 싶다
는 포부를 알리는 글을 읽으며 참 기특하다고 생각했던 것이 떠올랐기에
신중하게 대답해주기로 마음먹었다.

다음날 나는 질문자에게 장문의 답장을 보냈다.

"요리는 식자재에서 수분을 빼앗는 작업입니다. 그 이유는 식자재를 끓이거나 굽거나 튀기거나 열을 가해서 요리할 때도 있고 미과열 요리 역시 칼이나 손으로 식자재에 상처를 내어 수분을 증발시키는 작업등을 하기 때문입니다."라는 내용의 글이었다.

그날 저녁 질문자에게 또 다른 질문이 도착했다.

"그럼 김치는요? 김치를 담그면 물이 생기잖아요? 수분이 더해졌잖아요?"

나는 거침없이 답변을 남겼다.

"김치 또한 배추나 무에 상처를 내서 염장하면서 수분을 증발시켰고 시간이 흐르면서 생기는 물 또 한 공기 중의 물이 김치에 더해진 것이 있기도 하지만 대부분 수분은 먼저 손질한 배추와 무 등에서 빠져나온 수분입니다."

김치 역시 배추나 무 또는 오이와 알칼리 등 김치의 주재료가 되는 식자재에서 수분이 빠져나오게 되었다는 말을 함께 전했다.

그러자 기다렸다는 듯이 학생에게 답장이 왔다.

"라면은요? 라면은 물을 넣고 끓이라고 라면 봉지에 정화하게 '조리법'에도 적혀있던데요? 그럼 수분을 더하는 게 조리법에 있으니깐 수분을 더하는 게 맞는 거죠?"

늦은 시간이었지만 질문자의 '조리법'이라는 말 한마디에 순간 당황해서 근처 편의점으로 달려가서 라면봉지들을 자세히 살펴보았다.

정말 '조리법'이라고 되어있었다. '이것으로 나의 완패일까?'

물을 넣고 시작하는 라면 요리는 물을 끓이면서 수분을 증발시키면서 시작하기 때문에 명백하게 식자재에서 수분을 빼앗는 작업임이 명백하지만 물을 식자재로 생각하지 않는 듯했다. 나는 요리사에 대한 꿈을 가지고 있는 어린 학생의 생각이 궁금해 물었다.

"학생은 요리가 뭐라고 생각해요?"

그러자 학생은 이렇게 대답했다.

"요리는 사랑입니다."

학생의 질문 의도는 요리에 대한 철학적이거나 감성적인 글귀를 모으는 데 있었던 것 같았다. '요리는 정성이다', '요리는 추억의 증표이다' 이런 아름다운 말들을 여기저기서 답장을 받아 모으고 있었는데 뜬금없이 '요리는 식자재에서 수분을 빼앗는 작업입니다.'라는 딱딱하고 재미없는 답변을 들었으니 황당하기도 하고 따지고 싶기도 했을 것이다.

한참 성장하고 있는 학생의 감성이 다치지 않도록 의도를 알아주지 못해서 미안하다고 사과하고 나는 고심 끝에 "요리는 요리사의 삶이다."라는 오글거리는 답변을 추가로 남겨 주었다.

'라면 봉지에 있는 '조리법'을 자세히 읽어보는 사람은 과연 몇 명이나 있을까?'

"나는 라면을 잘못 끓어!"

"물 조절을 잘못해!"

"내가 끓인 라면은 맛이 없어."

라고 말하는 사람들이 간혹 있는데 그것은 봉지에 그림과 함께 적혀있는 조리법대로 요리하지 않아서인 경우가 대부분이다.

요리사 중에도 '레시피'는 아는데 요리를 못한다고 말하는 사람들을 종종 볼 수 있는데 그렇게 말하는 것은 '레시피'의 뜻을 정확히 알지 못하고 하는 말이다.

그 요리에 들어가는 소스 또는 식자재를 몇 가지 종이에 적어뒀고 요리하는 모습을 몇 번 지켜봤다는 말밖에 되지 않는다.

레시피recipe 는 요리를 만드는 전체적인 과정을 말한다. 즉 요리에 필요한 각종 재료와 손질 방법 그리고 요리를 완성할 때까지의 일정한 순서와 맛있게 먹는 방법까지 포함하여 레시피라고 한다.

비법, 비결, 약제의 처방전, 칵테일 제조 배합비율을 등을 뜻하기도 하지만 요리에서는 조리법 전체를 가르친다.

그러므로 "요리의 레시피는 갖고 있지만, 그 요리를 할 수는 없다."라고 말하는 것은 "소금은 있지만 짜게 만들 수는 없다."라는 말을 하는 것처럼 엉뚱한 소리라고 불 수 있다.

차라리 솔직하게 '레시피를 잊었습니다.'라고 답변해야 옳은 행동이다.

집안에 백과사전을 쌓아놓는다고 해서 백과사전 안의 지식이 모두 내 것이 되지 않듯이 레시피 즉 조리법 또한 정리하고 정형화시키지 않으면 무용지물이다.

즉 레시피는 목표하는 요리의 식자재 손질부터 만드는 순서와 먹는 방법까지 알고 있어야 정확하게 아는 것이다.

"요리사를 꿈꾼다면 레시피의 뜻부터
　정확하게 알아야 한다!"

chapter 6

초보 요리사를 위한
길잡이

"결국 요리사에게 필요한 것은 주방이다"

나만의 요리 스타일을 갈고닦기 전에
유연성을 키워라

SECRET DIARY

요리해본 적이 없는 사람이라도 자기가 좋아하는 요리에 대해 말해 보라고 하면 신기하리만큼 줄줄 읊어대곤 한다. 그러므로 '요리 실력'을 높이고 싶다면 본인이 좋아하는 요리, 즉 푹 빠져서 일할 수 있을 만한 요리를 배워야 한다. '낚시광'이라는 말을 들어봤을 것이다. 틈만 나면 낚시터를 향하고 한번 자리를 잡으면 밤새도록 좀처럼 자리를 떠나지 않는 사람들, 그들처럼 주방일을 하는 사람들은 '요리광'과 마찬가지이다. 요리에 한 번 빠져들면 좀처럼 자리를 비우지 않고 손님이 모두 떠날 때까지 요리에 푹 빠져있다. 당신이 하고자 하는 요리를 아직 정하지 못했다면 한식, 양식, 중식, 일식 등으로 자격증을 취득하면서 정하는 것도 좋을 것이다. 하지만 취업을 전제로 정하겠다면 취업할 곳을 먼저 개인사업장과 법인 사업장, 호텔과 학교, 병원 등 근무지의 형태로 나눠서 생각하고 정해야 한다. 요리사는 재능과 관심보다는 '진로의 선택'으로서 요리 스타일이 달라지는 것은 당연하기 때문이다. 취업을 하게 되면서 그동안 해보고 싶었던 요리 분야와 본인만의 스타일의 요리 모두를 할 수 없게 되는 경우가 대부분이다. 하지만 유연한 사고를 하는 사람은 "언젠가는 내가 원하는 포지션을 맡게 될 것이고 내가 추구하던 스타일의 요리도 내놓을 수 있다."라고 희망을 품을 수 있고 기회가 올 때까지 기다릴 수 있다. 그와 다르게 '경직된 사고'를 하는 사람은 하루하루가 괴롭고 절망적일 것이기 때문에 얼마 가지 못하고 다른 길을 찾는 것을 자주 보았다.

취업하면 더 많은 것을 배우게 될 것 같겠지만 오히려 그렇지 못한 경우가 대부분이기 때문이다. 실무현장에서는 당신에게 따로 시간을 내어 가르치거나 훈련시켜 주지 않는다. 당신이 할 수 있는 만큼의 작업을 줄 뿐이다.

혹시라도 요리할 수 있는 기회가 주어진다 하더라도 주방 책임자가 추구하는 스타일에 맞춰서 음식을 내어야 하므로 나만의 스타일의 요리는 전혀할 수가 없을 것이다. 실질적인 예를 들자면 나는 정통 파스타를 배우기 위해 이탈리안 레스토랑에 경력자로 취업했었지만 근무하는 동안 6개월 이상 손님께 내놓는 파스타를 만든 적이 한 번도 없었다. 그곳의 셰프의 스타일에 맞춰주지 못했기 때문이다. 다른 매장에서는 수없이 만들었던 파스타였지만 그곳에서는 할 수가 없었다.

이유는 나에게 '나쁜 버릇과 습관'이 몸에 배 있었기 때문이다 '나쁘다'라기보다는 '다르다'라고 표현할 수도 있을 법한데 경력자로서 급여는 많이 받으면서 판매할 수 있는 파스타를 만들지 못했기 때문에 마음속으로는 아니꼬왔지만 '나쁘다'라고 표현해도 무방하다는 것을 인정할 수밖에 없었다.

"모난 돌이 정 맞는다."

라는 말이 있듯이 주방에서는 특별히 두각을 나타내거나 소질이 있는 사람보다는 주방 책임자의 스타일에 맞춰 음식을 낼 수 있는 사람만이 필요하다. 나만의 요리 스타일을 갈고닦고 실력을 갖추었다고 하더라도 사고의 유연성이 없다면 '주방 책임자'가 되지 않는 이상 이 세상 어느 식당에 가더라도 일하기 힘들 것이다.

요리 실력의 구성

- 요리 실력 = 사고의 유연성 > 기술력 > 진로 > 소질

요리 실력에 차지하는 비중에서 소질보다는 사고의 유연성이 차지하는 비중이 크고 중요하다는 것을 강조하고 싶었다.

개성이 강하고 자신만의 스타일만을 추구하는 경력이 많은 요리사로 구성된 음식점은 요리하는 사람마다 다른 스타일과 맛이 나는 요리가 나올 것이다.

'방문할 때마다 맛이 다른 식당을 누가 재방문하겠는가?'

열정이 높은 초보 요리사들이 집에서 만들어온 정말 맛있는 소스와 신메뉴를 종종 매장에서 내놓는 경우를 예외적으로도 볼 수도 있다. 하지만 대부분은 채택되지 않을 것이다. 그 이유는 시스템화가 어렵거나 레시피와 조리방법이 체계화되지 않은 경우가 대부분이기 때문이다. 맛보다 중요한 것은 레시피가 '체계화'되어 있어야 한다는 것이다. 시스템화시켜서 주방 직원들 모두가 할 수 있는 요리가 아니라면 매장에서는 사용할 수 없다. 냉

정하게 말하자면 "열 번 시도한 끝에 한 번쯤 맛있게 나오는 요리는 아무리 맛있어도 메뉴판에는 결코 넣을 수 없다는 것이다."

시간을 내서 수많은 연습을 하고 레시피를 확실히 정리해 놓아야 하며 누구나 만들 수 있는지 확인하는 검증작업이 필요하다. 그런 후에야 메뉴판에 넣고 '나만의 요리 스타일'을 갈고닦을 수 있다.

종종 조리학과를 졸업하거나 학원 특강을 청강한 초보 요리사들이 실무에 나와서 자신이 개발한 메뉴를 고객님께 선보이지 못하거나 본인이 요리하고 싶었던 메뉴를 요리하지 못하는 것을 괴로워하는 것을 볼 때마다 해주었던 말들이다.

매장의 사업주와 주방 책임자는
"당신을 '셰프'로 거듭나게 해주는 디딤돌이 아니다."

매장의 사업주와 주방 책임자는
"당신이 '유연한 사고'를 키워 함께 살아가기를 간절히 원합니다."

뛰어난 요리가 아닌
분명한 요리를 해라

— SECRET DIARY —

몇 해 전부터 서울/경기뿐만 아니라 지방까지도 캐주얼 일식당과 캐주얼 중식당이 많이 등장했다. 캐주얼 식당이란 코스요리와 파티요리가 중심이 아닌 단순한 단품 요리 몇 가지로만 구성하여 가볍게 식사할 수 있는 곳을 말하는 경우를 말한다.

동네마다 자리 잡은 짜장면집과 작은 평수의 초밥 전문점이 바로 그것이다. 나는 캐주얼 초밥집을 운영하며 '분명한 요리를 하기위한 3가지 철칙'을 만들었다.

초밥 요리사로서의 3대 철칙

• 빠르게 만들어내고 가볍게 먹을 수 있도록 해야 한다.
• 단순해 보이지만 재미있게 다시 한번 표현한다.

- 간단한 요리에서도 깊은 맛이 나오도록 해야 한다.

2만 원에서 3만 원 사이의 가격대를 유지하기 위해서는 값비싼 해산물을 사용할 수는 없었다. 하지만 다른 곳과 비슷한 가격을 유지하면서도 최고의 신선도와 좋은 품질의 요리를 내놓기 위해서는 남다른 철칙이 필요했다.

즉 '뛰어난 요리'가 아닌 '분명한 요리'를 한다는 것이다. 앞서 말한 3가지 철칙을 지켜낸다면 '분명한 요리'를 할 수 있다. 3가지 철칙으로 만들어낸 '분명한 요리'란 분명한 식감, 분명하게 눈에 띄는 비주얼, 분명한 맛이 갖추어진 요리를 말한다.

"초밥만큼 간단한 요리가 있을까?"라고 생각하는 사람들이 종종 있다. 일반인들이 보기에는 뭉쳐진 밥알 위에 생선 살을 올려 내놓기만 하면 되는 것처럼 보이기 때문이다. 손님들께는 정말 단순하고 간결한 마지막 동작을 하는 모습만 보시기 때문에 생기는 오해들이다. 하지만 나는 초밥만큼 복잡한 요리도 찾기 힘들 것으로 생각한다. 수족관에서 생선을 건져내고 손질하기부터 숙성 후 수분과 식감을 수시로 점검하며 식사시간(영업시간)에는 최고의 식감을 유지하여야 한다. 쌀 불려서 밥을 짓고 시간에 맞춰 배합 초를 섞고 온도와 습기를 조절하는 것까지만 배우고 익히는데 3년이 넘는 시간이 걸린다.

준비과정 중에서 극히 일부분만을 생각해보아도 정말 복잡하고 신경 쓸 곳이 정말 많다. 초밥집마다 비슷해 보이지만 강조하는 컨셉과 주방 책임자의 스타일에 따라 준비과정은 크게 차이가 날 것이다.

앞서 말한 **초밥 요리사의 3대 철칙**을 지켜낸다면 누구라도 짧은 시간 안

에 요리 실력이 몰라보게 향상될 것이고 어디를 가나 인정받는 요리사가
될 것을 확신한다.

크고 어려운 요리, 복잡하고 시간이 오래 걸리는 요리가 분명히 '뛰어난
요리'처럼 보일 것이다. 하지만 수족관에서 생선을 건져 올려서 손질하고
숙성하고 밥알의 압력까지 계산해내야 하는 '수제 초밥' 요리는 뛰어난 맛
과 최고의 식감만큼이나 고객님을 향한 요리사의 '마음'까지도 '분명하게'
나타낸다.

'셰프의 삶'을 살아가는 우리는
뛰어난 요리보다는 '분명한 요리'를 해내야 한다.

어린아이와 노인을
위한 요리

— SECRET DIARY —

보기에도 불편하고 먹기에도 불편한 요리들이 있다. 반면에 어떤 요리는 보자마자 손이 가고 한입에 쏙 들어가고 술술 넘어간다. 이 둘의 차이점은 무엇일까?

그것은 바로 '손님께 대한 배려심'이다. 같은 메뉴의 요리라 할지라도 세심하게 손님 입장에서 편히 드실 수 있도록 만든 요리가 있고 그렇지 않은 요리도 존재한다.

간혹 식당에 방문했는데 손을 씻는 물을 마셔버렸다든가 추가로 넣는 소스 통이 주전자처럼 생겨서 물인 줄 알고 컵에 따라서 마셨다는 등의 에피소드를 한 번쯤은 들어봤을 것이다. 듣기에는 재밌기도 하겠지만 나는 식당 운영자로서 화가 난다. 손님께 똑바로 안내해 드리지 못했다는 그것은 어떤 변명을 하더라도 용서할 수가 없다.

"그 식당의 업주에게는 설명을 정확하게 하지 못한 책임을 물어야 할 것이다."

"그런 개망신을 당하고 다시 그곳에 가고 싶겠는가?"

성격이 웬만큼 좋은 사람이 아니라면 손님은 두 번 다시는 그곳에 가고 싶지 않을 것이다.

"손님이 돈으로만 보이는가?"

"손님이 실험 대상인가?"

손님들은 누군가에게는 귀한 딸과 아들이고 누군가에게는 귀한 부모님이나 어른일 것이다.

"비싼 돈을 내고 곤욕을 치르고 싶은 사람이 과연 있을까?"

'진솔한 서비스'는 생소하게 느끼시는 손님을 배려하는 것부터 시작되어야 한다. 진솔한 서비스에 걸맞은 요리는 '배려심으로 가득 찬 요리이다.'

즉 어린아이와 노인에게 먹기 쉬운 요리가 되어야 할 것이다. 내가 종사하는 초밥집을 예로 들자면 어린아이와 노인이 보다 씹기 쉽도록 초밥에 들어갈 생선 살에 칼집을 더 넣어야 하며 탕이나 국은 적당한 온도에 드실 수 있도록 맞춰줄 수 있도록 하는 것이 당연하다. 초밥이 손님상에 도착했을 때도 밥알 온도가 내려가지 않아야 하고 밥알이 굳지 않도록 하여야 한다.

하지만 종종 본인이 고집하는 초밥의 모양 때문에 손님을 배려하지 않는 초밥집들이 있다. 밥알의 무게를 정확하게 13g을 만들어야 하고 생선 살의 무게는 정확하게 15g이 되어야 한다는 것이다.

손님께서 원하시는 적은 밥양의 초밥 또는 어린이가 먹기 위한 생선 살이 짧은 '다네'를 만들기는 결코 힘든 일이 아닐 텐데도 말이다. 하지만 본인의 조리기술과 요리에 대한 애착심이 너무 강해 고객님에 대해 배려를 하지 못하는 요리사들은 존재한다.

나는 오래전부터 의문을 가지고 있었다.

"'정통 초밥'이라는 것이 세상에 과연 존재할까?"

초밥의 종주국이라고 할 수 있는 일본이라는 국가 역시도 태평양 전쟁 이후부터 초절임 초밥이 눈에 띄기 시작했으며 모양과 크기는 시대에 따라 계속 변형되어 왔다. 미 군정기와 초고도 성장기를 거치면서 지금의 초밥 모양이 나왔다고 해도 과언이 아니라 할 수 있을 정도이다. 일본은 지리적으로 '섬'이기 때문에 초밥의 기원을 따진다면 한국의 '가자미식해' 또는 중국의 '남방지역의 생선요리' 기원으로 삼아야 할 것이다.

그럼에도 불구하고 약 1000년이 넘는 시간 동안 변화되어 가고 있는 음식을 자신이 배운 방법과 모양에 한정되어 고집하는 모습은 전통을 계승하거나 정통을 유지한다고 보기보다는 상품적인 가치와 이윤을 추구하기 위한 셈에 밝은 장사꾼들의 눈속임일 뿐이라고 할 수 있다.

나는 고집하던 초밥 모양이 변질하더라도 '고객의 편의'에 맞추는 것을 더 중요 하다고 생각한다. 조금씩 고객님들께 맞춰져서 맛과 모양도 함께 변해가는 것이

"이 시대에 필요한 요리사의 모습이 아닐까?"

30대 초중반에 오픈했던 나주혁신도시의 초밥집은 낡았고 나는 고객님들과 함께 나이가 들어가고 있다. 그처럼 지난 6년간 나의 초밥도 함께 나이가 들었다.

20대 시절 일명 '정통일식', '전통 초밥'이라는 이름으로 사부님들께 물

려받은 조리기술과 레시피는 지난 20년 가까이 '변형'되어왔고 앞으로도 계속 변할 것이다.

출산율이 감소하면서 노인층이 증대하고 있는 사회적 현상을 생각하면 노인을 위한 편의시설과 먹거리가 증가 되어야 할 텐데 '얇은 지갑'을 가진 '노년층'에게는 자영업자들이 인색하다.

'왜 병원마다 소아청소년과는 있는데 노인의학과는 없을까?'

"왜 키즈카페는 많이 있는데 노인을 위한 카페는 없는 것일까?"

왜 '어린이 세트메뉴'는 가게마다 있는데 '어르신 세트메뉴'는 없는가?

"100세 시대가 왔다", "기대수명이 증가했다", "노령 인구가 늘어난다"라는 말은 많지만, 결코 노인을 위한 메뉴를 신경 쓰는 사람은 아무도 없다. 나는 내가 근무하는 곳에서 전국최초로 '어르신 초밥 메뉴'를 출시하였다. 진작에 나와야 했을 메뉴라고 생각한다.

저녁특선(어르신 세트)

어르신 세트메뉴 저녁 특선은 수제 초밥 10피스와 우동 or 탕으로 구성되어 있다. 바쁜 점심시간에만 판매되던 점심 특선 초밥을 저녁 시간에도 판매하게 된 것이다. 젊은 층보다 식사량이 적으신 어르신들을 위한 배려이며 가격 또한 저렴하다.

나의 요리에
어울리는 손님 찾기

― SECRET DIARY ―

한 지붕 세 가족

    2년째 지속하는 전국적인 전염병 사태로 재택근무와 사회적 거리 두기의 여파로 외식을 위해 식당을 찾는 손님이 많이 줄었다. 매출 하락으로 '셰프' 자리를 불안해하는 직원도 있을 것이고 가게의 존망을 불안해하는 사장님들도 많을 것이다.

    그런 불안감에 스트레스를 받는다면 정작 본인이 직접 노력하고 있는 것은 무엇인지 한 번쯤은 생각할 필요가 있다. 식당영업을 하는 곳은 '가게 홍보'를 광고전문가에게 맡기는 것이 보통이다. 물론 홍보전문가에게 맡기는 것도 필요하겠지만 '오너셰프'로서 주도적으로 직접 할 수 있는 것은 반드시 '오너셰프'가 직접 해야 한다.

예를 들어 사장님의 가족이 4명이고 매상에서 근무하는 직원이 6명이라면 10명이 10분도 안 되는 시간을 일주일에 한 번씩만 투자한다면 일주일에 10개의 SNS 계정에 홍보 글을 올릴 수 있을 것이다. 이것은 '셰프'가 주도적으로 추진해야 한다. 업장의 직원과 '오너셰프'의 가족만이 음식의 맛을 정확하게 표현할 수 있고 자연스럽게 전파할 수 있다. 음식점의 최고의 권위자로서 직접 음식을 제공하고 사기를 끌어올릴 수 있다. 그리고 주방 상황에 따른 판매를 촉진할 메뉴까지 구체적으로 정하여 홍보할 수 있으므로 기대 이상의 효과를 거둘 수 있을 것이다. 거기에 10분씩만 더 신경을 쓴다면 10개의 블로그에 일주일에 한 번씩 광고할 수 있을 것이다. 하지만 많은 인원이 근무하고 있는 매장조차도 그렇게 하지 않는 매장들이 대부분이다.

"우린 아줌마라서 안 돼요!"

"우리 애는 학생이라서 이런 거 신경 쓰게 하고 싶지 않아요!"

"저는 가족까지 끌어들이고 싶진 않습니다."

"우리 직원들은 안 해요!"

하라면 하는 것이다. 가게가 파리가 날리고 있는 시간에도 앉아서 잡담할 시간은 있지만 절대 돕지 않겠다는 직원들은 반드시 내보내야 한다. 애초에 채용할 때 손님이 없는 시간에는 청소 및 정리정돈을 하거나 가게 사진을 SNS에 올려줘야 한다는 약속을 받고 채용했어야 했다.

이런 곳은 게으르고 무지한 '오너셰프'가 있는 곳들이 대부분이다. 당신이 호텔에서 근무하던 동네식당에서 근무하던 인력을 가장 효율적으로 이용하는 방법을 구상하지 못한다면 당신은 영원히 '좀비 요리사'로 남을 수밖에 없다.

'오너셰프'와 그의 가족들 그리고 직원들 "당신 매장은 한 지붕 세 가족인가요?"

"당신 매장의 모든 사람을 한 가족으로 만드는 것 그것부터 시작해야 한다!"

'오너셰프' 당신은 자영업자입니다

오픈 초기에는 '오너셰프'가 직접 전단을 돌리고 현수막을 걸고 주변 지인들에게 부탁하고 가족들도 적극적이었지만 시간이 조금만 지나면 마케팅 업체들에 맡겨버리거나 배달 주문 플랫폼에 추가 깃발만 꽂을 뿐 그 누구도 신경 쓰지 않는다. 그저 하루 매출이 얼마였는지만 보고 있는 경우가 태반이다. 장래에 '식당 창업'을 목표로 한다지만 정작 현재 근무하고 있는 매장의 하루 매출이 얼마이고 오늘 입고된 식자재의 비용과 어제 남은 식자재의 재고에 전혀 관심이 없는 요리사들이 대부분이라는 것이 현실이다.

나무 그늘 밑에 거미줄을 치고 먹이가 걸려들기를 기다리는 거미처럼 사는 '오너셰프'는 몸은 둔해지고 생각은 짧아진다.

"오늘은 손님이 왜 없을까? 내일은 많겠지? 주말에는 많겠지? 다음 달에는 많겠지?" 마치 손님들께 텔레파시를 보냈다는 듯이 생각하는 사람들이 있다. 손님께 알리지 않는 이상 손님은 오지 않는다. 불특정 다수의 잠재적 고객님들께 충실하게 광고는 하지 않고 몇 안 되는 재방문 손님만을 기다리고 있는 것을 보면 그저 답답할 뿐이다. 이런 것은 집안에서 '내 요리에 어울리는 손님을 찾는 것'과 같다.

당신 요리를 먼저 알려야 당신의 요리에 어울리는 손님을 찾을 수 있을 것이다. 당신이 '셰프'라면 당신의 요리를 알리고 당신의 요리에 어울리는 손님을 모셔와야 한다. 폐업하는 날까지 주방만을 지키고 있는 '셰프'는 존경 받을 자격이 없다.

"사장님과의 의리를 지킨다?", "끝까지 남는 것이 제일 나은 선택이다?"라는 그럴싸한 말로 둘러대지만, 그들은 그저 게으른 것은 사실이다. 그저 주방 구석에 가만히 앉아서 손님을 기다리며 핸드폰게임을 하거나 시시콜콜한 영상이나 보며 시간을 보내고 간식거리나 만들어 먹고 놀다가는 어린이 수준밖에 되지 않는다.

당신이 '오너셰프'라면 당신의 요리에 어울릴 만한 고객님을 직접 찾아내고 모셔올 수 있는 능력이 있어야 한다. 스스로 영업할 수 있는 사람이 바로 '자영업자'이다.

"손님이 없다면 가게 문 앞에 서라 그리고 크게 인사부터 해라!"

그게 시작이다.

'셰프'님! 직원과 손님들께 진실을 공유해주세요

대형초밥집이나 회사 근처의 식당을 찾지 않고 변두리에 자리 잡은 소형초밥집을 멀리까지 찾아 주시는 분들이 많은 것은 바로 '방문할 때마다 신선함을 느낄 수 있는 가게'이기 때문일 것이다. 내가 근무하고 있는 '나주목 초밥'에서는 직원분들이 퇴근하실 때마다 초밥 도시락을 만들어드린다. 날마다 가게 음식을 맛보는 사람에게 매장요리를 냉정하게 평가받는 것을 그 무엇보다 중요하다고 생각하기 때문이다. 그리고 함께 일하는 사람들에게 당일 사용한 재료를 재사용하지 않는다는 것을 확실하게 각인시키고 있다. 아무리 가게 앞에 "당일 사용한 식자재는 재사용하지 않습니다"라고 크게 붙여둔다 한들 그곳에서 일하는 사람들 외에는 진실을 알 수가 없다. 음식물 재사용을 하지 않는다는 것을 증명 할 수 있는 가장 좋은 방법은 재료소진 시 영업이 마감된다는 것을 손님들과 직원들이 실감 할 수 있도록 직접 보여주는 방법밖에 없다.(그런 좋은 방법을 사용하기 그 때문에 저녁 7시에 영업이 마감되는 경우도 많이 발생하고 지금도 예약 없이 늦은 시간에 방문하시는 고객님들께 욕을 먹고 있다.)

대기업과 공기업에 취업하고 싶어서 하는 사람들이 많은 것은 대기업과 공기업이 근무환경과 연봉 각종 혜택을 따로 티브이에서 광고하기 때문인 것은 결코 아닐 것이다. 그것은 그곳에서 근무하는 이들이, 가족이 또는 지인들에게 알렸기 때문이라고 생각한다. 식당도 마찬가지이다. 함께 근무하는 사람들이 이곳은 재료소진 시 마감이 원칙이라는 것을 실질적으로 느낄 수 있어야 하고 손님들도 이곳은 재료가 소진되면 이른 시간에도 손님을 받지 않는다는 것을 확인할 수 있어야 한다. 그만두는 직원이 발생하거나 식사를 하지 못한 손님께서 헛걸음하셨다 하더라도 그들의 주변인들 또는 그의 가족은 이곳은 재료 소진 시 마감을 하게 되어 이용할 수 없다는 것을 알게 될 것이다. 그 효과는 반드시 나타난다. 물론 성과가 빠르게 나타나지는 않겠지만 장기적으로 봤을 때는 반드시 광고효과기 나타날 수밖에 없다.

'낮말을 새가 듣고 **밤말을 쥐가 듣는다**'라는 말처럼 거짓으로 신선한 식자재를 사용한다고 가게 앞에 적어놓아봤자 사실이 아니라면 언젠가는 들통나기 마련이다.

내가 손님께는 항상 위생적이고 신선한 식자재만을 사용해서 좋은 요리를 드린다는 것만 계속해서 유지한다면 직원들은 물론이고 방문하신 손님들의 가족, 지인들에게도 자연스럽게 알려지게 된다. 그렇게 계속해서 알려진다면 요리에 걸맞은 손님이 찾아오는 것은 당연한 이치이다. 광고비를 투자해서 가게를 널리 알리는 것보다는 '오너셰프' 당신이 직원들과 손님들께 당신의 음식에 대한 마인드와 경영철학을 진실로 공개할 때에 당신의 요리에 어울릴만한 손님과 만날 수 있게 될 것이다.

진실을 공유하라. 당신의 실력과 마인드는 온 세상에 드러나게 될 것이다.

"당신의 진심은 공유하기 싫어도 언젠가 공유할 수밖에 없게 될 것이다."

대중을 사로잡는 식당경영
— SECRET DIARY —

내가 체험한 일을 바탕으로 요리하라

요리사가 직접 먹어보았고 직접 손질한 식자재를 이용한 요리야말로 가치가 있다. 만들어진 소스와 조리되어있는 식자재를 데워서 내주기만 한다면 광고를 통해 잠깐 손님이 있을지는 몰라도 오래가지 못할 것이다.

예를 들면 작년까지만 해도 웬만한 식당에는 '소떡소떡' 메뉴가 있었다. 소시지와 떡이 꼬치에 끼워진 단순한 제품임에도 불구하고 많은 업체에서 출시되었다. 조리방법도 단순했기 때문에 누구나 쉽게 판매할 수 있었기 때문이다. 포장만 뜯어서 전자레인지에 돌려서 내놓거나 튀김기에 잠깐 튀겨서 내어주는 곳들이 대부분이었다. 특정 연예인의 맛있게 먹는 모습 때문인지 전국적인 열풍으로 '소떡소떡'을 판매하지 않는 식당이 없을 정도였다고 해도 과언이 아닐 것이다. 하지만 "휴게소 음식은 휴게소에서 먹어야 제맛이다."

당시에 방송에 몇 번 나왔다고 해서 동네식당들과 선술집들이 사이드 메뉴로 '소떡소떡'을 내놓았지만 정작 재미 본 사람들은 제품 공급업체들뿐이었다. 판매하시는 분들도 적은 비용으로 간편하게 추가매출을 노려보려했을 뿐 신경 써서 요리하는 곳은 없었다. 판매하는 곳의 특성에 소스와 비주얼을 갖춘 소떡소떡은 정말 찾아보기 힘들었다. 매장들은 이윤을 남기기 위해 소시지와 떡을 해동과 냉동을 몇 번씩이나 반복했는지 떡이 퍼석하고 소시지는 건조해져서 갈라져 있는 채 요리가 나오는 경우가 대부분이었다.

"휴게소에서 정말 한 번이라도 먹어본 적은 있는 것일까?"

떡과 소시지를 직접 끼워 넣으면 단가도 낮출 수 있고 맛도 더 좋을 텐데 바쁘다는 핑계로 완제품으로 만들어진 냉동제품만을 고집하는듯하다.

"그렇게 바쁘다면 왜 그런 메뉴를 넣었을까?"

먹기 전에 보기만 해도 손님께 만족을 드리는 메뉴인지 사장님 본인의 중간이윤만을 높이기 위한 메뉴인지 손님도 분명히 알 수 있었을 것이다. 직접 체험하지 못했던 것을 방송이나 입소문만 듣고서 새로운 메뉴를 개발해 넣으려고 한다면 항상 문제가 발생하기 마련이다. 요리사는 직접 찾아가서 먹어본 음식을 토대로 만든 메뉴를 넣어야 한다.

즉 '직접 체험한 일을 바탕으로 요리해야 한다'는 것이다.

"간혹 직접 체험하고 만든 것도
종종 문제가 발생하기도 한다."

벤치마킹 실패 사례

4년 전 겨울이었다. 광주에서 이름난 백운초밥에서 식사하고 벤치마킹을 했다. 메뉴 이름과 맛도 무난했기 때문에 내가 근무하는 가게에서도 꾸준하게 제공할 수 있다고 판단되는 메뉴였다.

그것은 매콤 초밥과 튀김 초밥 두 가지였다. 먹는 순간 "난 이런 생각을 왜 못했을까?"라는 억울함이 밀려들어 왔다.

새콤하면서 달콤한 평준화된 초밥 맛에만 길들어 있었기 때문에 항상 새로운 맛을 원했지만, 칠리소스를 이용해서 매운맛을 내겠다는 생각은 전혀 하지 못했다.

광주의 백운초밥은 내가 운영하는 나주목 초밥과 비슷한 규모의 가게였고 사용하고 있는 식자재 역시 비슷했기 때문에 충분히 운영할 수 있다고 생각했다. 2번 정도 재방문을 하면서 맛을 익히고 사진으로 담아서 비슷하게 만들어냈다. 거리가 있는 매장이고 빛가람동 안에서는 '매콤 초밥'을 판매하고 있는 매장이 없다는 것을 잘 알고 있었으므로 우리 지역에서 가장 먼저 판매를 시작하면 좋겠다는 생각이 들었다. 처음에는 손님들께 인기를 얻었다. 찾아와서 드시는 분까지 있을 정도였다. 하지만 여름철이 되면서 판매량 부진으로 메뉴판에서 삭제할 수밖에 없었다. 왜냐하면, 내가 근무하는 초밥집의 '초밥의 간'은 계절마다 조금씩 달라지기 때문이다. 겨울철에는 초밥의 간이 다른 계절에 비하여 약하지만, 여름이 되면 초밥의 간이 다른 계절에 비하면 상대적으로 아주 강해지게 되는데 매콤 초밥의 소스와 튀김 초밥 소스 역시나 간이 강해서 먹지 못할 정도로 '짠맛'이 났기 때문이다.

여름철에 땀을 뻘뻘 흘리며 간을 보다 보니 내가 짠맛을 못 느껴서 "이 정도면 괜찮다"라고 오만하게 판단을 했다. 그렇다고 보조메뉴 때문에 계절별로 4단계로 나뉘는 '초밥의 간'을 바꿀 수도 없는 노릇이었다. 아쉽지만 과감하게 메뉴판에서 삭제할 수밖에 없었다.

하지만 이런 실패를 경험한 덕분에 벤치마킹이 아닌 스스로 개발한 메뉴들이 나올 수 있었고 큰 깨달음을 얻었다.

'내가 직접 체험한 일을 바탕으로 요리해야 한다.'

책에서? 티브이에서? 학원에서? 보고 배운 것은 한계가 있다. 직접판매를 해보고 느껴야 한다.

"요리사의 세계에서 다른 이의 경험담과 사례는 경험한 사람의 전유물일 뿐이다."

변덕쟁이 요리사 선배들

주방일을 하다 보면 선배 요리사나 셰프들이 한 가지 요리를 똑바로 안 가르쳐주고 이랬다저랬다 다르게 가르쳐 주는 경우가 종종 있다. 그리고 그 뒤에는 시키는 대로 안 했다고 화를 내는 것이라 느껴질 때도 있다. 날씨에 따라 달라지는 식자재 관리 요령과 계절에 따라 달라지는 레시피와 음식 '간'을 이해하기 위해서는 최소 4계절을 '한 가게'에서 보내야 한다.

생선 손질과 초밥 쥐기, 튀김 등 간단한 기술습득 만을 목표로 한다면 3개월~6개월 정도의 짧은 시간을 근무하며 기술을 터득하기 위해 노력한다고 해도 성장할 수 있겠지만 '요리'를 하는 요령과 주방운영을 터득하기 위해서는 반드시 1년 이상을 한곳에서 보내는 것을 추천한다.

식당 경영과 스토리텔링(전남 지역의 자랑 나주시)

스토리텔링이란 상대방에게 알리고자 하는 바를 재밌고 생생한 이야기로 설득력 있게 전달하는 것이다. 내가 쓰고 있는 글들은 지역 카페 게시판과 SNS에 3년 전부터 쌓여가고 있는데 내용은 주로 웃어넘길 만한 귀여운 고양이 사진과 지역 역사와 관련된 이야기 그리고 구인광고들이 대부분이다.

요리에 관련해서는 식자재를 다루는 나만의 방법과 마음가짐 그리고 뜬금없는 퓨전요리가 메뉴에 들어가 있는 이유 등으로 이루어져 있다.

부산에서 중고등학교에 졸업했고 20대, 30대 시절은 서울과 경기도에서 대부분 보냈다. 6년 전 전남 나주로 이사를 왔을 때는 아는 사람이 하나도 없었다.

경남을 고향으로 둔 사람으로서 30대에 전남 나주를 고향 삼아 살아가게 되면서 많은 에피소드가 있었지만, 그중에 손님들이 붙여준 별명 '나주 야옹이당' 이야기가 가장 재밌다.

6년 전 처음 전남 나주 사람들과 접했을 때 나의 특이한 억양과 말투로 "고향이 어디냐?"는 질문을 곧잘 듣곤 했다. 서울말씨에 경상도 억양 그리고 가끔 강원도 사투리를 구사하기도 하는 특이한 말투였기 때문이다. 미국에서 살다 왔는지, 조선족인지를 묻는 사람들도 많았다. 그럴 때마다 대꾸하기도 귀찮아서 "나주가 고향입니다."라는 말을 경상도 억양으로 반복하다 보니 어느새 내 별명은 나주 고양이다가 되었고 얼마후에는 나주 야옹이당으로 확립되었다.

지금도 지역 카페와 온라인 게임상 아이디를 '니주 아옹이당'으로 사용하고 있다.

고양이를 어린 시절 5마리까지 키웠었다. 늙어 죽거나 집을 나가 버려서 지금은 1마리도 키우지 않고 있다. 키우고는 싶지만, 직업 특성상 혹시나 동물털이 음식물에 들어가지는 않을까? 하는 걱정이 앞서기 때문이다.

나 같은 경상도 사람이 전남 나주를 고향 삼아 살아가고 있다는 것이 옛날 사람들 귀에는 불편할 수도 있겠지만 세상은 변했다. 놀라운 것은 지역적 차별을 당해온 전남 지역 사람들은 의외로 타지사람에게 등을 돌리거나 차별하는 일을 전혀 하지 않는다는 것이다. 내가 지난 6년간 살아본 바로는 그랬다. 전국을 떠돌며 1년에 1번 이상 이사를 하며 살아왔던 경험으로는 전국 어디를 가더라도 학연과 지연은 물론 아무런 연고도 전혀 없는 곳에서 살아가기란 쉽지가 않았다. 심리적으로 위축되기도 하고 외롭고 쓸쓸한 날들도 많았다. 하지만 이곳은 그렇지 않은 곳이었다. 지난 6년간 매출이 저조한 날도 많았고 어처구니없는 오해를 받아서 영업에 지장이 있는 날도 여러 번 있었지만, 지역 카페 게시판에 호소할 때마다 정말 많은 분이 도와주시곤 했다. 땅이 평탄하고 기름지고 좋아서 그런지 나주 지역 사람들은 마음도 넓고 정이 많다. 근처에 무인매장들이 성업 중인 것만 봐도 알 수 있듯이 지난 6년간 도난사고 한번 없었고 이웃 간에 얼굴 한번 붉히는 일 한번 없을 만큼 대체로 주민들의 시민의식 또한 높다.

지역 카페 게시판이나 SNS에 새로운 메뉴를 한 번만 올려도 관심을 두시는 분들도 많으시고 슬픈 일이나 재밌는 일을 세시하면 공감해주시는 분들도 많이 계신다.

이런 지역 주민들이라면 서울살이도 그렇게 고달프지는 않았을 터라는 아쉬움이 든다.

"글을 잘 쓸 필요도 없고 말을 잘할 필요도 없다." 하면 된다. 이심전심이다.

구구절절하게 설명하지 않아도 산에 올라가 외치면 메아리가 되어 돌아오듯이 당신의 상황과 마음을 표현만 한다면 고객님도 알아채고 답변을 줄 것이다.

"저는 전남 나주에서 초밥집을 하는 '나주 야옹이당'입니다."

리얼리티를 살려라

인기 연예인이 선전하는 가전용품이나 음료 등도 마찬가지겠지만 왠지 연예인 사진이 붙어있거나 광고만 해도 왠지 그들이 품질을 보증해줄 것 같은 느낌이 있다. 이처럼 효과적인 전달력과 허구를 현실로 만들어내는 힘을 '리얼리티'라 하는데 식당 운영에서도 존재하지 않지만 존재한다고 믿게 만드는 힘(리얼리티)가 필요하다.

'유명 셰프의 식당을 찾아가 식사해본 적이 있는가?' 그들이 주방에서 음식을 요리해서 내어줄 거라 예상하지만 그들의 사진만 있을 뿐 대부분 다른 직원들이 요리하는 경우가 대부분이며 일주일에 한 번 내지 한 달에 한 번 정도 관리 차원에서 방문만 하는 곳들도 많다. 하지만 그들이 운영한다는 이유 하나만으로도 왠지 멋진 요리가 나올 것이라고 손님들이 믿게 되는 것이다. 이처럼 식당의 리얼리티를 살리는 데 있어서 음식만으로는 승부를 낼 수는 없을 것이다. 리얼리티를 살려놓은 가게를 모두 이길 수 있는 리얼리티reality가 아닌 리얼real이 유지되는 식당이 바로 내가 근무하는 스시웨이 나주점(나주목 초밥)이다.

오래전에는 음식에 리얼리티를 살리기 위해 완성된 요리 위에 추가로 치즈 가루를 뿌려놓거나 육류나 생선에 불에 그을린 자국을 남기기도 하고 싱싱함을 강조하기 위해 요리접시 모서리에 채소 조각이나 생화를 장식하도록 한 적도 있었다. 지금은 내가 모든 음식을 확인하고 점검함으로써 리얼리티가 아닌 리얼을 유지하는 데에 중점을 두고 일하고 있다. 다시 한번 강조하지만, 식당에서 '리얼리티'를 살리는 데 있어서 반드시 음식만 대상이 되지는 않는다.

"사람이 먼저다"라는 지난 대선 후보의 유명한 말처럼 식당을 널리 홍보하기 위해서라면 요리도 중요하지만, 결국은 '사람을 먼저 알려야 한다'고 생각했다.

이것은 엉뚱한 곳에서 아이디어를 얻었다. 그곳은 바로 동네에 있는 태권도 도장이었다. 옆 건물 꼭대기 층에 경희대 최강 태권도 체육관은 관장님의 자녀가 유치원생이라 그런지 그 또래 아이들이 정말 많았다. 이곳을 찾는 이유는 식당 영업과는 전혀 상관없지만, 체육관에서 뛰어노는 아이들을 보면 마음이 편안해지고 머리가 맑아지기 때문이다. 관장실 주변을 기웃거리던 중 눈에 띄는 것이 있었다. 체육관 관장님의 소개 사진이었다.

나의 아이를 믿고 맡길만한 편안하고 인자해 보이면서도 강인해 보이는 태권도 도복을 입은 모습의 그의 가족사진이 눈에 띄었다.

관장님 사무실 관장님 가족사진

어린이 체육관은 시설보다는 사람을 보고 맡긴다. 학부모님이 체육관의 관장실을 둘러보며 상담을 하고 아이들 보내듯이 가게 앞에 요리하는 사람의 사진을 두면 좋겠다는 생각을 가졌다. 관장님께서는 사진을 어떻게 어디서 이런 식으로 찍어주는지 캐물어 빛가람 사진관에 예약을 걸었다. 그곳도 역시나 사진관 입구에 사장님 본인의 사진과 가족사진부터 정말 잘 찍어서 배치해놨다는 생각이 들었다. 누가 사진을 찍었는지 그리고 이곳에 근무하는 사람의 가족 구성원까지 한 번에 알 수 있었기 때문이다.

생각보다 시간이 오래 걸리지는 않았다. 전국의 각종 체육관 사진을 전문으로 찍으시는 분이라서 금방 원하는 각도의 사진을 선별해내고 설치까지 마무리해주셨다.

초밥집에 들어오기 전에 가게 앞에서 요리사의 사진을 볼 수 있고 가게 안으로 입장하면서 사진 속 주인공에게 인사를 받을 수 있다. 그리고 자리에 앉으면 벽에 걸려있는 요리사의 사진이 보인다. "음식보다는 사람 먼저다." 우리가 어머니 또는 할머니의 음식이 맛있다고 느껴지는 것은 세상 그 누구보다 친숙한 믿을 만한 분이라는 것을 알고 있기 때문이다. 이처럼 가게 입구에서 한번, 가게에 입장하면서 한번, 자리에 앉아서 한번. 총 3번의 눈도장을 찍은 친숙해져 버린 요리사의 음식은 맛이 없을 수가 없을 것으로 생각했다. 그리고 얼마후 생각대로 실행에 옮겼다. 나는 일반인이지만 식당 앞에 나의 사진을 크게 붙여놓고 가게 안에 들어설 때마다 그 사진 속 주인공인 내가 제일 먼저 인사를 하면서 맞이하도록 하였다.

 "우리 가게를 방문하신 고객님은 세상에서 가장 친숙한 요리사를 마주하며 식사를 할 수 있다."

가게 입구

가게 정면모습

첫눈에 반하는 식당

일명 맛집이라고 알려진 가게에 가보면 대부분이 입구에서부터 다른 곳과는 차이가 난다. 가게 입구에 감성적인 글귀나 멋진 사진이나 그림이 있는 곳은 입장하는 순간부터 가게에서 근무하고 있는 사람들과 공감을 유발하는 곳들이다.

입구에 멋진 나무와 화분을 놓아두어서 들어서는 순간부터 따뜻한 편안함을 채워 주는 곳들도 있다. 가게에 입장하는 순간부터 메뉴판을 보기도 전에 감성에 빠져들 정도이다. 식당 창업자가 인테리어에 얼마를 투자했는지 이런 마케팅 기법을 기획한 것인지 아닌지는 중요하지 않다. 중요한 것은 음식점 입구부터 '첫눈에 반한 손님들이 입장한다'는 것이다.

"사람의 첫인상은 6초 만에 결정짓는다고 하는데 음식점에 입장하고 자리에 앉는 데까지 걸리는 시간은 약 20초 이상이다."

첫인상에서 벌써 승패는 결정되었다. 음식에 별문제가 없다면 반드시 재방문할 것이다. 첫눈에 반하지 않더라도 학습된 홍보력을 가지 판매장들도 있다. 학습된 사람들에게 전파되어 전국적으로 유명세를 갖게 된 가게를 예로 들자면 보통 50년에서 100년 안팎으로 역사가 아주 길다. 매장의 입구 또는 한 중앙에 업장의 역사를 연도별로 매장사진과 함께 연표를 정리한 곳들이 대부분이다. 그곳에서 식사하면 음식이 본인 입맛에 맞지 않더라도 왠지 매장의 오랜 역사와 전통이 담긴 맛이라는 생각에 사로잡혀 그 맛에 곧잘 수긍하게 되는 경우까지 생길 정도이다.

이처럼 왠지 입구에서부터 수목원에 들어가는 듯한 느낌의 가게 와 역사관이나 전시장을 방문하는듯한 느낌을 연출한 매장들은 현실은 그저 식당일 뿐이지만 삭막한 직장생활 중에 잠시라도 편안함과 따뜻함까지 느낄 수 있게 해준다. 맛집이라 널리 알려진 가게에 방문해서 맛있는 음식을 먹고 '그저 그렇다'라는 평가가 나오는 것은 길게 줄을 서서 기다린 시간에 비해 좁고 불편했던 삭막한 식당 인테리어가 절반 이상을 차지했다고 해도 과언이 아닐 것이다.

첫눈에 반하는 식당 또는 학습된 '홍보력'으로 승부를 걸 수 있는 식당이 되지 못하더라도 상관이 없다. 누구나 주어진 조건 안에서 작은 노력쯤은 할 수 있는데, 안 하고 있을 뿐이다.

이런저런 예를 들며 조언은 던져 주었을 때 많은 식당사장님의 많은 반론이 쏟아진 적도 있었다.

"난 가게가 작아서 할 수 없어!"

"3대째 이어받은 가게도 아닌데 뭘 적어놔?"

"가게 앞에 꽃나무, 화분을 어떻게 키우고 관리해? 난 못해!" 등의 대답들이 쏟아졌다.

이건 이래서 못하고 저건 저래서 못한다는 사람들…. 무기력하고 무능력한 부정적인 인간들은 어떤 직종이든지 널리 분포되어 있다.

나는 그런 분들께 다시 한번 말씀드린다.

"당신은 누군가의 자식이고 누군가의 부모님일 테니깐 가족사진이라도 걸어놓으시는 것은 어때요?"

"당신 아이의 그림과 만들기 작품을 전시해 보세요. 그것 자체가 훌륭한 인테리어입니다."

당신 이쁜 아이의 사진을 걸어 두는 것 또한 큰 힘이 될뿐더러 손님들에게도 따뜻한 느낌을 줄 수 있습니다.

집에 방문하는 손님들을 대하듯이 매장을 본인의 집처럼 생각하고 부분적으로 꾸미는 노력이 필요하다. 아이를 키우는 집의 가장이 운영하는 식당이라면 왠지 믿음이 간다. 개인적인 생각이지 아이를 키우는 식당은 분위기가 산만해 보일 수도 있겠지만 출산율이 저조한 요즘 같은 시대에는 희망을 잃지 않고 살아가는 멋진 사람이다.

내가 사는 곳에서 불과 200m 안에 '진차이나'라는 중식당이 있다. 가게가 2층에 있어 방문하기는 불편하지만 갈 때마다 입구에 붙어있는 아이들의 그림을 보면 마음이 차분해지고 따뜻해진다. 음식 맛도 남다르다. 2층에 있더라도 사람들이 찾아가는 이유가 있다. 이곳의 셰프는 손님들께서 불편함을 감수하더라도 찾아올 것이라는 자신감이 가득 차 있는 듯하다. 그리고 그에 걸맞은 음식 솜씨 또한 대단하다. 가게 앞에 붙어있는 어린이의 그림이 누군가에게는 힘이 되고 이름 모를 셰프에게 신뢰감까지 느끼게 해준다. 아직 크게 알려지지 않았지만, 아침부터 저녁까지 어린이의 그림을 보며 일하는 부모님의 가게는 앞으로 크게 번창할 것이라 믿어 의심치 않는다.

대기석이 어린아이의 그림으로 꾸며져 있기에 대기시간이 길어져도 크게 짜증이 나지 않는다. 삭막한 식당의 대기석보다는 나도 모르게 미소짓게 만드는 어린아이의 그림은 어떤 이의 유명한 작품들보다도 아름답고 훌륭할 뿐이다.

이런 최소한의 노력이 당신의 표정과 생활 태도를 변화시킬 것이고 그

진차이나 내부

진차이나 입구

효과는 크게 나타날 것이다.

　당신의 성공을 100% 장담하지는 못한다. 하지만 아무것도 하지 않았을
때 폐업하게 될 것은 100% 장담할 수 있다.

요리 실력을 높이는
단순한 비결

SECRET DIARY

매일, 많이 먹는다, 많이 만든다, 그리고 기록한다

파스타를 잘 만들려면? 피자를 잘 만들려면?

초밥을 잘 만들려면? 짬뽕을 잘 만들려면?

어떤 음식점이든지 들어가서 '셰프'에게 요리를 잘하려면 어떻게 해야 하는지 묻는다면 보통 듣는 대답은 대부분 둘 중 하나이다.

"많이 먹어봐야 한다."이거나 "많이 만들어봐야 한다."

틀린 말은 아니라고 생각한다. 어떤 매장이든지 6개월 이상 꾸준히 근무한다면 그 매장에서 나온 음식을 모두 만들 수 있게 될 것이다. 식자재의 손질 방법과 레시피를 배우고 조리방법 등을 익힐 수 있다. 하지만 냉정하게 말해서 그것만으로는 '요리 실력'이 늘지는 않는다. 그냥 할 수 있는 요리가 몇 가지 더 생겼을 뿐이다. 라면을 끓일 줄 알고 김치찌개를 끓일 줄 알듯이 된장찌개 끓이는 방법을 한 가지 더 알게 되었을 뿐이다. 그것은 실력이 아니다. 요리사에게 '요리 실력'이란 그 메뉴의 '식자재와 판매량까지 정확하게 다스릴 힘'이라고 할 수 있을 것이다. '요리 실력'을 높이기 위해서는 '기록하는 습관'이 필요하다. 어떤 요일에 어느 정도의 양의 식자재를 손질하고 판매하였는지 그리고 그날의 매출이 얼마였고 당일에 남은 식자재의 양까지 정확하게 '기록'해두어야 한다.

그렇게 스스로 기록해둔 자료가 1년 치 이상 모은 뒤부터는 일주일 앞을 내다볼 수 있는 능력이 있는 사람이 되어야 한다. 그리고 한 달 뒤를 내다볼 수 있고 버려지는 식자재의 비용을 낮출 수 있다면 당신은 곧 주방 책임자가 될 수도 있을 것이다. 매출에 따른 적정한 식자재 주문량과 업무량까지 모두 파악할 수 있고 식자재의 재사용과 폐기량을 줄일 수 있는 사람만이 매장의 식자재의 신선도 또한 최상으로 유지할 수 있는 실력 그것이 곧 실력이 된다.

탁상용 달력 1개를 이용한다면 누구나 할 수 있는 일이지만 가르쳐줘도 하지 않는 게으른 사람들이 많이 있다. 주방 책임자와 사장님께서 알아서 하시기만을 바라고 시키는 일만 하겠다는 사람들이 대부분이다. 즉 시간 보내기식의 노력만 하는 발전 없는 주방 직원들이 대부분이라는 것이다. 조리기술은 누구나 익힐 수 있겠지만 기록하고 손실을 줄여나가는 '진짜 요리 실력'은 누구나 익힐 수는 없다. '준비된 자'만이 진급할 수 있을 것이고 '연봉 인상' 또한 당당하게 요구할 수 있다.

요리 실력을 키우기 위해 많이 만들어 보고 많이 먹어보는 것 또한 중요하지만, 근본적으로 식자재 관리 능력이 부족하다면 그 사람은 결코 '셰프' 가 될 수 없을 것이다. 되더라도 결코 오래 근무할 수 없을 것이다.

> "요리 실력을 높이고 싶다면
> 먼저 기록하는 습관을 키워야 한다."

일찍 출근한다

예습과 복습 그리고 시험

성적이 좋았든 안 좋았든 학교에 다녔던 기억은 누구나 조금은 남아 있을 것이다. 예습이 안 되어있었다면 수업시간을 따라가기 힘들었을 것이고 복습이 안 되어있었다면 시험성적이 좋지 않았을 것이다. 요리사로 취업하기 전의 삶의 모습은 예습이고 식당에 취업한 후 교육받는 것이 수업이다. 그리고 개별적인 연습이 복습에 비유한다면 손님께 요리를 내어 드리는 것은 시험을 보는 것과 같다. 충분한 복습이 되어있지 않은 상태에서는 좋지 않은 결과가 나올 것이 분명하다. 컨닝 페이퍼를 만들어서 자리에 붙여놔도 좋고 1시간 일찍 나와서 시험에 대비하여 연습 하는 것도 허용한다. 절대 시험을 망쳐서는 안 된다. 당신이 근무하는 매장은 당신의 시험결과에 따라 흥망성쇠가 결정되기 때문이다.

초보자라면 남들보다 30분 일찍 출근해서 30분 일찍 업무를 시작해야 한다. 식자재 손질 시간이 남들과 비교했을 때 차이가 나는 만큼 일찍 시작한다면 충분히 함께 일하는 동료의 눈치를 보지 않고 기술을 익힐 수 있다.

중급 실력자라면 남들보다 30분 일찍 출근하고 30분 일찍 업무를 시작해야 한다.

식자재 손질에 자신이 있고 근무하는 매장에서 판매되는 모든 메뉴를 모두 만들 수 있는 실력이 있다면 일찍 출근해서 본인이 맡은 포지션의 업무를 빠르게 마무리 짓고 초보자를 가르치는 능력을 키울 수 있을뿐더러 상급실력자의 업무를 배울 수 있을 것이다.

주방 책임자라면 남들보다 30분 일찍 출근하여야 한다.

남들보다 일찍 출근하여 미흡하게 준비된 것은 없는지 둘러보아야 하고 직원들이 출근과 동시에 업무에만 완전히 집중할 수 있도록 보장해주는 것이 주방 책임자가 할 일이기 때문이다. 전체적인 가게시스템을 점검하고 새로운 시스템을 구상할 수 있는 능력을 키울 수 있을 것이다.

이런 이치를 일찍 깨닫고 직원들의 근무시간에 적용하여 오픈조와 마감조 두 개의 조로 나누어 근무하도록 하는 식당들도 존재한다.

요리 실력은 출근한 날에만 향상된다

어떤 음식을 준비하든지 식자재를 손질하고 준비하는 데에는 일정한 시간이 걸린다. 조리시간을 줄일 수는 없다. 음식을 조리하는 데에 있어서 굽거나 익히거나 일정한 시간이 걸리기 마련이고 초밥집의 생선 살 역시 일정한 시간의 숙성시간이 필요하기 때문이다. 조리시간을 줄여나간다는 것은 조리기술을 완벽하게 습득하고 기술에 통달했다고 하더라도 시작 시점을 앞당기는 것 외에는 다른 방법이 없다.

초보자로서 개인 연습시간을 자신감 삼아 조리시간을 줄이려 든다면 덜 익히거나 덜 숙성된 정성이 모자란 음식이 될 것이다.

요리 실력을 높이고 싶다면 요리 실력을 높이고 싶은 만큼 일찍 출근해라. 남들보다 뛰어나고 싶은 만큼 남들보다 일찍 출근한 사람만이 실력을 높일 수 있다. 정확히 노력한 그것만큼 요리 실력이 향상될 것이다.

나의 생활에 반영한다

요리사가 되고 싶다는 학생들에게 나는 항상 같은 질문은 한다.

"너희 집 음식물 쓰레기는 네가 비우니?"

"집에서 네 방 청소는 네가 직접 하니"

"집에서 설거지는 네가 많이 하는 편이니?"

식당 창업을 하겠다는 퇴직 예정자들께도 역시나 이와 같은 질문을 한다. 그리고 덧붙여서 항상 하는 말은 정해져 있다.

"그렇지 않은 사람은 이런 생활이 정말 힘들 것이다."

우리가 하는 일은 아침부터 저녁까지 수시로 쓸고 닦고 쓰레기 등을 비우는 일이 대부분을 차지하기 때문에 생활화되어있지 않은 사람이라면 정말 적응하기도 힘들뿐더러 심리적으로도 정말 괴로울 것이다. 적극적으로 다이어트를 하는 사람이 아니라면 누구나 하루 2끼 이상의 식사를 하면서 살아왔다. 오랜 시간 동안 지켜온 식사시간을 3시간 이상 늦어지는 것을 견딜 수 있어야 하고 '자유로운 저녁 시간을 즐기는 삶'은커녕 주말 저녁도 근무해야 하는 것이 '셰프의 삶'이다.

'일반인의 삶'을 20년 이상 살아오던 사람이 하루아침에 '셰프의 삶'을 살아간다는 것은 정말 괴로운 일인 것이다.

주말 모임이나 경조사에 참석하기도 힘들뿐더러 저녁 시간에 가족과 함께 즐겨보던 티브이 프로그램들은 쉬는 날 '다시 보기'로 혼자 보아야 한다.

없는 시간을 쪼개가면서 자기계발을 해야 하고 생활 동선을 간소화해야 한다.

생활방식이 단순해지다 보니 뚱뚱한 요리사들이 많이 생기는 것 또한 이런 이유에서이다. 식사 후 잠깐 남는 시간마다 드러누워 잠을 자는 사람이 되기보다는 그 짧은 시간을 이용하여 기술력 향상 또는 작은 취미활동이라도 이어나갈 수 있는 사람이 되어야 하므로 식사 후에 남들보다 움직일 수 있는 사람이 되도록 노력해야 한다. 이런 모든 것들을 몇 년간 참고 견디어낸다 해도 잘될 것이라는 보장은 1도 없다. 요리사와 관련된 서적들을 보면 대부분이 요리사로 생활했던 일상을 공개하며 하나같이 비슷한 말을 한다.

"힘들고 괴롭지만 그래도 도전할 테면 도전해보아라!"

이런 말을 하는 사람들은 현직에서 이미 떠났거나 얼굴만 잠깐 사업상에 내비치는 얼굴마담 요리사들이 대부분이다. 나는 요리사 지망생과 식당 창업 예정자들에게 부지런한 생활습관과 적극적인 삶의 태도를 끌어내고 싶었다. '셰프의 삶'은 부지런하고 올바르며 적극적인 태도로 삶을 살아가는 사람들이 대부분이다.

요리사로서 해외 취업을 잠시 나갔다가 국내로 도망치듯 돌아와 조리사

취업＋유학원을 개원하고 해외에 나가면 잘 풀릴 것처럼 학생들을 속이며 거짓말을 서슴없이 내뱉는 사람들 또는 레시피 몇 가지를 전수해주고 큰돈을 요구하는 사기꾼들도 간혹 있지만, 그들은 '셰프의 삶'을 살아가는 요리사가 아니다. 그들 중에 '소규모 식당의 현직 요리사는 과연 몇 명이나 있을까?' 내가 알고 있는 바로는 그들 중에 현직 요리사는 0명이었다. 정말 뛰어난 요리 실력을 갖췄거나 요리사가 지녀야 할 자부심을 가진 사람은 결코 자신의 직업을 비하하거나 남을 속이지 않는다.

그들의 정확한 요리 실력은 알 수가 없으나 알 수 있는 것은 그들은 '셰프의 삶'을 비관하거나 외면하고 다른 일을 하고 있을 뿐이라는 것이다.

요리 실력을 높이기를 원한다면 나의 생활이 '셰프의 삶'처럼 일정한 루틴을 지키며 철저하게 '자기관리'를 해야 한다는 것이다.

즉 요리 실력을 높이는 방법 중 가장 중요한 것은 '삶을 대하는 태도'라는 것이다. 정직하고 근면 성실함은 모든 직업과 기술을 막론하고 가장 기초적인 요건이 아닐까?

요리 실력을 높이겠다고 마음먹었다면 먼저 스스로 자신을 되돌아보아야 한다.

그렇지 못한 사람이라면 내가 첫 구절에 질문했던 내용을 다음번에 다시 읽었을 때는 자신에게 당당히 'yes'라고 대답할 수 있어야 할 것이다.

"지금부터 자기반성을 하고 즉시 생활에 반영해야 한다. '자기반성'과 '셰프의 삶'을 생활에 반영하는 것, 그것이 당신의 '요리 실력'을 향상할 수 있는 첫걸음이다."

요리의 레시피를
체계화한다

— SECRET DIARY —

"구구단을 외자. 구구단을 외자."

"7×8은?" "뭐더라?"

갑자기 곱셈 문제를 낸다면 면 구구단을 외우고 있던 사람도 헷갈리지만 구구단을 차례로 되뇌면 기억이 되살아난다. 어릴 적에 수백 번 수천 번씩 쓰고 말하며 외웠던 것이데도 가끔 틀릴 때도 있다.

"하물며 여러 가지 식자재를 다듬고 조리하는 일은 오죽할까?"

요리에 서툰 사람이라면 자신이 하고자 하는 조리순서대로 순번을 붙여 종이에 직접 써보길 바란다. 어깨너머로 보면서 배우거나 듣기만으로 배운 레시피와 조리기술은 오래가지 못할 것이다. 그와 마찬가지로 '언젠가는 써먹겠지?'라며 복사해와서 잘 보관된 레시피는 영원히 잘 보관되어 찾지 않게 되고 먼지가 쌓이도록 보지 않게 되는 경우가 대부분이다.

익히고 싶은 레시피와 조리기술이 있다면 직접 번호를 붙여가면서 적어야 한다. 그렇게 해야만 머릿속으로 정리가 될 것이다.

1인분 소스의 레시피와 100인분 이상의 소스를 만들어내는 레시피는 차이가 있다.

배추김치를 예로 들자면 1포기의 배추김치를 만들 때 사용했던 레시피와 배추김치 100포기를 김장할 때의 레시피는 정확한 100배의 배율이 나오지 않는다. 배추 상태와 작업요령에 따라 예상했던 것과는 동떨어진 결과가 나오기도 한다.

즉 본인이 가지고 있는 10인분 기준의 레시피는 50인분 100인분으로 변화시켰을 때 곱셈만으로 충분하지 않다는 것이다.

그러므로 하고자 하는 요리의 (10인 기준) 훌륭한 레시피가 있더라도 사업장에서 사용할 양만큼의 정확한 배율을 수시로 계산하여 사용하기보다는 10인 기준의 레시피를 사업장에서 원활하게 사용할 수 있도록 50인분, 100인분 기준으로 정리하는 작업이 필요하다.

정리하는 작업은 생각보다 간단하다. 간이 약하거나 질량이 낮은 식자재의 순서대로 순번을 붙이며 간을 보면서 레시피를 다시 재해석해서 만들어야 한다는 것이다.

그리고 몇 번의 재해석을 했었는 날짜와 시간과 함께 적어놓는 것을 권한다.

예를 들어 게시 북의 한쪽 구석에는 (100인 기준×2) 이런 식으로 적어둔다면 100인 기준으로 2번 재계량했다는 것을 알아보기가 쉽다.

채소를 구워 넣는 시기와 가열하는 시간을 순번을 정하고 마지막에 희석

해야 할 식자재의 온도와 요령까지 기새힘으로써 누구나 알아보기 쉽게 체계화해야 한다.

만약 당신의 레시피를 사업장에 필요량만큼 양을 늘렸을 때 맛의 차이가 심하거나 요리에 실패하게 된다면 당신의 레시피는 그 누구의 관심도 받지 못할 것이고 당신의 요리는 손님께 드릴 수 없는 요리가 될 수밖에 없기 때문이다.

당신이 요리한 음식이 아무리 맛있어도 레시피를 체계화시킬 수 있는 능력이 없다면 당신의 음식은 당신만 맛볼 수밖에 없다. 요리의 실력을 키우고 싶다면 제일 먼저 "당신의 레시피를 체계화해야 한다."

다른 사람에게 나의 요리를 보여주기를
두려워하지 않는다

　자신이 스스로 만족하는 요리를 만들어서는 결코 요리 실력이 늘지 않는다. 다른 사람들에게 내가 만든 요리를 선보이고 맛과 느낌 등 피드백 받을 때 미처 생각하지 못했던 '아이디어'를 얻을 수 있다.

　'단 시식자는 누가 만들었는지 몰라야 하고 만든 사람도 그 안에 섞여서 함께 시식하는 것이 좋다.' 직접 만들고 홀로 먹었을 때와 다른 이들과 섞여서 함께 먹을 때에는 같은 음식이라도 본인 스스로 다르게 평가할 수 있는 능력이 생길 때가 있기 때문이다. 특히 또 다른 영감이 떠오를 수도 있고 시식자들과 함께 식사하면서 시식자들이 생각을 정리하기 전에 나오는 진솔한 평가까지 엿들을 수 있기 때문이다.

　요리는 많은 사람의 피와 땀이 응축된 결과이다. 내 요리를 최대한 많은 사람에게 알리고 문제점이 무엇인지 객관적으로 판단할 수 있어야 한다.

풍부한 식견을 가진 시식자가 수변에 있으면 좋겠지만 특정적인 맛을 고집하는 식견이 좁은 시식자들이 대부분이라는 것을 고려한다 하더라도 항상 용기를 내어 다른 사람들에게 내가 만든 요리를 보여주어야 한다.

특히나 선배 요리사에게 꾸지람을 듣더라도 계속해나갈 수 있는 끈기 또한 필요하다. 주방일을 오래 했다고 해서 요리의 맛에 대한 식견이 풍부한 것은 결코 아니다. 맛에 대한 식견이 풍부했던 사람도 주방일을 오래 하면서 생긴 피로함에 미각이 둔해질 수도 있다. 경력이 화려한 선배 요리사 중에는 술과 커피 등에 중독되어 입맛이 어지러운 사람들도 많이 있기 때문이다. 약 20년 전 야심 차게 준비했던 피자 초밥과 초콜릿을 초밥은 수많은 '시식자'들에게 커다란 충격을 안겨주었고 나 역시 그때의 악몽에서 벗어나지 못했다. 하지만 스스로 반성하는 시간을 가질 수 있었고 보편적인 입맛을 깨닫게 되는 계기가 되었다. 그때 당시에 내가 추구했던 것은 치즈의 고소함과 초밥의 담백함 그리고 초콜릿과 함께 입안에서 살살 녹는 김밥을 원했다.

그 당시에 수많은 욕을 먹었고 스스로 자괴감까지 들게 되었지만 그런 것들이 모두 쌓여서 공부가 되었고 새로운 꿈을 꾸게 하였다.

지금도 그날의 악몽을 떠올리며 많은 예비창업자와 예비 요리사들에게 꿈과 희망을 주고 싶을 뿐이다.

요리 실력을 높이고 싶다면 다른 이에게 자신의 요리를 보여주는 것을 결코 두려워하지 말아야 한다. "당신의 요리는 항상 당당하게 남에게 보여주어야 한다."

서비스 정신을
발휘한다

SECRET DIARY

예상 고객의 입맛을 기준으로 연습해라

모든 요리에서는 '시식자'가 존재해야 한다. 연습하겠다면 시식자의 존재를 의식 하면서 요리 연습을 해야 한다는 것이다. 그것은 서비스 정신으로 이어지며 우리는 언제나 '시식자'에게 즐거움을 주기 위해 요리한다는 생각을 잊지 말아야 한다. 하지만 엉뚱한 방향으로 서비스 정신을 발휘하려는 사람들이 있다. 창업을 목표로 하는 상권의 유동인구의 특성을 전혀 고려하지 않고 본인의 가족들의 한 끼 식사를 때우면서 피드백까지 받겠다고 생각하는 것은 욕심일 뿐이다. 회사 사무실들이 모여있는 상권의 경양식 식당을 한 예로 들자면 그곳의 유동인구 대부분이 30대와 40대 회사원들이라는 것이 확실했지만 창업자인 '오너셰프' 엉뚱한 방향의 요리를 준비했다. 집에 있는 6살 8살 자녀와 70대 어머님을 '시식자'로 선정하여 요리 연습을 하고 피드백을 받았다는 것이다. 그분의 성실함으로 가정생활에는 도움이 될지도 모르겠지만 잘못된 방향으로 요리가 변질된 것은 확실하다. 가게의 위치가 학원가 또는 주택가였으면 좋았겠지만, 결론은 폐업하고 말았다. 어린이와 70대 어머님의 입맛에 맞춰서 연습한 요리를 30대와 40대의 연령층의 고객님들을 대상으로 판매하려 들었는데 잘될 일이 만무했다. 가게의 분위기 또한 방문 고객님들과 맞지 않았기 때문에 술손님 또한 많지가 않았다. '오너셰프'는 수없이 연습하고 최선을 다했지만, 고객님들이 왜 우리 가게를 찾지 않는지 모르겠다면서 억울해하고 운을 탓했다.

"과연 그는 최선을 다한 것일까?"

국밥 또는 육개장, 고깃집처럼 단일메뉴가 아닌 여러 가지 메뉴를 가지고 있는 곳에서 특히나 이와 같은 실수가 발생하는 것을 종종 볼 수 있다.

창업하려는 상권이 있고 유동인구의 평균연령 대가 정해져 있다면 목표하는 상권의 유동인구 평균 연령대의 예상 고객을 '시식자'로 삼고 연습하여야 한다.

과장된 표정과 부담스러운 친절보다 중요한 것은 "예상 고객의 연령대에 걸맞은 맛과 양을 먼저 정하고 연습하는 것이 우선되어야 한다."

서비스 수준은 바쁜 날에 평가된다

보통 식당에 가서 "뭐가 맛있을까요?"라는 질문을 하게 되면 '다 맛있습니다', '다 잘 나가요'라는 상투적이고 무책임한 대답을 하는 곳이 대부분이다. 그런 대답을 즐기는 곳이다 보니 "아무거나 주세요"라는 유행어가 생기고 '아무거나'라는 이름의 메뉴까지 등장하기 이르렀다.

'뭐가 맛있냐?'는 질문이 받게 된다면 질문하시는 소비자의 '성별'과 '체격'을 생각해서 대답하는 것이 좋다. 한발 더 나아가서 주문하시는 분과 함께 드시는 분의 '연령'과 '성별'까지 여쭈어보아야만 '성의' 있는 '대답'을 할 수 있는 것이 당연할 것이다.

"여성분들은 보통 ○○○메뉴를 많이 찾으시고요", "어르신분들은 ○○○메뉴를 많이 찾으시더라고요"처럼 구체적이고 '확신'이 있는 대답이 필요하다.

'구체적'이고 '확신'이 있는 '답변'을 들은 고객님은 직원이 나를 신경 써서 인식하고 있다는 것을 느낄 것이다. 그리고 고객님은 선택 폭을 더 좁힐 수 있다.

'나와 같은 연령대와 같은 성별을 가진 사람들이 많이 찾는 메뉴를 정할 것인가?' 아니면 '나와는 다른 연령대 또는 다른 성별을 가진 사람들이 많이 찾는 메뉴로 정할 것인가?' 이렇게 2가지로 선택의 폭을 좁힘으로써 빠르게 결정할 수 있을 것이다. 사소한 말 한마디에도 고객님의 시간을 아껴 주는 것이 진정한 서비스이다. 쓸데없이 길어지는 안내와 인사말 그리고 메뉴를 선택할 때 당연히 알게 되는 것을 다시 한번 확인하며 고객님들 사이의 대화를 끊어버리는 것은 진정한 서비스라고 할 수 없다.

간혹 친절한 말투로 대화의 요점을 파악하지 못하고 시간을 끌면서 고객님 한명 한명 과의 교감을 얻으려는 사람들이 종종 있다. 친절하다는 칭찬을 들을 수도 있겠지만 다른 테이블에서 기다리고 계시는 손님들께는 결코 친절한 사람이 아니다. 1개의 테이블에 계신 손님과 대화가 길어진다면 나머지 4곳의 테이블에 계신 손님들께는 정말 불친절하고 나쁜 직원이 되는 것이다.

"오래 기다려야 하는 분들께는 오히려 소중한 시간을 뺏어가는 불친절한 사람일 것이고 말 많은 '푼수'에 지나지 않는다."

개인사업장에서 일을 잘하면서 친절한 홀 매니저를 찾기는 거의 불가능하다. 친절한 사람은 업무가 미숙한 경우가 많고 업무에 정통한 사람은 친절하게 대화를 길게 이어나가지 않는 것이 보통이기 때문이다. 그렇다. 소형 점포에서 사람을 쓰는 일은 정말 힘들다. 호텔과 대형식당이 아닌 이상 식당 크기와 매출에 비례해서 인원을 배치하기 때문이다. 그러므로 바쁜 시간에는 요리사로서 또는 식당 사장으로서 서비스 정신을 발휘해야 한다. 주방에서 일하는 사람도 가게가 손님으로 가득 찬다면 홀로 뛰어나와서 홀 직원처럼 상차림을 할 수 있어야 하며 본인이 요리할 메뉴를 직접 주문받을 수 있어야 한다. 주방 직원 하나하나가 본인이 직접 만드는 요리를 직접 주문을 받으면서 설명까지 할 수 있는 사람이 되어야 한다. 그런 상황에서 서비스 수준을 평가받게 되는 것이다. 손님이 없어 가게가 한산할 때는 누구나 친절할 수 있다. 하지만 가게가 바쁘거나 손님들로 가게가 꽉 찼을 때 미소를 잃지 않고 본인이 맡은 일은 물론이고 일손이 부족한 곳까지 신경을 써줄 수 있는 사람만이 높은 평가를 받을 수 있다.

안타깝게도 음식은 만들 줄 알지만, 주문을 받지 못하거나 자주 나가는 메뉴를 고객님 앞에서 설명하지 못하는 요리사들이 종종 있다. 배달업이 성업하는 요즘은 요리사들이 고객님의 논평에 직접 댓글을 달기도 하고 특별한 메뉴나 비슷한 메뉴를 잘못 주문이 들어왔다면 주방에서 잠시 나와 직접 설명해야 하는 경우까지도 발생하는 것이 현실이다. 이런 시대에도 식자재 손질과 조리에만 전념하는 사람들이 있다면 그들은 곧 도태될 것이다. 주방 경력이 10년이 넘는다며 거들먹거리며 조리기술 한가지로만 높은 급여를 받으려는 사람들은 사라지고 있다.

본인이 못하는 것과 알 수 없는 것을 따로 시간 내 공부하거나 익히기보다는 할 수 있는 일과 '하는 일의 범위를 넓히는 것' 그것이 바로 서비스 정신을 발휘하는 것이다. 한가한 날이 아닌 손님으로 가게 안이 붐비고 정말 바쁠 때 그때 당신의 서비스 수준이 평가된다.

chapter 7

어떤 사람이
최고의 요리사인가?

상권을 보면 요리가 보인다

— SECRET DIARY —

요리사만의 상권분석 방법

우리나라에는 전국에 8만 개가 넘는 치킨집이 존재한다. 기존에 식당영업을 하고 있었던 곳에서 튀김기를 설치하고 치킨을 추가로 판매하는 샵인 샵 매장까지 포함한다면 우리나라에는 10만 개가 넘는 치킨집이 존재하고있을 것이라 추측할 수 있다. 유동인구가 거의 없는 상권이 좋지 않은 곳이라도 배달 위주로 영업하는 곳이 대부분이기 때문에 싼값에 많은 사람이 치킨집을 창업하고 있다.

배달만을 전문적으로 운영되는 치킨집이 많이 모여있는 곳과는 다르게 5개 이상의 테이블이 비치되어있는 치킨이 있는 곳은 유동 인원의 차이가 크게 난다. 그에 따른 권리금의 차이 또한 클 것이다. 식당 창업을 준비하면서 누군가가 상권분석을 한 것을 전달받게 되거나 상권을 분석하기 위해 발품을 팔아서 직접 알아보기를 원한다면 그곳의 근처 치킨집과의 규모와 거리를 꼼꼼하게 살펴볼 필요가 있다.

내가 얻고자 하는 상가건물에는 치킨집이 있는지 내가 얻고자 하는 상가건물 근처에는 어떤 종류의 치킨집들이 있는지 그곳들은 입점한 지 얼마나 되었고 주메뉴는 무엇인지까지 알아보는 섬세한 노력이 필요하다. 치킨집 근처에서 느낄 수 있는 특유의 냄새 때문에 본인의 가게의 음식에 어떤 영향을 끼칠 것인지도 생각해보아야 하기 때문이다.

식당 창업을 하고서 매장을 찾는 손님께 가게 위치를 설명하기도 ○○치킨집 맞은편 ○○치킨집 왼쪽 골목이라고 설명하기가 편할 것이다. 물론 인근에 은행이나 의원처럼 찾기 쉽고 눈에 잘 띄는 업체가 있으면 좋겠지만 그렇지 않은 경우도 많을 것이기 때문이다. 오랜 시간 여러 곳의 식당을 옮겨 다니며 근무하는 동안 스스로 상권을 분석할 수 있는 능력이 생기게 되었다. 주변 상가 또는 관공서, 아파트 등의 입구 위치와 도로를 신경 쓰기보다는 어느덧 치킨집들의 위치와 규모에 따라 상권을 분석하게 되었다. 사무실에 앉아서 자료를 수집하고 통계를 내고 상권을 분석하는 사람들과는 또 다른 스타일의 상권분석 능력이다. 이렇듯 요리사들은 본인만의 기준을 정하여 상권을 분석하고 목이 좋은 곳을 찾아내는 능력이 있다. 실질적인 예로 지난 6년간 한곳에서 초밥집을 운영하며 주변 식당사장님들께 어필한 결과 몇 년째 비어 있던 같은 상가건물에 치킨집이 개업한다. 치킨히어로라는 이름의 가맹점이다. 널리 알려지거나 TV 광고 등에 자주 등장하는 곳은 아니다. 하지만 다른 일반적인 치킨집과는 명확하게 차이가 드

치킨히어로

러나는 특색있는 메뉴들이 있다. 깐풍치킨과 오븐구이 딱 2가지 메뉴만 내놓는다 하여도 차별화된 맛에 인기를 끌게 될 것이 분명하지만 그 외에도 10가지가 넘는 특별한 메뉴들이 있는 것을 보면 오랜 시간이 지나도 질리지 않는 치킨집이 될 것을 예상할 수 있었다. 가맹점으로서 요리 실력은 둘째로 치고 위치 선점도 정말 잘했다고 볼 수 있다. 아파트와 학원으로 둘러싸여 있는 곳이기 때문에 점심 영업도 할 수 있고 퇴근길의 직장인들까지 손님으로 모실 수 있는 탁월한 위치에 있다는 것은 누가 보아도 공감할 것이다. 특히 이른 시간에 재료 소진으로 영업이 종료되는 초밥 맛집 옆에 치킨집을 개업한다는 것은 정말 탁월한 선택이었다고 할만하다. 초밥집을 운영하면서 식사 후 간단하게 2차로 맥주 한잔을 즐길만한 곳이 드디어 생긴 것이다. 중식당이나 고깃집이 개업했다면 식사시간 때에 많은 인원이 한 건물로 몰리게 되어 손님들께서 불편함을 느낄 수도 있었을 것이다. 이런 것까지 생각하셨는지는 모르겠지만 '치킨히어로' 가맹점을 오픈하시는 분 또한 대단한 실력의 요리사인 듯하다. 몇 년 뒤의 상권 발전 가능성까지도 꿰뚫어 봤다는 듯한 그의 포부 또한 남달랐다.

지난 6년간 공실이나 다름없었던 상가건물에 홀에 테이블이 7개나 있는 치킨집이 생긴다는 것은 오래되고 한산한 상권의 자영업자들에는 희망이 된다.

교감이 없다면 상권분석은 의미가 없다

공사현장이 많은 신도시에 가보면 한식 뷔페 등 함바식당과 고깃집이 많이 들어서 있는 것을 볼 수 있다. 그리고 그 주변으로 새로운 가게들이 계속 들어선다. 건설업 종사자들과 신도시로 이주해온 사람들이 쉽게 찾아와서 먹을 수 있는 곳이 필요하기 때문이다. 그와 반대로 형성된 지 오래된 동네에서는 새로운 식당 창업을 하기가 힘들다. 바닥 권리금과 인간관계가 형성된 상권을 비집고 들어가기란 대단히 어려운 일이 아닐 수 없다. 나주 혁신도시로 이주해온 지 벌써 6년 차에 접어들었다. 고객과의 교감을 이어나가며 조금씩 자리를 잡는 나의 모습을 통해 많은 사람에게 '셰프의 삶'을 알리고 싶었다.

'나른한 오후 4시 가게 창밖을 내다보고 있다.'

우리 매장의 주 고객인 40대~50대 사람들은 1도 보이지 않는다. 하교하는 어린이들과 학원에 가는 학생들 그리고 그런 아이를 마중 나왔거나 마트를 오가는 20~30대 젊은 여성들만이 간혹 보일 뿐이다. 나는 주 고객이 보이지 않는 시간에는 저녁 영업을 준비하며 글을 쓰고 있다. 이곳이 은행이나 병원 근처였다면 가게 문을 닫지 않고 저녁까지 쉬지 않고 영업했을 것이다. 은행과 병원 근처는 오후 4시까지도 항상 유동인구가 많기 때문이다. 영업시간이 길게 한다면 전체적인 매출은 높아지겠지만 영업시간이 긴 곳은 재방문 고객님을 확보하기가 어렵다. 고객님들도 영업시간이 긴 곳의 식당은 요리의 신선도가 떨어진다는 것은 간접적으로 아시기 때문이다.

상권을 파악하며 뭐가 잘 팔릴지 어떤 메뉴를 어떤 가격에 내놓을지를 결정하기 전에 유동 인원이 많은 시간과 그렇지않은 시간의 업무량과 그에 따른 예상준비시간을 계산하고 정하는 것이 먼저이다. 지역사무실의 근무형태와 학원운영시간 등은 기본적으로 알고 있어야 한다. 근처 기업의 구내식당의 휴무일 정도는 조금만 노력한다면 알 수 있을 것이다. 하지만 그마저도 알아볼 생각도 하지 않고 관심도 없는 게으른 자영업자들이 많은 것을 보면 그저 놀라울 뿐이다. "무슨 생각으로 영업하세요?"라고 여쭤보고 싶을 정도이다.

손님과 교감을 원한다면 기본적으로 '나 자신이 떳떳해야 한다.' 고객님께 떳떳하게 식당영업을 하기 위해서는 '최상품의 식자재'가 필요하다. 하지만 최상품의 식자재라도 제시간에 도착해야만 가치가 있다. 식당 창업자는 상권을 보고 메뉴를 정했지만, 식자재의 배송시간이 영업 준비시간과 맞지 않는다면 최상품의 식자재 역시 무용지물이되 버릴 것은 뻔한 일이다. 나는 테이블이 6개밖에 없는 작은 초밥집을 운영하면서 잘못된 식자재 배송시간으로 몇 번이나 낭패를 보았고 수많은 고객을 잃었다. 같은 경험을 반복하지 않기 위해서 지금은 식자재 비용을 더 지출하게 되더라도 배송시간을 칼같이 지켜주는 업체만을 이용하고 있다.

자칭 전문가라는 사람들을 모셔다가 상권을 둘러보게 하면 "이곳에 어떤 요리를 판매하면 좋을 것이다."라고 판단을 하고 말하는 것을 들을 수 있다. 하지만 최고의 요리사라면 이곳에서 내가 식당을 창업한다면 이곳은 어떤 상권이 될 것인지까지 말할 수 있는 사람이 되어야 한다.

내가 운영했던 식당 근처는 항상 주변에 카페가 들어서게 시작하고 카페 골목이 된다. 예약시간에는 칼같이 음식이 나가도록 하는 것과 식사 후에 사탕, 커피를 제공하지 않는 것을 원칙으로 경영하기 때문인지 항상 식사를 마치고 나가시는 손님께는 내가 제공했던 요리의 감흥이 남아 있어야 한다. 그리고 나가실 때는 항상 근처의 카페를 추천해 드린다. 너무 멀리 움직이면 식사를 즐기고 남아 있던 입맛이 달아나 버리기 때문이다. 그래서인지 지금 경영하고 있는 초밥집 근처에는 벌써 6개의 카페가 생겨났을 정도의 상권이 형성되었다.

카페 6개 모두 하나하나 개성이 있고 편안한 곳이다. '최고의 셰프'는 매출을 높이는 요리사, 유명한 요리사, 요리 대회에서 1등을 많이 한 요리사들이 아니라 주 고객층과 "교감을 하며 최고의 신선도를 유지하는 '셰프의 삶'을 살아가는 요리사이다."

화제를 부르는
요리가 잘 팔린다
SECRET DIARY

　몇 년 전 어떤 유명연예인이 곱창을 정말 맛깔나게 먹는 모습이 화제가 되었다. 곱창이란 요리를 방송에서 자세히 다루면서 더 인기가 더해져서 그 당시 너도나도 곱창집을 창업하는 열풍을 일으킨 적이 있었다. 손질된 곱창을 납품받을 수만 있다면 누구나 곱창집을 창업할 수 있었기 때문에 당시에는 기타 내장 부속물들까지 가격이 상승하는 일도 있었고 지금은 옛날처럼 저렴하게 먹을 수가 없는 음식이 되었다. 남북 정상회담 때는 김정은이 평양냉면을 남한 대통령과 함께 먹는 것이 방송에서 여러 번 나오고 나서는 몇 년간 냉면이 엄청난 인기를 끌었다. 냉면 전문점 창업은 물론이고 동네분식집을 포함하여 크고 작은 식당들도 냉면 샵인샵 창업을 하였다. 이처럼 화재를 부르는 요리는 사람들에게 주목을 받고 인기메뉴가 된다. 여기서 창업자와 요리사는 둘 중의 하나를 선택해야 한다. 화제를 일으킨 요리를 선택해서 매출을 늘릴 것인가? 내가 판매하는 요리에 변화를 주어서 직접 화제를 일으킬 것인가?

본인이 스스로 장사꾼이라고 생각하거나 짧은 시간 동안만 영업할 것으로 계획한 사람이 아니라면 나는 후자를 권하고 싶다. 당신이 연구하고 성장시키고 있는 요리가 아니라면 결코 오래가지 못할 것이기 때문이다. 나는 20여 년 전 화제의 만화책 미스터 초밥왕이라는 만화를 보며 초밥 요리사가 되기를 꿈꿨다. 하지만 주어진 환경과 더불어 이런저런 핑계들로 시작조차 하지 못했지만, 그동안 내가 쌓아놓은 분야의 경력을 모두 버리고 나서야 20대 후반이라는 늦은 나이에 초밥 요리사의 꿈을 실현하게 되었다. 특급호텔과 고급 일식당에서 조리기술을 배우고 창업을 해서 특급호텔 요리와 고급 일식당 요리를 세상 사람들이 싼값에 드실 수 있도록 하겠다는 소박하기만 했던 꿈을 이루기 위해 매일 최선을 다했다. 하지만 나의 창업은 번번이 화제를 부르지 못했고 폐업하기 일쑤였다. 일본원전폭발, 메르스, 고래회충, 반일운동 등이 나의 발목을 잡았으며 최근에는 '코로나 19'라는 전국적인 전염병이 나에게 우울증과 불면증, 공황장애까지 안겨주었다. 나의 입장은 세상 사람들에게 공격받게 되었고 나의 얼굴과 가게 이름은 '가십거리'가 되어버렸다. 괴담과 나쁜 소문의 중심에 서서 나는 스스로 목숨을 끊어버리겠다는 생각을 할 수밖에 없었다. 손님께 인사를 하고 음식에 관한 대화를 나누며 요리하는 것이 나의 전부였는데, 하루아침에 나의 전부가 사라져 버렸기 때문이다. 내가 할 수 있는 것이라곤 정말 아무것도 없었다. '위기가 기회가 되었다고 해야 할까?' 한 달도 되지 않는 시간 사이에 나주 스시웨이(나주목 초밥)은 지역 카페 게시판에 게시했던 나의

초밥요리사 스토리

허심탄회한 이야기와 고양이 사진은 계속해서 화제가 되었으며 지금도 손님들의 발길은 끊이지 않고 있다. 나 자신을 포장하기보다는 어려운 가정환경으로 성인이 되기 전부터 외항선 선원 생활을 한 것과 남들이 대학에 진학해 공부할 나이에 해병대 하사관으로서 군 생활을 길게 하였지만, 틈틈이 맛있는 음식을 만들어 먹으며 실력을 쌓았다는 것들을 진솔하게 공개한 것이 오히려 눈길을 끌게 된 것이다. 그렇게 아무런 학연, 지연, 연고도 전혀 없는 곳에서 많은 사람에게 많은 관심과 사랑을 받게 되었다. 나의 초밥은 그렇게 화제가 되었다. 요리 대회에서 우승했을 때나 대기업에서 근무할 때보다 나의 발걸음은 가볍고 생활에 활력이 생겼다. 삭막한 세상이고 개인주의가 문제라는 말이 많이 나오는 시대이지만 일제 강점기와 독재 정권, 그리고 수많은 참사를 겪었던 우리 민족은 여전히 "슬픔을 나누고 아픔을 공유하는 따뜻한 민족인 것이 아닐까?"라는 생각이 들곤 한다.

'금수저들만의 세상', '가진 자들만의 세상'이라는 말들이 떠돌지만, 흙수저 중의 흙수저고 무수저라고 할 수 있는 내가 단언컨대 '이 세상은 절대 그렇지 않다.' 세상은 냉정할 정도로 공평하고 '누구에게나 도전할 수 있는 시간은 주어진다.'

이 세상은 많은 사람이 수많은 도전과 실패 속에서 포기하지 않고 노력한다면 결국에는 성공할 수 있는 곳이다. 앞으로도 언젠가 더 큰 화제를 불러모아 나에게도 성공할 일이 생길 것으로 생각한다.

스타가 되고 싶은 요리사는
오래갈 수 없다

SECRET DIARY

제2의 백종원을 꿈꾸고 제2의 에드워드 권을 꿈꾸는 이들이 있다. 하지만 그들이 걸어온 길을 똑같이 살아 내라고 하면 고개를 떨구고 혀를 내두를 것이다. 연예기획사 소속의 연예인이거나 크게 사업을 하는 사람이 아닌 이상 그들의 스타성을 앞지르기는 불가능한 것이다. 일반인들이 그들의 스타성만 바라보며 식당 창업을 꿈꾸거나 요식업계에 입문한다면 자괴감에 빠지게 될 것이고 결코 오래갈 수 없다.

요리사로서 빨리 성장하고 오래갈 수 있는 방법 3가지
- 누군가 한 가지를 알려주면 알려준 사람보다 잘할 때까지 노력할 것 (연습)
- 식탐이 많다고 야단을 맞더라도 요리 중에 간을 볼 수 있는 고집을 가질 것 (확인)
- 결근, 지각, 조퇴 없이 성실하게 근무할 것 (성실)

누군가 한 가지를 알려주면 알려준 사람보다 잘할 때까지 노력할 것

매일 아침 주방장의 반복되는 잔소리로 시작하여 주방장의 잔소리로 하루를 마감하는 삶이 요리사의 삶이다. 가끔 한 가지 일을 여러 번 알려주었는데도 같은 잔소리를 여러 번 계속해서 듣는 사람들이 있다. 같은 잔소리를 여러 번 듣다 보면 짜증도 나고 화가 날 때도 있기 마련이다. 그렇다면 같은 실수를 하지 않으면 좋을 텐데 같은 실수는 계속 반복하면서 같은 잔소리가 듣기 싫어 결국은 폭발하고 그만두고 나가는 사람들이 있다. 이런 부류의 사람들은 연습하지 않는 사람일 것이다. 몇 번을 연습하느냐보다는 실수를 하지 않고 연습을 해야 한다. 한번을 배우고 두 번째부터 완벽한 요리를 내는 사람은 정말 드물다. 그러므로 배운 것은 따로 적어놓고 적은 것을 보면서 요리해야 한다. 그리고 출퇴근을 하면서 읽어 본다면 실수를 줄일 수 있을 텐데 그런 최소한의 노력도 하지 않는 사람들이 생각보다 정말 많다. 사무실에서 일하던, 건설현장에서 일하든지 주방일처럼 어디든지 일하는 것은 똑같다고 본다. 주변 환경을 파악하고 내 것으로 만들어야 한다. 일할 때마다 순간순간 업무에 필요한 물품이나 조리도구, 식자재 등을 찾으러 다니기 바쁘다면 업무의 진행은 늦어지게 되고 함께 일하는 사람들의 피로도 높아질 것이다.

"스스로 노력하지 않거나 연습하지 않는 사장 또는 셰프는 결코 오래갈 수 없다."

식탐이 많다고 야단을 맞더라도 요리 중에 간을 볼 수 있는 고집을 가질 것

영업시간 중간에 맛을 보라고 내밀면 "지금은 먹고 싶지 않은데요", "안 먹고 싶은데요"라고 말하는 멍청한 인간들이 간혹 있다. 간을 본다는 것이 반드시 맛을 보는 것은 아니다. 초밥집에서 근무하는 요리사라면 생선 숙성의 정도를 확인하고 탄력과 식감을 확인하기 위해 횟집과는 다르게 생선살을 중간중간에 먹어보아야 한다.

먹고 싶을 때와 배고플 때만 간을 본다면 분명히 웬만해서는 다 맛이 있을 것이다. '그런 식이라면 무슨 발전이 있을까?' 확실한 생선 숙성 타이밍을 파악할 줄 모르는 사람은 초밥 요리사로서 자격이 없다. 간혹 배고플 때만 간을 보려 하는 직원을 볼 때마다 정말 욱해서 큰소리를 칠 때도 있다.

"먹고 싶을 때만 먹을 거면 그건 돈 내고 먹는 손님이지! 먹고 싶지 않고 배가 부르다고 간을 안 보는 네가 요리사냐? 당장 때려치우고 나가!"

먹기 싫을 때 와 배가 부를 때에도 참고 간을 보고 식자재의 상태를 파악할 수 있어야 '진정한 맛을 알 수 있고 성장할 수 있다.'

결근, 지각, 조퇴 없이 성실하게 근무할 것

한 달에 한두 번씩 지각하거나 분기에 한두 번씩 결근하는 직원은 언젠가는 중요한 단체예약이 있을 때도 언젠가는 한번 빠지게 되기 마련이다. 그런 사람과는 함께 할 수가 없다. 그런 부류의 인간은 과감하게 끊어내고 절대 상종을 하지 말아야 한다. 머지않아 반드시 사고를 내거나 가게 이미지에 먹칠할 것이 틀림없기 때문이다. 개개인은 모두 특별한 존재이고 소중한 사람이다. 하지만 개인의 생활습관과 무책임함으로 다른 이들의 업무와 성장에 피해를 주어서는 안 된다. 누구나 쉽게 취업할 수 있는 만큼 쉽게 퇴사하는 사람이 적지 않은 것은 공교롭게도 그런 수준 이하의 인간들이 많이 남아 있기 때문이다. 사장님의 잔소리가 듣기 싫어서, 함께 일하는 '직원이 마음에 안 들어서', '손님이 너무 많아서', '손님이 너무 없어서' 등 수십 가지의 핑계로 퇴사하는 사람들이 대부분이겠지만 알고 보면 '근태가 좋지 않아 동료들에게 미안해서' '보통 사람보다 학습능력이 떨어져 업무를 수행하지 못해서'인 경우가 대부분이다. 어떤 핑계를 대더라도 근태가 좋지 못한 것은 용서가 되지 않는다.

지각을 자주 하는 직원은 얼마 못 가서 결근도 잦아지기 마련이다. 애초에 수습 기간을 걸어 두고 입사 후 3개월 동안 지각을 2번 이상 하는 사람은 일찌감치 내보내야 한다. 시 계속 톱니바퀴처럼 각자의 포지션을 맡아서 일해야 하는 주방 직원이 지각, 결근한다는 것은 함께 일하는 모든 사람을 무시하는 것이고 본인의 무능력함과 게으름을 한 번에 보여주는 것이기 때문이다.

인기 스타들이 촬영시간에 늦을 때마다 이슈화되어 악성 댓글이 쌓이고 비호감이 되듯이 스스로 스타라고 생각하고 거드름을 피우는 요리사들에게도 보이지 않는 악성 댓글이 달리고 거부감이 생겨난다. 사람은 감정의 동물이다. 함께 일하는 동료들에게 감정들이 싸이고 쌓인다면 언젠가는 떠날 수밖에 없는 상황이 되고 만다.

"스타가 되고 싶어서 하거나
 스타처럼 근무하려는 요리사는
 결코 오래갈 수 없을 것이다."

요리사가 되기를 희망하는 학생들에게

성실함과 꾸준함은 요리가 아닌 다른 어떤 분야에서도 항상 기본적이고
필수적인 요소입니다. 당신의 학교성적이 좋지 않더라도, 남들보다 체격이
왜소하고 재능이 없다는 것을 스스로 느낀다 한들 꾸준히 계속해나가는
것만으로도 당신은 최고의 요리사가 될 가능성은 충분하다고 확신합니다.
반대로 좋은 체격과 훌륭한 학교성적 그리고 타고난 재능까지 있는 학생
중에는 성실함과 꾸준함이 부족해서 결국은 포기하고 다른 길을 선택할 수밖에
없는 사람도 나오게 될 겁니다.

저는 보통 성인 남성보다 키와 손이 매우 작습니다. 20대 초반에 겪은
폭발사고로 손등의 근육이 파손되었기 때문에 하루에 몇 번씩이나 손에 경련이
일어나는 것을 느끼며 불편합니다. 거기에 평발이라서 주방에서 오래 서 있는
것만으로도 남들보다 빠르게 발바닥에 고통이 밀려드는 불리한 신체조건이
임은 틀림이 없습니다. 하지만 성실함과 끈기만으로 시간을 보내면서 모든
것이 달라졌습니다.

예전보다 적은 밥양의 초밥을 원하는 고객님들이 많아졌기에 저의 작은
손은 최근 들어서는 오히려 유리한 신체조건이 되었고, 손등의 근육량을
부족하다는 것을 알고 있으므로 꾸준히 운동할 수 있었습니다. 평발의 고통은

손등의 근육경련과 바쁜 시간 등을 잊게 해주있기 때문에 꾸준하게 일할 수 있었습니다.

가난하다면 가난한 만큼, 불편하면 불편한 만큼, 힘들면 힘든 만큼의 노력을 추가하면 됩니다.

남들보다 불리한 조건으로 도전을 계속할 것인지 아니면 그것을 핑계로 삼아 원하지 않는 공부하고 원하지 않는 일을 하면서 남은 인생을 살아 갈 것인지는 선택은 당신의 몫일 뿐입니다.

저는 세상 모든 요리사와 오너셰프 들이 '좋은 음식'을 냈으면 좋겠습니다.

이 책을 읽고 있는 당신이 세계 최고의 요리사가 되었으면 좋겠습니다. 쉬는 날마다 전국 어디를 가도 정말 '셰프의 삶'을 살아가는 멋진 요리사들의 최고의 음식을 맛볼 수 있게 되는 것이 저의 꿈이기 때문에 이렇게 책 한 권을 계속해서 쓸 수 있었습니다.

"질문이 있다면 네이버 또는 인스타그램에서 '나주 야옹이당'을 찾아 주세요~."

입이 짧은 사람도 끌어당기는
셰프의 힘

식당의 접근성은 손님을 배려하는 셰프의 태도와 비례한다

장사가 잘되는 가게의 잘 나가는 메뉴의 특징들을 살펴보면 '접근성'이 좋다는 공통점을 발견할 수 있다. 특히 방송 또는 광고에 노출된 요리는 누구나 지나가는 길에 한 번 들릴 수 있는 '동네식당'에 반드시 있기 마련이다. 요리의 이름만 들어도 알만한 맛이고 식당 간판만 보아도 뻔히 예상할 수 있는 맛이지만 손님의 기호에 걸맞은 메뉴 이름만으로도 '이 메뉴에 왠지 눈길이 가는데?'라는 마음이 들게 하는 것 또한 바로 '셰프의 힘'이다.

접근성

티브이에 자주 나오는 셰프들의 요리는 맛이 뻔히 예상되지만, '접근성'

이 좋은 요리들이 대부분이다. 이색 요리 특집이 아니라면 값비싼 메뉴나 귀한 식자재로 만든 음식에 대하여 논하지 않는다. 오히려 일반인들이 한 번쯤은 먹어봤을 법한 메뉴와 결합한 요리를 선보이고 참가자들 또한 시청자들도 곧잘 따라 만들 수 있을 정도로 가르쳐 주는 것이 보통이다. '대중성'이 부족한 요리는 아무리 잘 만들어 선보인다 하더라도 마니아층이 아닌 이상 시청자들의 공감을 얻기 힘들뿐더러 시청자들 중의 한 사람인 자영업자들 역시 판매하기가 어렵기 때문일 것이다. 그러므로 누구나 쉽게 사서 먹을 수 있고 만들 수 있는 '접근성'이 확실한 식자재를 이용한 요리가 자주 방송에도 등장하는 것이다. 나는 소형식당의 요리사로서 고객님들의 '접근성' 어떻게 늘렸는지에 대한 한가지 사례를 공개한다. 초밥집에서 근무하고 있는 요리사로서 날생선을 못 드시는 분께는 구운 초밥 세트를 만들어드리고 있다. 간혹 방문하시는 분 중, 날생선을 못 드시는 분께 대한 작은 배려가 쌓이고 쌓이다 보니 구운 초밥 세트가 어느덧 메뉴판 한편을 차지하게 되었다. 주문량 또한 늘었으며 일행 중에 날생선을 못 드시는 분들도 편히 찾아오신다. 사실 고객님의 '접근성'을 높이겠다는 생각을 따로 해본 적은 진혀 없었다. 그저 개개인의 만족도를 높여주는 '셰프의 배려'가 고객님의 '접근성'을 높인 것뿐이다. 이런 사례는 지금 이 순간에도 전국의 식당에서 일어나고 있을 것이다. 나이가 많은 손님을 배려하려 마음가짐과 어린이 손님을 배려하는 마음가짐 등은 누구나 할 수 있지만, 주방에만 틀어박혀 있는 몇몇 '오너셰프'는 하지 않고 있을 뿐이다. '셰프의 태도'는 식당의 '접근성'에 비례한다. 매출은 홀 직원과 마케팅 담당자의 능력에 크게 좌우되겠지만 "재방문율을 높이는 것은 결국에는 '셰프의 힘'에 좌우되고 있는 것이다."

'접근성'을 높이는 3가지 방법

평소 곰탕을 싫어하거나 곰탕에 질린 사람도 나주시에 온다면 3대째 이어져 온 나주곰탕 집을 한번은 찾게 되고 삭힌 홍어를 먹지 못하는 사람도 나주시를 방문하게 된다면 해마다 열리는 홍어 축제를 비롯한 각종 행사와 잔치에서 삭힌 홍어를 한 번쯤은 맛보게 된다. '지역특산물'이라는 지역적 '접근성'이 강하기 때문이다.

하지만 지역특산물이 아닌 "매장요리의 접근성을 높이려는 방법은 없을까?"

나는 3가지를 선보이고 있다.

서브 고객님께 최선을 다한다

고객님 일행 중에 어린이 또는 어르신이 있는 경우 인원수보다 1인분을 덜 주문하는 경우가 종종 있다. 그럴 때마다 0.5인분을 더 드린다는 생각으로 반드시 양을 푸짐하게 드린다. 그리고 어린이와 나이가 지극하신 분들도 쉽게 씹을 수 있도록 완성된 요리를 한 번 더 잘게 썰어드린다. 뜨거운 음식은 충분히 식혀서 드리는 서비스 정신을 발휘하고 있는 것이다. 주 고객층의 입맛을 모두 헤아릴 수 없고 주 고객층들 한 명 한 명을 모두 만족하게 해드릴 수는 없겠지만 함께 오신 자녀 혹은 부모님 1명만큼은 반드시 신경 써 드릴 수는 있다.

- 3 < 1
- 5 < 2

얼핏 보면 부등식 산수 문제의 틀린 답처럼 보이겠지만 요리를 주문하지 않은 '서브 고객'님께 더욱 신경써야 한다는 '셰프의 답안'이다.

"주문하신 3명의 고객님보다 1명의 주문하지 않은 어르신에게, 5명의 주문하신 고객님보다 주문하지 않은 2명의 어린이 손님에게 섭섭하지 않도록 해야 한다."

돈이 드는 것도 아니고 크게 손해가 가는 것도 아니다. 손님의 자녀와 부모님께 더 신경 써드리는 것이 뻔히 보이는 것을 무심코 지나칠 사람은 없다. 비록 주 고객님의 입맛에 부족한 맛이었다 하더라도 추가적인 비용 없이 자녀분들과 부모님께서 편히 식사하시고 기분 좋게 돌아가시기만 하더라도 '재방문율'은 더욱 높아질 것이다.

아주 많이 오래된 단편 소설이지만 '우동 한 그릇'이라는 소설을 어린 시절에 감명 깊게 읽은 적이 있다. 어머니와 아이들 3명이 함께 연말이나 명절 때마다 우동집을 방문하는데 그들은 항상 한 그릇만을 주문하는 사람들이었다. 가게주인은 그들의 주머니 사정을 예상하고 항상 1.5인분을 주었다. 2인분을 드리면 그들이 많은 양에 체면이 상할 수도 있다는 생각까지 하는 '오너셰프'의 진솔한 마음이 담겨있었다.

세월이 흐른 뒤 우동집 주인과 세모 자는 재회를 하게 되고 당당하게 우동 3인분을 주문한다. 그리고 그들 또한 우동집 주인의 배려 또한 눈치채고 있었고 항상 감사했었다는 말을 전하며 이야기가 끝나는 내용이다.

"요즘처럼 사회 보장이 잘되는 세상에 그렇게 가난한 사람이 있겠어요?"

라고 반문하는 사람들도 있겠지만 자신의 딸과 아들이 또는 손녀 손자가 힘들게 번 돈을 한 푼이라도 더 아끼려는 어르신들의 모습이 나의 눈에는 너무 정확하게 보이기 때문에 어쩔 수 없다.

그래서 지금도 우리 가게의 우동은 상상을 초월할 만큼이나 항상 많은 양이 나가고 있다. 소설 속 주인공과 같은 모습은 아닐지라도 그들의 자식에 대한 오랜 사랑을 나 역시 함께 지켜주고 있다.(이쯤에서 1년 중에 6개월 이상이 적자가 나오는 가게의 셰프로서 사장님께 죄송하다는 말씀을 다시 한번 전하고 싶습니다. 백형민 사장님 사랑합니다.^^!)

판매되고 있는 메뉴를 서비스로 드려라

추가적인 주문은 하지 않았지만 비싼 메뉴를 주문하셨을 때와 비싼 주류를 주문하셨을 때에만 서비스로 이것저것 음식을 더 내놓는 집들이 있다.

적당히 조금 부족한 양을 주문했을 때는 서비스 음식이 없고 넉넉하게 주문했을 때에만 서비스 음식이 있다면 서비스 음식을 받은 고객님은 과식하게 될 것이고 서비스 음식을 받지 않은 고객님은 음식이 부족하거나 섭섭해하시는 경우가 있을 것이다.

사용한 금액에 따라 서비스 음식이 정해지는 마트식 추가할인권 같은 서비스방식은 오히려 고가의 메뉴를 주문하기가 망설여지게 한다. 당신의 고가의 메뉴는 속된말로 '날 잡고 배불리 먹는 날'이어야만 주문하게 될 것이라는 뜻이다.

즉 고가의 메뉴를 주문했을 때 나오는 '서비스 음식'이 부담스러워서 재방문 시에는 고가의 메뉴를 재선택하지 않게 되는 경우로 이어지게 될 것이다.

실질적인 예를 들자면 일본식 라면을 먹기 위해 한 달에 한 번씩은 꼭 찾게 되는 이자카야가 있다. 3개월에 한 번 정도는 라면을 먹다가 청주를 한 병씩 주문하곤 했었는데 이곳은 청주를 1병 주문하면 연어생선회와 새우튀김이 서비스로 나온다. 사장님께서 너무나 정성스럽게 주셨기 때문인지 나의 유별난 식탐 때문인지는 모르겠지만 모두 먹어버리곤 했었다. 하지만 부담스러운 양을 먹어서인지 배가 터질 듯이 부르게 돼서 집에 돌아가게 되면 정말 맛있게 먹었던 라면 맛을 잊어 버릴 정도가 되어 버린다. 몇 번이나 그런 일이 있고 나서는 그곳에서는 절대 청주를 주문해서 먹지 않게 되었고 방문횟수도 줄어들었다. 나에게 그곳은 딱 라면만 먹어야 하는 집으로 인식하게 되었다.(나주혁신도시의 '멘 시루'는 정말 라멘맛집이다.)

이런 경험을 토대로 고가의 메뉴 또는 고가의 주류가 주문이 들어왔을 때 내놓던 서비스 음식에 대해서 다시 한번 생각하게 되었고 과감하게 주류 단가를 낮추도록 하였다. 대신 서비스라는 이름으로 드리던 음식을 줄이기 시작했다.

서비스 메뉴의 식자재를 분류해서 따로 보관해 두었다가 일정한 금액 이상을 드셨을 때 에만 나가는 서비스 음식은 장기간 보관되는 경우에는 품질이 떨어질 수밖에 없었다. 매출의 기복이 심한 계절에는 그냥 그대로 버려지는 경우가 대부분이었기 때문에 손질도 컸다.

13년 전 경기도 고양시의 한 고급 일식당에서 근무할 때의 예를 들면 홍게 치즈 그라탕과 왕새우구이가 그런 경우였다. 1인분에 10만 원 이상의 코스요리를 주문하면 첫 번째 음식이 나가는 동안 냉동실에서 새우와 홍게를 꺼내어 해동을 시작한다. 마지막 음식이 나갈 때쯤에 완전 해동이 되면 치즈 그라탕과 소금구이가 나갔었는데 손님들은 항상 음식을 남기셨다. 그때쯤이면 한참 배가 불러서 도저히 먹지 못할 시간이 되었기 때문이다. 항상 남겨지기 때문에 나의 저녁 식사가 되거나 폐기돼버리는 경우가 대부분이었다. 서비스 메뉴의 비주얼은 훌륭했지만, 문제점 또한 있었다. 냉동실에 오랫동안 보관되어 있었기 때문에 항상 건조했고 좋지 않은 냄새가 났었다. 건조함을 숨기기 위해 물을 뿌린 다음 랩핑을 하고 전자레인지에 넣어 해동했었다. 그런데도 특유의 냄새는 항상 남아 있었고 그 냄새를 감추기 위해 마지막에는 꼭 후춧가루 등의 향신료를 사용해야만 했던 기억이 남아 있다.

물론 그 식당은 오래가지 못하였고 시간이 흘러 다른 식당에서 주방 책임자를 맡게 되었을 때부터는 별도의 서비스 메뉴를 설정해 두지 않는 것이 나의 원칙이 되었다.

"서비스 음식은 판매되고 있는 메뉴 중에서 내어 드리는 것이 가장 좋다."

판매되지 않고 있는 요리를 일정 금액 이상 드셨을 때만 드리기 위해 냉동고에 오랫동안 보관하는 것은 정말 어리석은 짓이다.

어떤 음식이든 회전율이 높아야 최고의 신선도를 유지할 수 있고 셰프의 실력 또한 인정받을 수 있을 것이다.

"서비스 음식을 드리려거든 지금 판매되고 있는 메뉴로 드려라."

'직', '가', '고' 일체(직원과 가족 그리고 고객님은 동등하다)

고객님께는 한없이 친절하고 잘 웃는 얼굴이지만 함께 일하는 직원들에게는 항상 울상이거나 화를 잘 내는 사장님들이 있다. 직장에서는 한없이 좋은 사람인데 집에만 들어가면 푸념을 나팔처럼 불어대거나 직장에서 쌓인 스트레스를 가족들에게 내비치는 한심한 인간들도 있다는 뜻이다. 온 가족이 각자의 직장에서 받은 스트레스를 집에 돌아와 서로에게 내비친다면 그 가정은 반드시 파탄이 날 것이다.

주변에 그런 사람이 있다면 걸러내야 하고 내가 그랬다면 반성해야 한다. 고객님께 친절한 것보다 함께 일하는 직원들에게 불친절한 것이 항상 소문이 빠르다.

판매하고 있는 요리의 홍보 효과 역시 10명의 고객님보다 1명의 직원 또는 가족의 전파력이 강할 수밖에 없을 것이다.

일정한 금액을 받고 포스팅을 해놓은 글보다는 나의 아버지가 나의 아들이 어떻게 생활하고 어떻게 요리를 만들며 당일 영업이 끝나고 남은 식자재는 어떻게 처리하는지 블로그 또는 SNS에 남긴 짧은 몇 줄이 파급력이 더 크다는 뜻이다.

"우리 집은 매일 치킨을 먹어 아빠가 운영하는 치킨집은 한번 해동한 치킨을 다음날 재사용하지 않거든…."

"안 남기고 팔리면 좋을 텐데 남으면 무조건 우리 집 반찬이 돼버리니깐 정말 치킨이 지겨워!" —나주혁신도시 치킨히어로 딸 정○○양

"우리 집은 매일 저녁이 김밥 아니면 비빔밥이야 어머니께서 김밥집에서 일하시는데 당일 준비한 김밥 재료는 모두 폐기해버리기 때문에 어머님이 매일 많이 가져오셔서 집에서 비빔밥이나 김밥을 해주시거든." —나주혁신도시 김가네○○김밥 ○○○군

이런 말을 들은 지인이나 가족이 있을 때는 그 매장의 신선도와 음식에 대한 '셰프의 열정과 자부심' 그리고 확실한 위생상태까지 완전히 가슴에 와 닿을 것이다.

"저희 업장은 음식물을 재사용하지 않습니다"라고 가게 안팎으로 크게 적어 붙여놓은 가게보다 훨씬 더 믿음이 갈 것이다.

직원과 가족을 고객님처럼 대하는 마음을 가져야 한다. 확실한 마케팅은 거기서부터 시작이다. 가족과 직원의 마케팅 효과는 엄청난 잠재력이 있다. 직원들의 입소문과 파급력을 꿰뚫어 볼 수 있는 능력이 셰프에게는 필요하다.

"불특정 다수의 고객님께 반복되는 광고를 할 것인가 특정된 소수의 가족과 직원들에게 실질적인 광고를 할 것인가?"

고객=가족=직원이라는 생각을 갖게 된다면 당신의 선택은 쉬워질 것이고 당신의 생활 또한 편안해질 것이다.

chapter 8

다시 시작되는
셰프로서의 삶

한번 요리사는
영원한 요리사

— SECRET DIARY —

소방관 시험을 준비하다 포기한 이들은 사이렌 소리와 소방차가 눈앞에 지나가기만 해도 가슴이 찌릿찌릿하다는 말을 한다. 포기하고 다른 길을 택했기 때문이다.

재수와 삼수를 했지만 결국 의대에 합격하지 못한 이들은 가끔 병원에 갈 일이 있을 때마다 남모를 속 쓰림을 느낀다는 이야기를 들은 적이 있다.

하물며 요리사로서 5년이 넘는 시간을 보냈던 사람이 요리사이기를 포기했다면 하루 3끼의 식사를 할 때 또는 외식을 할 때 종종 묘한 기분을 느낄 것이다.

"내가 했다면 더 맛있을 텐데!", "나도 저 자리에 유니폼을 입고 서 있었다면…"이라는 아쉬운 마음이 있을 것이고 예리한 눈썰미와 입맛으로 까탈스러운 남편 또는 잔소리가 많은 식당 손님으로 사는 삶을 살게 될 것이다.

"두 번 다시는 주방일을 하지 않겠다!"

"지겨워서 더는 주방일을 하지 않겠다!"

라고 스스로 되뇌고 다짐하며 주방을 떠났겠지만 한번 '셰프의 삶'을 살았던 사람은 언젠가는 주방으로 다시 돌아오게 되는 경우가 많았다. 공무원이든 회사원이든 퇴직 후 한 번쯤은 생각해볼 수 있는 것이 바로 '식당 창업'이기 때문이다. 내가 아니더라도 당신의 가족이나 지인 중에 누군가가 하게 될지도 모를 '식당 창업'은 언젠가는 다시 한번 직접적으로든 간접적으로든 당신을 주방에 서게 할 것이다.

> "포기란 없다, 잠시 쉬고 있을 뿐이다.
> 한번 요리사는 영원한 요리사이다."

걸음이 느려도
계속 가자

　요리사로 계속 살 수 있는 사람과 그렇지 않은 사람의 차이는 '자기 자신에 대한 믿음이 있는가?'에서 차이가 난다. 재능이 없어서 고군분투를 하는 사람과 열정이 식어 시간만 보내는 사람 그리고 낮은 연봉과 열악한 근무환경에 투정 부리는 사람들도 있을 것이다. 하지만 지금 주방에서 일하고 있는 사람이라면 자기 자신에 대한 믿음을 가지고 있을 것이다. 언젠가 나의 실력을 맘껏 펼칠 수 있을 것이라는 기대감과 머지않아 최고의 경지에 올라설 것이라는 확신이 가슴속에 가득 차 있는 멋진 사람들이 바로 우리 '요리사들'이다. 만약 그렇지 않다고 하더라도 당신을 그렇게 믿고 있는 사람이 주변에 있을 것이고 그마저도 없다는 소리를 한다고 해도 상관이 없다.

　"요리사로서 여기까지 읽은 사람이라면 내가 당신을 믿어 의심치 않을 테니!"

배운 대로만 하면 주방 책임자가 되고 오너셰프가 될 수 있다고 생각하겠지만 업무에 대한 이해도가 떨어져서 발전이 느린 사람도 있고 소심하고 자존감이 낮아서 동료들과 어울리지 못하는 사람들이 존재한다.(내가 그랬다.)

단언컨대 주방에서 3만 시간 이상을 보내고 나면 누구나 넉살 좋고 솜씨가 뛰어난 주방장 아저씨가 될 수 있다. 주방일은 체력적으로 혹은 정신적으로 약한 사람도 끈기를 가지고 꾸준하게 해나가면 누구나 최고가 될 수밖에 없는 일이다.

"하면 된다! 안되면? 될 때까지!"

잘할 필요도 없고 소질이 없어도 꾸준히 하루씩만 버티며 살아가면 체력이 강해지고 정신력도 강해진다. 진정한 실력은 타고나거나 전수받는 것이 아니라 손님들께서 만들어 주시는 것이 바로 진정한 실력이다. 손님께서 원하시는 맛과 모양에 조금씩 맞춰나가기가 계속되면 실력이 좋아지고 실력이 좋아지면 요리할 맛이 난다. 체력이 약하거나 의지가 약하다고 자기 자신을 비하하거나 포기하지 말아야 한다. 손님들께서 한꺼번에 몰릴 때마다 나의 체력은 강해졌고 손님들께서 재촉 하실 때마다 음식을 만드는 속도 역시 빨라지게 되었다. 하루에 몇 번씩이나 오른손에 경련이 일어나는 불편함을 가진 사람도 초밥 요리사로서 오늘도 열심히 살아가고 있다 남들보다 걸음이 느려도 계속 꾸준히만 나아간다면 언젠가는 목표하던 곳에 도달할 것이고 목표를 지나 더 멀리 나아가게 될 것이다.

"잠깐 쉬어도 좋다.""오래 쉬어도 좋다.""걸음이 느리다면 천천히 나아가자."

"포기란 없다.
　그냥 쉬었다가 계속 가는 거다."

　　동네에 들어서면 누구나 볼 수 있도록 곳곳에 현수막이 붙이고 집집마다 전단을 붙여놓는다고 해서 "매장의 매출이 늘어날까?"

　　파워 블로거와 유명 유튜버에게 거액을 쏟아붓고 검색엔진에 노출되도록 한다면 손님이 많아질까? 배달 앱에 추가금액을 지급하고 여러 곳에 노출을 시키면 배달이 많아질 것인가?

　　"내 생각에는 절대 그렇지 않다."

　　수많은 광고업체가 맡겨만 주면 연 매출을 5000만 원 이상 올려주겠다. 인터넷 검색순위를 높여주겠다. 등으로 유혹하지만 모두 사기라고 생각한다.(실제로 많은 돈을 투자했지만 크게 변화가 없었다) 그도 그럴 것이 "그런 광고업체는 광고를 잘하기보다는 광고상품을 판매하려고 광고하는 있는 것뿐"이기 때문이다.

자칭 광고전문가라고 하거나 네이버에서 근무한다는 헛소리를 늘어놓는 '마케팅전문가'라는 사람들의 전화를 받는다고 하더라도 화를 낼 필요는 없다. 그들도 당신이 가입시켜야 수당이 발생하는 '영업사원'일 뿐이기 때문이다.

요리사에게 맞는 영업 전략은 따로 있다. 결론부터 말하자면 "셰프로서 최고의 영업 전략은 영업하지 않는 것"이다.

서울대학교는 티브이광고를 통해 학생들을 모집하지 않는다. 영산포의 '다복 식당'과 '대지회관'은 현수막은커녕 전단지 한번 돌리지 않아도 항상 '문전성시'를 이룬다. 맛집으로 이름난 곳은 방송 출연을 거부하기 마련이다. 억지로 방송 출연을 하게 되더라도 촬영하는 날을 가게의 고정휴무일에 하도록 하거나 촬영시간을 영업시간과는 완전히 동떨어진 한산한 시간으로 미뤄 버리는 것이다. 광고를 따로 하지 않는데도 명문대학과 유명 맛집들이 존재하는 것을 보면 광고업체가 정말 필요 없다는 생각이 들 정도이다. 그런데 영업을 하지 않아도 잘되는 곳은 "정말 아무것도 하지 않을까?" 그들은 영업은 따로 하지는 않지만 그만큼 주어진 본업에 진심으로 충실하다. 그곳에 근무하는 직원 중에는 지각과 결근을 하는 사람은 많지 않을 것이고 그곳의 사장님은 방문하는 사람들과 근무하는 사람들에게 항상 만족을 주고 있을 것이다. 장사꾼 사장님의 눈치를 살피며 한 달에 몇 번씩이나 지각 또는 결근하는 요리사가 있는 가게와 틈이 날 때마다 안주를 만들어 주방에서 몰래 술을 마시려는 셰프가 근무하는 가게는 "아무리 어떤 영업 전략을 짜더라도 장사가 되지 않는 것은 당연하다."

"배운 게 도둑질이라서 하루하루 주방일을 하며 먹고산다."라고 말하는 주방장이 있는 가게와 "천신만고 끝에 '셰프의 삶'을 사는 주방장이 있는 가게는 확연히 다를 수밖에 없다." 내가 직접 경험한 최고의 영업 비결은 길고 긴 답변들과 설명으로 잘난 척하는 것도 아니었고 재치있는 농담이나 아재 개그로 손님들의 웃음을 자아내는 것도 아니었으며 광고기획사에 광고를 전담시키는 것도 아니었다.(부끄럽지만 그 모든 것을 다 해보았기 때문에 이렇게 말할 수 있다.)

나의 영업 비결은 하루도 빠짐없이 가게에 나아가서 식자재의 최고의 신선도를 유지하고 칼같이 예약시간에 맞춰서 음식을 드리는 것이 전부였다. 한마디로 나의 삶의 모든 것을 음식과 손님께 집중하는 것이다. 그때부터 최고의 매출을 갱신하기 시작했다. 그 사실을 알게 된 뒤부터 3년 연속으로 연 매출이 상승했고 사장님께서도 직접 나서서 영업할 필요도 없어졌다. 맡은 바 책임을 다해 노력한다면 반드시 고객은 찾아오게 되어있다.

"자신에게 주어진 일에 최선을 다하는 것보다
　좋은 영업은 없다."

셰프는
마케팅에 강하다

— *SECRET DIARY* —

눈길을 끄는 메뉴 이름

식당 창업을 하고 마케팅을 하겠다고 마음을 먹었다면 메뉴 이름부터 눈길을 사로잡을 수 있어야 할 것이다. 평범한 메뉴라도 메뉴 이름 앞에 '정성을 다한' '정말 맛있는'이라는 글귀를 넣어주면 기대감이 생긴다. 그냥 '안심스테이크' '삼겹살' '냉면' '돈가스' '왕돈가스' 등보다는 '입안에서 살살 녹는 안심스테이크', '정성을 다한 숙성 삼겹살', '정성 가득 맛있는 돈가스', '이보다 클 수는 없다! 왕 중 왕 돈가스'처럼 읽기가 다소 길더라도 메뉴 이름부터 유난히 눈길을 끌 수 있는 이름이 한두 가지는 있어야 한다. 오징어와 삼겹살 불고기, 오븐에 구운 닭, 소시지와 채소볶음이라는 이름의 메뉴가 처음 나왔을 때는 세상에 화재를 불러일으키진 못했다. 하지만 눈길을 끄는 이름으로 사람들은 '오삼불고기', '오꾸 닭', '쏘야' 등으로 단축해서 부르기 시작했고 메뉴의 이름 자체가 마케팅의 한 '키워드'로 자리 잡기까지 했다는 것은 그 누구도 부정할 수가 없을 것이다. 이런 것은 대기업 마케팅 회의실이나 프랜차이즈 본사회의실에서는 결코 나올 수 없다.

그저 작은 가게의 사장님과 셰프가 손님을 배려하는 마음에서 메뉴의 이름을 내용구성물까지 포함해서 길게 적었던 메뉴 이름들을 손님들께서 짧게 줄여서 말해 주실 때마다 정말 감사했을 것이다. 이렇게 누구나 눈길을 끄는 메뉴 이름은 쉽게 만들 수 있다. 내가 운영하는 초밥집의 경우 비록 이름이 길어 읽기 불편하지만, 손님 취향에 따라 쉽게 선택할 수 있도록 만들어 놓은 메뉴들이 여러 가지가 있다.

그중에 두 가지를 뽑자면 '연어회가 두툼해야 제맛이지!'와 '연어회가 얇아야 입안에서 살살 녹고 맛있지'이다. 이 두 가지 메뉴는 단골손님들께 '연어 두툼', '연어 얇게'로 불리곤 한다. 언젠가 전국에 있는 '이자카야'나 '초밥집' 등에서 대중적으로 알려지게 될 이름이 될 것으로 생각한다. 메뉴의 이름이 길어 메뉴판에 적어놓기가 부담스러웠지만, 나의 작은 배려 하니로 손님께서 구구절절하게 말씀하실 필요 없이 짧은 시간에 손님의 취향에 맞는 생선 두께를 선택할 수 있도록 한 것이다.

"무조건 손님이 먼저고 손님의 취향을 존중한다는 것이 최우선이라고 생각하기 때문에 이렇게 할 수 있었다."

다소 괴팍해 보이기까지 한 이름이지만 난 이런 나만의 메뉴 이름이 자랑스럽다.

연어회가 두툼해야 제맛이지

연어회가 얇아야 맛있다

음식점 메뉴 이름을 비틀어서 표현하기(김건호 작가님의 비틀어 글쓰기 中)

단조롭지만 소비자가 메뉴판을 통해 바로 이해할 수 있고 쉽게 만들 수 있는 메뉴들의 이름을 몇 가지 예로 적어보았다.

일타쌍쌈

'일타쌍피'를 떠오르게 하는 메뉴이다.

(쌈하나에 고기를 두 개 얹어 먹는 메뉴를 표현했다.)

너밖에 없쌈

무김치와 쌈 떡의 조화로 더 이상의 궁합이 없다는 의미가 있는 메뉴다.

몽땅 다쌈(떡 + 무 + 보쌈김치)

3가지(떡, 무, 김치)가 쌈 안에 몽땅 다 들어간다는 의미의 메뉴이다.

닭이 울면

닭고기로 만들어진 울면을 말한다.(닭고기 육수와 닭고기 고명이 올라간 울면)

신비 국수

신김치 + 비법소스로 만든 국수란 의미가 있다.(신비한 맛의 국수)

음식보다 먼저 눈에 띄는 접시

"가성비 좋은 곳이라 알려진 식당들은 대부분이 지겨운 그릇들을 사용하고 있다는 생각이 들곤 한다."

그 이유는 흔히 가성비가 좋다고 알려진 저렴한 가격으로 메뉴가 구성된 식당들을 방문해 보면 알 수 있을것이다. 놀랄 만큼이나 비슷한 접시를 사용하고 있기 때문이다. 식당 사장님들이 같은 곳에서 주문한 것처럼 비슷한 그릇을 사용하고 있는 것은 대량으로 생산되는 초저가 접시를 선호하기 때문이 대부분이다. 인테리어 역시 한곳에서 작업한 것처럼 느낄정도로 비슷한 곳들이 많다. 어떨 때는 간판 이름만 다르고 같은 가게에 들어왔다는 착각이 들 정도로 비슷한 경우도 많이 있었다. 판매되는 메인 요리만 조금씩 바꾸고 그대로 재영업을 시작하거나 기물과 인테리어를 그대로 물려받아 식당 창업을 하려는 사람들이 많은 요즘 같은 때에는 더욱 당연한 일이라고 생각할 수도 있겠다. 하지만 '손님들께서 지겹다고 느낀다면 바꿔야 하는 것이 당연한 이치가 아닐까?' 1년 내내 항상 같은 그릇에 음식이 나오는 가게가 있다면 매일 같은 그릇을 만지는 직원이 가장 지겹겠지만 단골들 역시 지겨움을 느낀다. 급여를 받고 일하는 사람의 지겨움과 돈을 지급하고 느끼는 지겨움에는 차이가 있다. 전자는 참을 수 있겠지만, 후자는 참을 수가 없다. 자주 찾던 곳이라도 얼마 뒤에는 발길이 뜸해질 수밖에 없다. 앞서 말한 '지겨움'은 우리나라의 식당 창업자들의 폐업률과도 이어지고 있다고 생각한다. 가게만의 특색있는 그릇이 없고 손님들이 지겹다고 느끼기 전에 변화를 줘야 한다.

사용하고 있던 저렴한 모든 그릇을 교체할 필요는 없다. 오래되어 못 쓰게 된 그릇을 조금씩 폐기하면서 조금씩 교체해 나가는 노력이 필요하다.

부담을 가질 필요 없이 다이소 등 생활용품점만 가보아도 새로운 그릇들이 싼값에 나와 있다. 몇 가지라도 구매하면서 그동안 소모된 것만큼만 교체해 나가는 것도 무방하다.

내가 근무하는 초밥집에서는 우동 그릇이 3번이나 바뀌었다. 초밥을 주문해서 드시면 서비스 또는 세트로 미니 우동을 작은 '사기그릇'에 담아 드리곤 했었다. 오픈할 때부터 우동은 '사기그릇'이 원칙이었던 것이다. 하지만 시간이 지나고 그동안 사용했던 사기그릇들이 절반쯤 소모되었을 때에는 계절이 겨울이 되었다. 계절에 맞춰 따뜻함이 오래가도록 '뚝배기'를 사용하기 시작했다. 가격도 사기그릇보다 훨씬 저렴했기 때문에 부담이 없었다. 그리고 2년이라는 시간이 지난 후 지금은 전골냄비에 담아 드리고 있다. 추가적인 계산 없이 내놓는 서비스 후식 우동은 이름만 후식이지 우동을 식사 중간에 드시겠다는 분들과 식사 후에 드시겠다는 분 그리고 초밥을 기다리시면서 먼저 드시겠다는 분들까지 손님들의 다양한 요청에 따라 나가는 시기 또한 제각각이었다. 손님들의 요청에 따라 우동을 내어드리는 시기를 다르게 하는 것은 정말 힘들었다. 손님의 취향을 최우선으로 삼고 있는 나로서는 그 모든 요청을 모두 들어 드리고 있었지만 한꺼번에 손님이 몰리는 시간에는 손님께서 원하는 시간을 맞춰드리지 못하는 경우가 많았다. 뚝배기 그릇이 지겨워 지고 있었던 때였기에 나는 큰 결심을 할 수 있었다. 그것은 뚝배기와 사기그릇 모두 사용하지 않겠다는 것이었다.

양은냄비와 전골냄비를 구매하였고 휴대용 가스버너를 테이블마다 하나씩 배치하였다. 국물과 우동면을 넣는 순서와 부재료의 양을 정하고 다음 날부터 예약된 손님의 테이블마다 인원수에 맞춰 냄비 한솥으로 우동이 제일 먼저 나가기 시작했다.

말 그대로 '우동나베'이다.(나베란 흙으로 빚은 냄비 또는 그릇 등을 말하는데 지금은 보통의 그냥 냄비를 통틀어 칭하는 듯하다. 전골 요리 국물 요리까지 모두 칭한다는 말도 있다.)

주문한 초밥을 기다리시면서 끓여 드실 수도 있고 초밥을 드시는 중간에 또는 초밥을 모두 드시고 나서 우동이 드시고 싶으실 때 직접 끓여 드시면 된다. 오래된 그릇에 대한 지겨움과 손님의 요청에 맞춰 드려야 한다는 부담감을 모두 해결할 수 있는 방법을 찾아낸 것이다. 손님께 대한 나의 작은 배려는 고스란히 매출 증가로 돌아왔다. '우동 전골'이 서비스로 나오는 초밥집으로 널리 알려지게 되어 정말 많은 분이 찾아오셨기 때문이다. 어

냄비우동 2인   냄비우동 4인

릴 적 주방 직원들과 한구석에서 전골냄비에 우동을 간식으로 끓여 먹었던
오래된 추억이 되살려났기 때문에 찾아 주시는 분들을 오래전 함께 일했던
친구들을 맞이하듯이 기쁜 나날을 보내고 있다. 오래전에 출시된 촌스러운
냄비를 사용했을 뿐이지만 취향이 비슷한 손님들을 만나 뵙고 이야기를 나
눌 수 있다는 것 또한 또 하나의 행복이고 지겨운 그릇을 다시 한번 바꿈으
로써 새로운 분위기를 연출할 수 있었다. 손님을 생각하며 지낸다면 '지겨
움'을 느낄 겨를이 없다. 당신이 '지겨움'을 느끼고 있다면 손님들은 그보
다 훨씬 오래전부터 '지겨움'을 느끼고 있었을 것이다. 아직 늦지 않았다.
지금부터 조금씩만 바꿔보자.

작은 컵 하나만으로도 고객님에 대한 요리사의 마음을 나타낼 수 있다

어떤 식당이든 일정한 크기와 일정한 모양의 컵을 사용하고 있을 것이다. 유리, 사기, 플라스틱 등 재질을 다를지 몰라도 메인요리의 접시나 샐러드, 초밥 등의 접시 또는 나무그릇 등에 비하면 단조롭고 따분하다고 느껴질 정도이다. 그런 단조로움이 요리사의 메인요리를 더욱 돋보이게 할 수도 있으므로 일절 말을 꺼내지도 않는 컨설턴트와 요리사들이 대부분이다. 하지만 과연 그것이 "요리의 퀄리티를 유지하고 손님을 배려하는 것이라고 할 수 있을지는 다시 한번 생각해 보아야 할 문제"라고 생각한다.

어린이 손님의 안전을 위해서 플라스틱 컵이나 종이컵 등을 선호하는 식당들도 있겠지만 요즘처럼 물가 인상으로 음식값이 가파르게 치솟아 평균 단가가 1인분에 2만 원을 훌쩍 넘는 식당들이 많아진 가운데 저렴한 플라스틱 컵과 스테인리스 컵을 사용한다는 것은 손님에 대한 배려와 관심이 부족하다고 볼 수 있다. 아니라고 반박하는 사람들도 많겠지만 반박하는 이들에게 "회사 구내식당이나 탕비실 또는 일반 가정집보다 질이 떨어지는 컵을 사용하는 식당을 이용하고 싶겠는가?"라는 질문을 던진다면 쉽게 반박하지는 못할 것이다.

몇 년 전 와인잔에 된장국을 담아서 내놓는 경양식집이 방송에 나오면서 한순간 '반짝스타'가 된 적이 있었다. 작은 시도였지만 사람들의 관심을 받기에, 충분했고 이색적인 모습을 카메라에 담고 싶어했던 사람들에게도 정말 재밌고 좋은 추억을 남기게 하였다. 하지만 당시에 이탈리안 레스토랑에서 함께 근무하던 요리사들은 그모습을 보며 한숨을 쉬었다.

"저건 정말 아닌 것 같다. 저건 손님을 배려하는 것이 아니야!"

이것은 당시에 모시던 총괄 셰프님이 단호하게 하셨던 말씀이다.

와인잔은 일반인들이 생각하는 것보다 훨씬 많은 종류를 가지고 있다. 최대한 단순하게 설명한다면 레드와인용 잔 과 화이트와인용 잔 이렇게 크게 두 가지로 나눌 수 있을 것이다. 레드 와인용은 글라스의 크기가 넉넉하지만 입구는 좁은 형태이고 화이트와인용은 밑부분은 둥글면서 입구는 끝부분까지 쭉 뻗은 다소 작은 글라스를 말한다.

방송에서 보았던 된장국이 담긴 와인잔은 레드와인용 버건디/부르고뉴였고 그것은 볼이 넓으므로 된장국을 빨리 식게 할 것이라는 것을 뻔히 알 수 있었고 세제를 사용하지 않고 씻어야 하는 와인잔에 된장국을 담았으니 냄새와 이물질을 제거하기 위해서는 세제를 사용할 수밖에 없었을 것이라는 선배들의 말들을 들을 수 있었다.

음료 잔에는 음료를 담아야 한다. 특이한 모양의 국그릇이나 접시를 사용하는 것은 손님들께 즐거움을 줄 수 있다. 하지만 알맞은 그릇에 음식물을 담아내는 것은 요리사가 반드시 지켜야 할 기본 중에서 기본이라고 할 수 있다.

"본인의 가게를 홍보하기 위해서 또는 재미를 위해서 플라스틱 컵에 뜨거운 국밥을 담아낸다던가 맥주잔에 육개장을 담아서 손님께 드리는 것과 무엇이 다른가?"

누구나 예상할 수 있었듯이 와인잔에 된장국을 내어주던 경양식집은 몇 년 지나지 않아 수많은 구설에 오르며 폐업을 하게 되었다는 이야기를 수년 뒤에 들을 수 있었다.

유리잔에 된장국이 담겨서 손님께 드리던 가게에서 근무하던 직원들 또한 힘들었을 것이다. 음료를 담아야 할 와인잔에 따뜻한 국물이 담겨있으니 서빙 하기도 힘들었을 것이고 설거지를 하시는 분 또한 힘겨웠을 것이다.

볼이 넓은 레드 와인잔은 향기를 오래 잡는 기능이 있으므로 된장 냄새가 보통의 국그릇에 먹을 때보다 향이 강해져서 손님이 국물을 마시기 역겨웠을 수도 있었을 것이다. 그리고 설거지하는 사람은 2배 이상 신경을 써서 설거지해야 했을 것이기 때문에 여러 사람이 불편했을 것을 예상할 수 있었다.

경양식 식당에 방문하시는 고객님들의 연령층은 다양하다. 그것은 어린이 손님이 끼어있는 경우도 많이 있을 것이고 가게의 위치가 유원지 근처라면 짧은 치마를 입은 손님이 방문하는 일 많았을 것이다. 얇고 볼이 넓지만 stem(손잡이)이 얇으므로 간혹 사고의 위험 또한 무시할 수 없는 부분이다. 하지만 그곳의 사장님은 이 부분은 간과했던 것으로 보인다.

"마무리 좋은 요리와 서비스라 할지라도 손님의 안전과는 바꿀 수가 없다."라는 것이 나의 식당경영의 철칙이다. 아무리 맛있는 음식이라도 손님께서 탈이 난다면 그것은 최악의 요리가 된다. 그리고 덧붙여 말하자면 "아무리 멋지고 좋은 서비스라도 손님께서 다치실 위험이 있다면 그것은 최악의 서비스가 된다."라는 뜻이 된다. 이것은 '차라리 하지 않는 것만 못한 일이 돼버린다는 것이다.'

현재 운영 중인 초밥집에서는 여러 종류의 컵을 사용하고 있다. 기본적으로 따뜻한 음료를 드실 수 있도록 '사기잔'을 기본적으로 세팅하고 있고 어린이의 안전을 위해 플라스틱 컵을 따로 사용하고 있으며 각종 술잔을 보유하고 있다. 매년 찾아오는 무더운 여름철마다 손님께 시원한 음료를 제공하기 위해 맥주잔을 냉장고에 보관하였다가 얼음을 담아서 음료와 함께 제공하곤 했었는데 폭염이 계속되는 날은 간혹 문제가 생기곤 했다. 유리잔 표면에 물기가 많아져 손님께서 맥주잔을 놓치는 경우가 빈번하게 발생했다. 한두 번은 괜찮았지만 여러 번 반복되자 나는 어린이 손님들이 걱정되기 시작했다. 맥주잔이 깨지면서 파편이 어린이 손님을 다치게 할 수도 있다는 불안감 때문에 여름철 음료 서비스를 줄이게 되었다. 그래서 새로운 음료 잔을 찾아야만 했다.

여러 종류의 잔들이 시중에 나와 있지만, 딱히 마음에 드는 잔을 찾기가 힘들었다. 모양이 아름다우면 안전이 취약하고 안전감이 있는 것은 무겁거나 아름답지가 않았기 때문이다.

기타 음료수 향을 와인 잔만큼 잡아낼 수 있으면서 아름다운 잔을 고심해서 선정하였다.

나의 최종선택은 바로 '고블릿' 잔이었다. 향이 좋은 맥주를 마시기 위해 나온 잔이라고 할 수 있을 정도로 향을 잘 잡아내고 맥주를 반병 이상 가득 넣을 수 있을 정도로 용량이 크다고 볼 수 있다.

'챌리스' 잔과 비슷해 보이지만 와인잔의 손잡이와 같은 형태로 되어 있어 체온을 통해 향이 발산되는 유리한 구조를 지닌다. 잔의 모양이 위로 갈수록 방사형으로 퍼지면 고블릿형 그와 반대로 위로 갈수록 오므라드는 모양이면 튤립형이라고 하는 것이 보통이다. 나는 와인잔을 위에서 꽉 눌러서 조금 낮게 만들어낸 모양이라고 배웠다.

고블릿잔

맥주 또는 상큼한 탄산음료를 즐기기에는 그만이다. 고강도 PC 플라스틱 잔으로서 쉽게 파손되지 않아 캠핑용으로 사용되고 있다는 상품으로 사들였다. 고강도 플라스틱이라서 깨질 위험이 없다는 것이 가장 큰 장점이었고 고블릿 잔만의 독특한 아름다움은 일식당에서는 좀처럼 볼 수 없기 때문인지 손님들께 뜬금없는 재미를 줄 수 있었다.

이처럼 '손님을 위한 고민과 노력은 고객님의 안전을 지켜드리면서 즐거움까지 줄 수 있게 되었다.'

포장 용기 뚜껑 또는 포장용 주머니밖에 본인의 '사인'을 넣어보자

배달 또는 포장을 완료하고 최종적으로 사장님 혹은 주방장님이 직접 확인하고
밀봉했다는 뜻을 알린다면 고객님께 당신의 매장 음식이 더욱 믿음이 가고
정갈하게 보일 것이다. 시중에 나와 있는 수많은 업소용 스티커 중에서
선택하는 것도 좋을 것이다. 요즘은 손글씨 스티커까지 출시되고 있는 시대에
살고 있다.

바쁜 일상 속에서 세밀한 곳까지 신경을 쓰고 노력한다고 해서 매출이
늘어나는 것을 확실하게 보장할 수는 없다. 하지만 아무것도 하지 않았을 때는
매출이 줄어드는 것은 정말 확실하다.

입소문을 부르는 화제성

가게 앞을 오가는 사람들 사이에서 "지나가다 저기 가봤어?"라는 말이
돌기 시작하면서 가게가 바빠졌다.

가게 앞에 근무하는 요리사의 사진을 크게 붙여놨기 때문이다.

"지가 연예인이야? 지가 백종원이야?"

라며 핀잔을 주거나 '빈 수레가 요란하다'라며 헐뜯는 사람들도 있었지
만 작고 작은 동네에서 '화제성'을 불러일으키기는 충분했다. 헬스클럽 입
구에 그곳에서 근무하는 트레이너들의 사진과 이력을 붙여놓은 것처럼 나
또한 가게 안팎에 나의 사진을 크게 붙여놓고 나의 이력들을 크게 적어놓
았다. 사진을 보거나 안팎의 글귀를 읽는다면 누구나 이곳의 '요리사의 실

력'을 예상할 수 있을 것이다. 그리고 보이지 않는 곳에서 요리하는 사람보다 보이는 곳에서 요리하는 사람이 위생과 음식에 더 신경을 쓸 수밖에 없다는 것은 당연한 이치이기 때문이다.

지금도 출근하며 가게 안팎으로 도배가 된 나의 사진을 보며 매일 다짐한다.

"오늘은 나의 인생에서 가장 젊은 날이고 가장 힘이 넘치는 날이다."

이것은 이 책을 읽은 사람이라면 누구든지 벤치마킹을 해서 똑같이 따라해도 좋다고 생각한다. 잘생겼든 못생겼든 손님은 방문하는 식당의 요리사 얼굴과 이력을 알 권리가 있다고 생각하기 때문이다. 헬스클럽 입구마다 붙어있는 트레이너의 프로필 사진처럼 머지않아 전국의 모든 식당의 입구마다 이런 요리사의 스토리or프로필이 많이들 설치하게 될 것으로 생각한다. 이것은 그곳에서 근무하는 요리사에게는 책임감과 사명감까지 느끼게 해줄 것이고 음식을 기다리는 사람에게는 기대와 믿음을 줄 수 있는 좋은 아이템이기 때문이다.

"역사와 전통 그리고 화제성 등이 담긴 콘텐츠는 셰프 당신이 직접 만들어 나가는 것이다."

요리사는 걸어 다니는 광고판

대한민국 최고의 가수 조용필 씨가 우리 가게에서 요리사로 근무하고 있다면 우리 집은 최소 한 달 전에는 예약해야 겨우 식사를 할 수 있는 대박

가게 안쪽 사진

집이 될 것이다. 강호동 씨가 요리하는 '강식당'이라는 곳은 방송이지만 항상 손님이 많다. 이처럼 '연예인 ○○씨가 사장으로 운영하는 곳이다' 라고 알려지기만 하더라도 홍보 효과가 엄청나다. 이처럼 요리사 개개인에게 홍보력이 조금씩만 있더라도 그 매장은 손님이 많을 수밖에 없다. 그래서 오픈한 가게의 오너는 사소하게라도 인간관계가 넓은 지역 토박이 요리사를 고용하고 싶어 한다. 시역 토박이로 살아온 요리사들은 "그 사람 자체가 그 지역의 광고매체가 되는 경우가 많기 때문이다."

짧은 시간 파트타임으로 근무하는 직원 또한 마찬가지이다. 같은 지역의 대학생 또는 고등학생 1명이 가지고 있는 광고효과는 정말 크다. 몇 반에 '○○○학생이 일하는 곳', '내 친구 아버지가 요리사로 근무하는 곳' 등은 불특정 다수에게 홍보를 하는 것보다 '특정 다수에게 정확하게 홍보할 수 있는 사람'이 되는 것이다. 그리고 좁은 지역사회에서 확실하게 '실력이 잘 알려진 요리사' 이들을 통틀어 나는 걸어다니는 광고판이라고 말한다. 함께 일하는 직원들은 그냥 직원이 아니라 그들의 '얼굴이 전단이고 현수막'이 다. 그러므로 매장에서 근무하는 요리사 중에 불쾌한 얼굴로 출퇴근을 하는 요리사에게는 항상 이유를 물어야 하고 문제가 있으면 해결해 주어야 한다. 개인적인 사유로 근무하는 곳을 싫어하거나 힘들어하는 사람은 과감하게 내보낼 수 있는 결단력 또한 있어야 한다. 그들로서는 참고 버티며 자기 자신을 대견하게 여기고 있을 수도 있겠지만 결국은 가게 홍보에 막대한 손실을 안겨주기 때문이다.

"요리사는 걸어 다니는 광고판이다. 그러므로 출, 퇴근할 때는 항상 밝은 표정을 지어야 한다."

지방에 있는 요리사는
커뮤니티를 만들어라
SECRET DIARY

수도권이 아닌 지방에 사는 요리사들은 성장하기가 쉽지가 않다. 1년 차부터 10년이 넘는 경력자들까지 하나같이 하는 이야기는 다음과 같다.

"실력을 높이고 신메뉴 개발을 하고는 싶은데 뭐부터 시작해야 할지 모르겠어요."

이렇게 말하는 사람에게는 불안감이 잠재되어 있다.

"어떤 부분이 힘들고 어떤 부분을 모르겠냐?"고 되물으면 "그냥 다 모르겠다."라는 대답이 대부분이다. 인터넷 카페와 밴드 모임이 잘 발달하여 있지만, 나 역시 간혹 질문이 올라오더라도 짤막하게 대답해주는 것이 대부분이다.

'셰프'라면 같은 분야에서 일하는 사람들과의 교감이 필요하다. 요리사가 되기를 희망하는 사람들은 '셰프의 삶'에 대한 기대감과 함께 그에 대한 불안감 또한 정확하게 비례하기 마련이다. 그럼 '불안감'을 조금이나마 해소하기 위해서는 각종 강연과 모임 등을 찾아보겠지만, 지방에서는 정말 찾기가 쉽지 않을 것이다.

수도권에는 수많은 학원과 창업특강을 하는 센터들이 즐비해 있지만, 지방은 1년에 한두 번 손꼽을 만큼밖에 보이지 않는다. 우리나라 특성상 서울과 수도권에 인구가 몰려있기 때문이기도 하지만 세미나에 참가하기 위해 지방에서 수도권 지역까지 올라갈 만한 열정을 가진 요리사나 학생들이 드문 것 또한 사실이지 않을까?

참석할 수 있는 경제적 여건도 근무환경도 되지 않기 때문인지 지방에서 올라와 세미나에 참석하거나 특강을 듣는 사람 중에 지방에서 올라온 요리사들은 거의 본적이 없었다. 간혹 지방에서 올라오신 분들은 가정주부이거나 퇴직 후 창업을 희망하는 분들이 대부분이었다.

수도권에서 사는 요리사는 절대 이해할 수 없다. 우선 당신이 지방에 살고 있다면 바른 정보를 모아야 한다. 유머 게시판에 올라온 글이나, 구인구직광고와 섞여 있는 출처가 불명확한 글과 검색포털 사이트에 게시된 학원 또는 학교홍보와 섞여 있는 글들을 읽으며 시간 낭비를 하지 않아야 한다.

어떤 직장을 다니든지 개개인 중에 성장하기를 원치 않는 사람은 없을 것이다. 하지만 요리사는 '정통 요리'와 '가게 운영'이라는 틀 안에 갇혀서 아무것도 하지 않는 안도감으로 하루하루를 버티기만 하고 실력향상이 전혀 없는 셰프들이 내나수로 존재히고 있다. 오랜 시간 주방에서 보냈던 시간만으로 이루어진 경력과 근거 없는 자신감으로 세뇌가 되어버린 '자기

애'에서 벗어나야 한다. 그러기 위해서는 같은 분야의 사람 중 꾸준한 성장을 하고 있고 '명백한 성과'를 내는 것을 직접 보여줄 수 있는 사람들을 만나야 한다. 수도권이 아닌 지방에 있는 요리사들과 사장님들은 반드시 커뮤니티를 만들어야 한다. 학원, 학교, 직장, 동료들과 시작하는 것을 추천한다. 대화의 주제를 한가지 정하는 것부터 시작하면 된다. 지금 시작하면 된다.

"지방에 있는 요리사는
커뮤니티를 만들어라."

요리사에게는
꾸짖어주는 스승이 필요하다

SECRET DIARY

20년 경력의 '셰프'에게도 고객님은 항상 스승이다

요즘처럼 빠르게 식당 창업할 수 있는 시스템이 난무하고 있는 시대에도 '셰프'에게 스승이 과연 존재할까? 반나절이나 하루 이틀만 교육받아도 '오너 셰프'로서 식당을 창업할 수 있는 다양한 시스템이 즐비해 있고 각종 식당 창업 및 요리아카데미 광고가 난무하는 시대에 우리는 살고 있다.

요리사에게 있어 '평생의 스승'이라 부를 만한 사람이 있다면 성장이 멈추지 않을 것이다. 나에게는 20년 전부터 내가 만든 요리를 계속 먹어주는 친구가 있고 오래전부터 함께 일했던 사람들이 전국 곳곳에서 주방장을 맡고 있다.

"그게 부지런한 거냐? 게으른 거지!"

"너 같은 놈이 실장을 벌써 하다니 말세다!"

남들보다 2시간에서 3시간을 항상 일찍 출근해서 설렁설렁 일하겠다는 마음가짐 때문에 야단을 맞은 적도 있었고, 먹는 사람과 함께 요리하는 사람 모두를 만족하게 하는 요리사가 되어야 한다는 것을 나에게 알려주신 분도 계신다.

그들과 함께할 때는 지금처럼 힘들지가 않았다. 그들은 요리뿐만 아니라 나의 사생활이나 행동 하나하나를 옆에서 지켜봐 주시는 아버지 같은 존재들이었기 때문이다. 항상 체력적으로 정신적으로 힘들었지만, 마음 편히 일할 수 있었다. 주방 책임자가 된 지금은 나 홀로 외로이 주방을 지키는 날들이 대부분이다. 지금은 높아지는 인건비와 식자재 가격 상승으로 손님뿐만 아니라 함께 일하는 사람들의 눈치까지 살피며 근무해야 한다. 주변 사람의 조언 없이 주방을 계속 운영하는 것은 자신을 채찍질하고 스스로에게 당근을 주며 달려야 하는 경주마가 되는 것이다. 다음 주를 예상하고 다음 달과 내년을 내다보며 계획을 짠다. 나 스스로가 스승이 되고 제자가 되어 기술을 연마하고 실험하고 기록을 한다.

"10년 넘게 매일 하던 일 그대로 하기만 하면 되지 뭘 그렇게 골머리를 짜내냐?"

라고 반문하는 사람들도 있겠지만 10년 넘게 같은 일을 해왔지만, 하루하루가 달랐다. 날씨가 달랐고 방문하시는 손님이 달랐으며 식자재의 모양과 무게가 달랐으며 요리하는 나의 건강상태 또한 달랐다. 그리고 방문하시는 손님들의 체격과 입맛 그리고 컨디션이 수시로 달라지는데 어떻게 매일 똑같은 일을 한다고 말할 수 있겠는가….

"방문하시는 고객님은 언제나 니에게는 최고의 스승님이다."

주방일을 시작한 지 20년이 넘었지만 나는 매일 지금 이 순간도 최고의 요리사가 되기를 갈망하며 매일 노력하며 성장하고 있다.

창업 세미나는 셰프에게 다른 세계의 스승이다

"내가 경력이 얼만데!"

"내가 일했던 가게만 10곳이 넘어."

"그런 곳은 초보자나 가는 거야!"

라면서 창업준비 중에 창업 세미나에 참석해보라는 권유를 몇 번이고 거절하시는 요리사 선배님들이 정말 많았다. 지금까지 쌓아온 영업 비결과 높은 경지에 오른 요리 실력은 그들을 자만심의 늪에 빠뜨려 버렸고 그것은 창업 후 동종업계 프렌차이즈 가맹점보다 훨씬 못한 매출과 고객들의 냉대함으로 이어져 결국 폐업 후 재취업을 하도록 만들고 말았다.

창업 세미나는 요리사에게 있어서 또 다른 세계의 스승이다. 그들이 우리보다 요리를 잘하거나 가게운영을 잘하는 것은 결코 아니겠지만 하루가 다르게 바뀌는 세상을 어떻게 유연하게 대처하고 안정되게 운영할 수 있을지 그리고 창업자의 장단점을 살려 어떤 컨셉을 만들 수 있을지 까지도 실시간으로 알려줄 수 있기 때문이다. 어쩌면 조리기술 외에는 그들이 오히려 몇 수나 앞서있다고 볼 수 있다. 우리 요리사들은 조리기술과 주방 운영 체계를 물려 받아오기만 해왔던 사람들이다 보니 가게운영이나 홍보 관리

측면에서 보수적인 면이 많아 뛰어난 맛에 비교해 식당 창업 후 주목을 받지 못하는 경우가 대단히 많은 편이다.

다시 말해 창업 세미나에 한 번이라도 참석했던 창업 준비생들보다 오히려 많이 뒤처져 있다고 생각해야 한다. 크고 멋진 대형식당에서 몇십 년을 요리사로서 근무하다가 창업을 준비하는 사람보다. 창업 세미나에 한 번이라도 참석해서 강의를 듣고 강사님께 질문하고 세미나에 참석했던 여러 분야 출신의 사람들과 연락처를 교환해 서로의 정보를 공유하는 사람이 훨씬 더 성공확률이 높은 것이다.

창업 세미나에 한 번만 참석해도 많은 사람을 만날 수 있다. 회사원과 퇴직자, 가정주부, 학생, 요리사 등등 목적이 반드시 식당 창업이 아니라 할지라도 관심 분야가 비슷한 많은 사람과 사귀고 만남으로서 실무에서 선배에게 설명을 듣거나 보고 따라 하기 이상의 '교수법'까지도 배울 수가 있다.

만약에 '이건 나랑 맞지 않는구나'라고 깨닫게 된다 하더라도 어떤 시간 낭비도 아니다. 잘 통솔된 지식을 얻게 된다는 것은 당신이 기대하지 않았던 것이라도 그것은 언젠가 '보상'을 해줄 것이다.

"당신이 아무리 대단한 경력의 요리사라도 창업 세미나에는 한 번쯤은 참석해야 할 충분한 가치가 있다."

"자신의 성장이 멈췄다면 반드시 창업 세미나에 참석해서 또 다른 세계의 스승을 찾아보아야 한다."

동네식당 아저씨가 미혼도 넘은 나이에 대학에 가겠답니다.

"미친놈 40도 넘은 나이에 20살 애들이랑 같이 입학하겠다고?"

"小學 ⇒ 中學 ⇒ 高等 고등교육까지 마쳤는데 40대에 大學에 가겠다는 것은

당연한 것이 아닐까?"

스스로 성장할 수 있는 한계에 도달했다고 판단되었기 때문이다. 大學에

들어가서 더 크게 볼 수 있고 더 크게 발전할 수 있는 큰 가르침을 받고 싶다.

물론 나처럼 현직에서 오랫동안 근무했던 스승을 만날 수는 없으리라는

것은 잘알고 있다. 나보다 뛰어난 실력을 갖춘 스승을 만나지 못할 수도 있을

것이다. 하지만 꾸짖어주는 스승이 따로 없더라도 체계적인 교육을 받을 수만

있다면 지금의 갈증을 조금이라도 채워 줄 것은 명백하다. 지금보다 더 좋은

실력을 갖추게 될 것이라고 확신한다.

"늦은 나이지만 대학에 가서 큰 학문을 배우고 싶습니다."

요리는 모든 세대와 대화하는
유일한 수단이다

SECRET DIARY

'셰프의 삶'을 살아가는 당신 자부심을 품어라

생긴 대로 놀고 있다

"생긴 대로 논다"라는 말처럼 음식을 만지는 사람의 표정과 안색에 따라 '음식의 맛'이 다른 것은 확실하다.

'맛'뿐만 아니라 요리하는 사람과 그 사람의 음식은 자세히 살펴보면 정말 미묘하게 닮은 구석이 많다. 달콤한 냄새를 종일 맡으며 일하는 짓궂고 밝은 표정의 제과점 사장님은 둥글둥글하고 달콤한 제과점의 빵과 과자들과 닮았으며 옅은 미소와 함께 스며들어있는 깊은 주름을 가진 인심 좋게 생긴 반찬가게 할머니의 맛깔나는 반찬들은 역시나 주인 할머니와 닮아있다. 만든 사람이 누구인지 단번에 알아볼 수 있을 정도로 "음식은 만든 사람의 자식처럼 닮아있다."

나 역시 40대에 들어서면서 초밥이랑 닮았다는 말을 듣곤한다. 작은키에 다부진체격과 하얀 피부는 탄력 있는 생선 초밥의 생선 살과 흰쌀밥을 떠올리게 한다는 것이다. 한 분야에 오랫동안 몸담은 만큼 사람도 그 분야의 음식과 닮아가는 것이다. 일반인도 마찬가지로 특별한 활동을 하지 않는 이상 치아의 구조와 체격 그리고 피부와 건강상태를 통해 어떤 음식들을 즐겨 먹으며 살아왔는지 알 수 있는 것처럼 우리는 언제나 음식과 대화를 하며 음식들과 살아가고 있다.

즉 먹는 "음식들과 닮아가고 있는 것이다."

요리를 통한 대화

몇 년 만에 고등학교 동창에게 전화가 왔다.

"간만에 양장피에 짜장면 한 그릇 먹자!"

나는 대답했다

"니 결혼하나?"

"어. 5월에 한다."

우리 친구들 사이에서 먼저 전화를 걸어 짜장면을 사겠다고 말하는 것은 멀리 떠나거나 결혼을 하겠다는 뜻으로 통한다. 별다른 이유는 없다. 그냥 그랬다. 묻거나 따지지 않는다. 친구들 사이에서 미안한 일이 있거나 섭섭하게 할 만한 일이 있을 때는 심접실을 시키게 된다. 이 또한 별다른 뜻이 없다. 그냥 그렇다. 단순하고 무식해 보일 수도 있겠지만 친구 사이에 준비된

말 따위는 필요가 없다. 그냥 같이 밥을 먹을 뿐이다. 함께 식사하는 것이 인사이고 대화가 되어버린다. 이처럼 직장인들의 회식 문화, 결혼 상견례 자리의 식사, 명절 음식 등은 세대 간의 갈등과 이질감 등을 융화시켜준다는 공통점이 있다.

이처럼 모든 세대와 통할 수 있는 것은 바로 '요리'라고 생각한다. 세대 간에 장벽이 있고 그 장벽마다 작은 문이 하나씩 있다고 가정했을 때 그 문은 음식이고 그 문의 '열쇠'를 제공하는 것이 바로 요리사가 해야 할 임무이다.

일상생활을 돌아보자 어머님께서 차려주신 저녁 식사 메뉴에는 좀처럼 토를 달지 않는 것이 좋다. 괜한 반찬 투정을 했다가는 저녁 식사시간의 분위기가 사늘해질 수도 있기 때문이다.

저녁 식사를 하면서 정성으로 식사를 준비해주신 어머님의 건강상태와 심리상태 또한 조금은 파악할 수도 있다. 잠을 설치셨는지 그래서 피로함에 짠맛을 못 느끼셨는지 반찬 맛이 정말 짤 때도 있다. 계모임 계주가 도주한 탓인지 불안한 심리가 작용한 때에는 무생채의 두께가 제멋대로 어지럽게 나온 적도 있었다. 어머님께서 따로 말씀하시지 않으셨지만, 음식에는 많은 것들이 대화보다 더 크게 나타나는 것을 알 수 있기 때문이다.

먹기를 위한 대화 vs 대화를 위한 먹기

잠이 오지 않을 때 '코코아 한 잔', 기쁜 날이 있을 때 '샴페인'을, 슬픈 일이 있을 때 '소주 한 잔', 해외여행을 떠나기 전에 '한정식', 오랜만에 누구를 만났을 때에 '삼겹살'… 이렇게 남녀노소를 불문하고 자신도 모르게 그 상황에 어울리는 음식을 생각하게 되고 누구와 어떤 음식을 먹으며 대화할지를 정하며 대화를 이어나가게 해준다.

이렇듯 음식은 대화의 수단이라 할 수다. 이렇게 모든 세대와 모든 상대를 대화 할 수 있게 해줄 수 있는 수단이 되는 것이 바로 음식이고 그런 수단을 마련해줄 수 있는 중재자가 바로 '셰프'다.

"먹기를 위해 대화를 하려는 것인지 대화를 위해 먹는 것인지는 중요치가 않다."

그 중심에 '셰프의 삶'을 살아가는 당신이 필요하다는 것이 가장 중요한 것이다. 세상 모든 이들의 대화를 위한 수단 그 중심의 있는 '셰프의 삶'을 살아가는 우리는 들러리가 아닌 '중심 매체'인 것이다.

나비효과

당신이 특급호텔 주방에서 근무하든지 작은 분식집 주방에서 근무하든지 당신은 자부심을 느껴야 한다. 모든 세대가 대화할 수 있도록 이어주는 중요한 위치에 있다는 것을 명심해야 한다. 당신이 잘 볶아서 내어준 볶음밥 한 그릇과 잘 버무려진 떡볶이 한 접시가 어떤 가정에서는 희망이 될 수 있고 누군가에게는 생명의 은인이 될 수 있다. 작은 나비의 날갯짓이 지구 반대편에 태풍을 몰고 올 수도 있다는 '나비효과'처럼 말이다. 니비효과라는 말을 나는 믿지 않았고 그런 것이 존재하더라도 나랑은 아무런 상관이 없다고 생각했었다.

지난 세월을 돌아보았을 때 전기도 수도도 들어오지 않는 집에서 홀로 버틸 수 있었던 것은 충분한 수분을 공급해 줄 수 있었던 1000원에 5개씩 판매하던 오이였다.

저녁 식사는 오이 1개뿐이지만 더욱 맛있게 양이 많아 보이도록 오이를 곱게 펴서 국수처럼 길게 채를 쳐서 먹었던 일은 어린 시절의 나에게는 정말 기억하고 싶지도 않은 악몽 같은 일이었지만 지금의 섬세하고 완벽한 칼솜씨를 갖게 해준 기초적인 훈련이었다고 생각된다. 나의 성장기 때에 겪었던 배고픔은 작은 키와 예민한 성격을 남겼지만 작은 키를 가짐으로써 작업대와 도마를 자세히 볼 수 있고 예민한 성격으로 최고의 식감을 포착할 수 있는 능력을 갖추게 해준 원동력이 되었다.

"지금 힘들고 괴로운 것은 힘들고 괴로울 뿐이다. 희망은 없다. 지금 원망하고 미워해라! 실컷 울고 서러워하고 좌절해라! 좌절해라! 그리고 그것을 원동력으로 강해져라!

좌절과 원망은 힘을 만들고 그 힘으로 버티고 나면 살아남을 수 있다. 살아남는 자가 강한 것이다."

"나는 세상에서 가장
 강한 요리사로 성장했다."

셰프의 삶을 살다 보니
인생의 목표가 생겼다

— SECRET DIARY —

배고픔을 이겨내기 위해 시작할 수밖에 없었던 '요리' 그리고 시간이 흘러 엄연히 나의 직업이 되었고 나는 요리사가 천직이라고 생각한다. 그리고 나는 요리사라는 직업을 사랑하게 되었고 자랑스럽게 생각한다. 40대의 동네식당 아저씨가 되어버린 지금 이 순간에도 나에게는 새로운 과제와 목표가 주어지고 있다.

직업이 인생의 목표가 될 수는 없다

"저는 선생님이 되는 게 꿈이에요!"
"저는 가수가 되는 게 꿈이에요!"

"저는 운동선수가 꿈이에요!"

어린이들의 꿈과 목표를 간혹 듣다 보면 미소를 짓게 되지만 그들의 꿈과 목표의 이유에 대해 들어본다면 미소는 사라질 것이다.

"엄마가 공무원이 안정적이래요."

"운동선수가 연봉이 높거든요."

"요리사는 맛있는 거 많이 먹으니깐요."

소름이 끼치는 것은 성인들의 꿈과 목표 그리고 이유까지도 비슷하다는 것이다. 공무원과 안정적인 직장을 목표로 열심히 공부하고 취업을 준비한다. 이유는? 부모님과 주변 사람들이 '모두다 그렇게 하라고 하니깐?' 회사원이 인생의 목표다. 퇴직 후에는 국민연금과 퇴직연금 그리고 저축한 상품으로 안전하게 노후를 살다가 죽는 것이 목표이다. 특별이 하고 싶은 일은 없다. 안전하게 죽음을 맞이 하기 위해 각종 종교단체가 난립하고 있는 것은 역사적으로 수백 년 전부터 이어져 오는 있는 일이기 때문에 더 논할 필요도 없는 일인 것이다. 하지만 안정적인 삶을 위해 그리고 안정적인 노후를 맞이하기 위해서 하기 싫은 공부나 하기 싫은 일을 수십 년씩 하기에는 인생은 정말 짧다. 그리고 내가 하기 싫은데 겨우 해내는 일을 정말 하고 싶어서 미친 듯이 덤벼드는 사람들과 경쟁한다고 상상해본다면…. '당신은 경쟁에서 금방 밀려 나락으로 떨어질 것이 뻔하지 않을까?'

"직업이 인생의 목표가 될 수는 없다."

그 직업이 가진 구체적인 업적 또는 행동을 표현하는 목표를 구상하는 목표를 정해야 할 것이다.

"난 요리사가 될 거야!"라는 말보다는 어디에서 근무하고 어떤 요리를 주로 하는 요리사가 될 것인지까지를 정하는 것이 중요하다.

"나는 요리 대회에서 우승하고 우승상 패와 내 사진을 가게 앞에 붙여놓고 장사할 수 있는 요리사가 될 거야!"

⇒ 나는 지금 그렇게 하고 있다.

"나는 내가 살아온 날들을 한 권의 책으로 만들어 출판하고 손님들께 선물할 거야!"

⇒ 나는 지금 책을 쓰고 있다. 그리고 그다음 목표 또한 만들어 나가고 있다.

'셰프의 삶'을 포기하고 떠나간 사람들

다른 분야들도 마찬가지겠지만 영원히 함께 일할 것 같았고 함께하지는 못해도 같은 분야에서 계속 활동할 것 같은 사람들이 저마다의 사연으로 주방을 떠났다.

아버지가 하던 일은 절대 물려받고 하고 싶지 않다던 섬유공장 사장 아들이 요리사 생활을 접고 섬유공장에 들어갔다. 앉아서 하는 일은 체질에 맞지 않아 못하겠다던 명문대학 휴학생은 1년 만에 다시 복학했으며, 세상에서 먹는 것이 제일 좋다던 덩치가 큰 녀석은 음식이라곤 한점도 만질 수 없고 음식 냄새도 맡을 수 없는 조선소 용접기사로 취업을 했다. 그들에게는 주방 생활에서 벗어나고 싶은 욕구가 있었고 새로운 목표가 생겼기 때문에 떠난 것이다. 주방일이 그만큼 급여도 적고 힘들다는 것을 굳이 따로 말하고 싶지는 않다. 좁은 주방에 틀어박혀 같은 동작을 하루에 수백 번씩 반복하며 주말 없이 주6일 하루 12시간을 살아간다는 것은 요즘처럼 주5일 주 40시간 근무를 하는 일반인들이 볼 때는 시간만 비교해보아도 정말 참혹해 보이기까지 할 테니 말이다. 함께 일하다 다른 분야로 떠난 이들에게는 같은 이유가 있었다. 주방일을 하면서 당했던 노동력 착취와 불합리한 인사평가와 불공정한 휴무 그리고 미비한 연봉 인상 등에서 벗어나겠다는 이유 등 말이다. 하지만 과연….

"다른 곳에 가면 그런 일들이 정말 없을까?"

주방일이 싫다는 이유만으로 떠났다면 모르겠지만 다른 이유에서는 그곳에서도 역시 같은 경험을 하게 될 것이 뻔히 보인다. 주방을 떠난 그들은 주방에서 아무런 목표 없이 살아가고 있는 '현실 도피자'들이었을 뿐, 시작부터가 "현실을 부정하고 주방으로 도망쳐온 사람들이었다는 것을 그들은 왜 스스로 알지 못하는 것일까?"

공장일이 얼마나 힘들고 어려운지 또 바쁠 때는 주·야간 교대로 일을 해야 하고 공장의 기계는 손이나 팔이 잘릴 위험이 있을 정도이며 종일 먼지를 마셔야 하는 공장에서는 결코 일하면 안 되는 이유를 하나하나 설명해주던 사람이 공장으로 돌아갔다. "생산직의 휴가제도와 연장수당 등 복지 혜택은 좋지만, 공장에서 일하는 것이 싫다는 것이었을까?"

소규모 식당의 주방에서 일하는 사람은 그런 혜택이 전혀 없다. 명문대학을 휴학하고 일하며 "왜 좋은 대학에 들어가서 휴학했냐?"는 물음에 대답은 항상 대학 졸업을 한나고 해도 취업에 자신이 없고 지금까지 공부에 투자한 시간도 아까우므로 주방일을 천직으로 생각한다고 했던 사람이 복학을 결심하고 주방을 떠났다.

"공부를 끝낼 자신이 없던 것이었을까? 아니면 취업을 할 지신이 없었던 것일까?"

'대학 생활의 인간관계가 힘들었을까?' 주방 생활 또한 인간관계가 힘들기는 마찬가지다. 그들은 누구나 시작할 수 있는 주방일을 선택하였지만, 그들에게는 공통으로 '셰프'가 되겠다는 목표가 없었다. 정확하게 말해 '셰프의 삶'을 살아가겠다는 목표 따위가 없었다는 것이다.

"단지 본인에게 주어진 일만 하면서 하루하루를 겨우 견디는 것이 전부였다."

그들에게 주방은 그저 현실을 외면할 수 있는 피난처였을 뿐이다. '셰프'가 되겠다는 목표가 없다 보니 실력은 늘지 않았고 불만만 늘어났을 뿐이다. 주방에서 많은 시간을 보냈지만 그들의 경력에 합당한 실력을 갖추지 못했고 그러므로 경력에 합당한 연봉 또한 받을 수 없었다. 경력에 합당한 연봉을 받을 수 없다 보니 불만은 쌓이고 쌓여서 주방일에 대한 '혐오감'까지 생기게 되는 지경에 이르고 말았다.

"물려받을 대형식당이 있는 금수저들이나 셰프가 되는 더러운 곳이다."

"박봉에 근무환경은 열악하고 답이 안 나오는 곳이다."

"주말에도 못 쉬는 식당 노비 생활은 이제 털어버렸다."

"개나 소나 할 수 있는 단순노동 짓은 이제 그만하겠어."라며 자신의 그릇된 모습은 알지 못한 채 그들은 그렇게 떠났다. 10년 넘게 주방일을 해왔지만, 주방 책임자를 한 번도 맡아보지 못하는 사람이 있고 주방일을 시작한 지 3년도 되지 않아서 주방을 포함한 매장의 총괄책임을 맡게 되는 사람이 있는 이유가 바로 여기에 있다. 주변에 누군가 요리사가 되겠다고 하면 뜯어말리려고 드는 부모님들이 간혹 계신다. 이유도 수십 가지다. 들어보면 어떻게든 요리사는 '사'짜가 붙어있을 뿐 비전도 없고 '천박한 노동일'이기 때문에 우리 아들은 결코 해서는 안 되는 일이라는 것이다. 어차피 안될 사람은 스스로 금방 포기하고 나갈 것은 분명한데 왜들 그렇게 말리시는지 모르겠다. 자식의 '끈기'와 '재능'을 일찍 알아차리셨다면 잘 아실 텐데 굳이 그러실 필요까지는 없다. 반대로 부모님께서 자녀분을 요리사를 권하는 경우도 종종 있다.

"우리 아들이 머리도 나쁘고 눈치도 없고 사회성도 떨어지는데 주방일과 조리기술을 가르치는 것이 어떨까요?"

이런 말씀을 하시는 분들도 간혹 계시는데 정말 답답한 말씀이다.

"머리 나쁘고 눈치 없는 사람을 어떻게 주방일을 시키겠는가?"

세상 그 누구보다 나의 소중한 손님께서 드시는 음식을 머리 나쁜 사람이 실수로 음식을 잘못 만들어드리면 큰일이 날 텐데…. 정말 당황스러울 때가 한두 번이 아니다. 머리 나쁘고 눈치가 없어도 본인이 좋아서 하겠다면 말리지는 않겠지만 부모님이 시켜서 하게 된다면 주방일은 정말 지옥 같은 일 일이 될 것이 뻔한 일이다.

새로운 목표가 생긴다는 것은 정말 멋진 일이지만 누군가의 강압이나, 현실 도피를 위해 만들어진 목표라면 그 목표에 대한 노력 역시 결코 오래 가지 못한다.

'직장생활이 힘들어서', '집에만 있기가 답답해서', '재취업하기 힘들어서' 등의 이유로 주방일을 선택하거나 식당 창업을 목표로 잡는다면 그와 마찬가지로 언젠가 '주방일이 힘들어서', '식당 운영이 힘들어서' 등의 핑계로 머지않아 다른 목표를 찾게 될 것이기 때문이다.

"오는 사람 막지 않지만 떠나는 사람 잡지 않는다."

떠날 사람은 빨리 떠나기를 권하고 포기하겠다면 빨리 포기하기를 권한다.

"물론 나는 당신이 '셰프의 삶'을 살기를 최우선으로 권하는 사람이다."

'셰프의 삶'을 살게 되며 세웠던 목표들

새로운 목표를 정하기 전에 '간절함'을 확인해야 한다. 이것을 얼마나 간절하게 원하는지와 이일을 꼭 해야 하는 이유를 되새겨야 한다.

나는 셰프가 되기를 얼마나 간절하게 원했는지 모른다. 어린 시절부터 배고픈 날들이 많았고 꼭 셰프가 되어서 직원이나 손님이나 나를 찾는 사람은 이 세상 누구든지 배불리 먹이겠다고 몇 번을 다짐했다. 인생의 행복이 무엇이냐고 누가 물으면 항상 "맛있게 먹는 것이다!"라고 바로 대답할 정도이다. '셰프의 삶'을 살게 되며 맛있은 음식들을 직접 만들어내고 이 세상 누구보다 먼저 맛볼 수 있는 영광을 매일 차지한다는 것 자체가 행복이고 그것은 내 삶의 전부이다.

'맛있는 음식을 먹는 것이 최고의 행복'이라고 생각하던 내가 가장 맛있는 음식을 직접 요리하겠다는 꿈을 가지게 된 것, 처음에는 그 꿈을 이루기 위한 구체적인 계획과 목표는 따로 없었다. 그저 하루하루 최선을 다해 열심히 살았을 뿐이다.

- 2016년　　　국제요리대회 라이브요리 대상 수상
- 2020년　　　나주 배를 이용한 건강 초밥 특허출원
- 2021년 6월　가게 문 1시간 일찍 닫고 월 매출 500만 월 이상 올리기라는 구체적인 목표 설정
- 2021년 12월　가게 문 1시간 일찍 닫고 월 매출 500만 월 이상 올리기라는 구체적인 목표 달성

그리고 또 다른 목표를 만들었다.

- 2022년　　　요리사를 위한 자기계발서 출판
- 2023년　　　대학 진학, 스시웨이 나주점 인수
- 2024년　　　웹소설 완결 및 출판

지금 이 순간에도 목표를 세우고 그곳을 향해 달려가고 있다.

"목표가 분명하다면
　노력과 습관은 따라오기 마련이다."

'셰프의 삶'은 자부심 그뿐이다

2001년 처음 주방에 들어서면서 지금껏 하루하루 최선을 다하는 삶을 살아왔지만 대단한 결과도 없었고 남들 앞에 내세울 만한 특별함도 전혀 없었다. 그래도 누군가 나에게 당신은 스스로 성공한 사람이라고 생각하는지 묻는다면 난 바로 '나는 성공한 사람이다.'라고 대답할 것이다.

"난 '셰프의 삶'을 살고 있으며 내가 추구하는 가치를 매일 얻으며 살고 있으므로 성공한 삶을 살고 있다.라고 당당하게 말할 수 있다."

꼭 특급호텔이나 대기업에서 근무하는 요리사만이 성공한 셰프라고는 할 수 없다.

돈벌이나 성공을 목적으로 셰프가 되려고만 했다면 난 너무 힘들어서 버티기 힘들었을 것이다. '셰프의 삶'을 살기 위해 셰프가 되었고 '셰프의 삶'을 살아가고 있으므로 하루하루를 만족하며 살고 있다.

물론 내가 근무하고 있는 곳이 '줄을 서야만 맛볼 수 있는 곳은 아니다.' 그렇다고 티브이나 유튜브에 출연한 적도 없었다.

방송에 출연하여 사람들의 이목을 끌거나 가게 앞에 손님들이 대기표를 받기 위해 줄을 서서 기다리게 하는 것을 원하지 않는다. 준비된 식자재가 떨어지면 바로 영업을 중지하는 것이 원칙이고 그것은 반드시 지켜지고 있다.

나는 이곳이 누구나 쉽게 예약하고 편히 음식을 즐길 수 있는 곳이 되기를 바랄 뿐이다. 큰돈을 벌기보다는 삭은 행복을 오랫동안 누릴 수 있는 나의 '셰프의 삶'은 앞으로도 계속될 것이다.

다른 사람들에게 주어진 환경을 부러워하거나 다른 사람의 삶과 나 자신 비교하기보다는 내가 할 수 있는 모든 것을 모든 것을 쏟아내며 최고의 초밥을 만들어내는 것이 나의 전부라고 생각한다.

미친 소리 같겠지만 내가 만든 초밥을 드신 사람들이 일을 열심히 하고 내가 만든 초밥을 먹고 아이들이 자라난다고 생각하면 가슴이 벅차오른다. 내가 요리한 음식을 먹고 많은 세상 사람들이 생명을 유지하고 있다고 생각해본다면 정말 이 세상에서 가장 멋진 일을 하고 있다고 생각이 들 수밖에 없다.

오늘 하루도 나는 14시간 이상을 가게에서 보낼 것이고 내일 하루도 14시간 이상을 가게에서 보내며 '셰프의 삶'을 살아갈 것이다.

요리사로 취업을 하거나 식당 창업을 하게 되면 당연히 가게에서 많은 시간을 보내며 가게와 함께 늙어가는 것은 당연한 이치일 것이다. 그런 중에 소소한 행복을 느끼며 하루가 다르게 성장해 나간다. 주방에서 버틴다고 생각했었는데 지금 돌아보면 버티는 것이 아니라 나아가고 있었다. 40년이라는 짧은 생을 되짚어보면 어느덧 인생의 절반 이상을 주방 일을 하며 보냈다는 것이 놀랍기만 하다.

나는 요리사로서의 성장을 멈추지 않고 부단히 발전해나가며 고객님과 함께 나이 들어가는 '셰프의 삶'을 살고 싶다.

"'셰프의 삶'은 바로 이런 자부심이다."

'셰프'가 되고 싶은 이들에게

'셰프'가 될 때까지 시간은 얼마나 걸리는지 첫 직장은 어디로 정하는 것이 좋냐고 묻는 이들이 있다.

"정확하게 셰프가 될때까지 몇 년이 걸린다고 대답하기 곤란한 것은 각자가 목표하는 가게의 규모와 영업장의 형태에 따라 달라지기 때문이다."

4년제 조리학과가 있는 대학을 졸업하고 국방의 의무를 다하고 27살에 첫 직장을 호텔주방 실습생 또는 인턴으로 시작하는 사람이 있을 것이고 대학에 진학하지 않고 군 복무를 하면서 자격증을 취득하고 전역과 동시에 곧바로 개인사업장에 취업하는 사람도 있을 것이기 때문이다. 월급쟁이로 평생 일하다가 60세가 넘어 퇴직 후 큰맘 먹고 식당 창업을 하면서 '오너셰프'가 되는 예도 있을 것이고 학창 시절부터 부모님의 가게 일을 도와 일하며 가업을 이어받아 고등학교를 중퇴하고 만17세부터 일평생을 '오너셰프'로 보내는 사람도 있을 것이기 때문이다. 아무튼, 시원하게 대답하기는 정말 곤란하다.

그래도 '셰프의 삶'을 살기 위해 필수적인 조건을 딱 하나라도 말해 달라고 한다면 그 적은 바로 '강인한 체력'이다. 정신력이나 훌륭한 후각 또는 미각이라고 말하는 사람도 있지만, 체력이 부족하다면 아무리 강한 정신력이나 뛰어난 미각을 가진 사람이라 해도 몸이 남아나지 않을 것은 불 보듯 뻔한 일이기 때문이다. 식당 창업 후 건강 악화로 이어지는 수많은 사람을 흔치 않게 볼 수 있었을 섯이다. 수십 년을 가족과 회사를 위해 일하다 퇴직하고 제2의 인생을 식당 창업으로 시작하는 많은 사람은 직장생활보다 더 힘들고 고달픈 식당 경영을 하게 되면서 수많은 고초를 겪게 되지만 체력이 뒷받침되어야 버틸 수 있고 버틸 수 있어야 미래가 보일 것이다. '셰프'가 되려는 생각이 있다면 지금 바로 체력관리를 실행에 옮기길 바란다. 오늘은 당신의 인생에서 가장 젊고 건강한 날이기 때문이다. 몸만 건강만 하다면 당신은 충분한 소질이 있고 가능성 또한 충만한 사람임을 믿어 의심치 않는다.

"셰프의 삶"을 살아가게 될 당신을 응원하다.

에필로그

지금도 매월 말이면 식자재 납품 업체마다 전화를 걸어 양해를 구하며 미수금을 하루 이틀씩 미루기가 급급한 '나'라는 한심한 인간에게 주변 사람들은 나를 "사장님" "선생님" "셰프님" "실장님" 등으로 부르며 치켜세워 준다.

"난 그저 주 6일로 아침 7시부터 밤 11시까지 이빨이 틀어지도록 이를 악물며 지난 41년이란 세월이 흘려보낸 현직 '노동자'일 뿐인데 말이다."

에어컨 바람을 틀어놓고 책상 앞에 앉아서 일하는 사람들이 자신을 노동자라 칭하고 혹시라도 쉬는 날 회사에 나오기라도 하면 큰일이 날것처럼 큰소리치는 이들이 대우받는 세상인데 "주말 없이 사는 우리 주방 노동자들의 삶은 아직도 40년 전을 벗어나지 못하고 있는" 듯하다.

대학은커녕 고등교육조차 제대로 받지 못한 사람들이 에어컨은커녕 하수구 냄새와 수시로 끓어오르는 기름 증기 앞에 의자도 없이 12시간을 서서 구슬땀을 흘려가며 힘겹게 매일 일하고 있다.

"뜨겁고 습한 열기와 부단하게 움직여야 하는 업무환경에서 의자가 없다는 것은 어쩌면 오히려 축복이지 않을까?"

의자에 걸려 넘어지거나 앉아있다가는 습진이 생길 것이 뻔할 테니 말이다. 이러한 가운데서도 우리 '주방 노동자의 삶'이 얼마나 값지고 아름다운지 그리고 우리의 노동이 얼마나 보람되고 참된 것인지를 써보고 싶었다. 그리고 많은 이들에게 공유하고 희망을 주고 싶었다. 지금껏 써오는 동안 나 자신에게 자주 했던 질문들 앞에 나 자신을 스스로 수없이 칭찬하고 질타하며 시간을 보냈다.

"네가 뭔데?"

"네까짓 게 뭔데 책을 내는데?"

"네가 그런다고 뭐가 달라지겠어?"

"누가 읽어주기나 하겠냐?"

"라면 냄비 받침 하나 더 생기겠네!"

주변인들의 불편한 시선들과 앞으로도 큰 변화는 없을 것이라는 부정적인 대답들은 나를 더욱 지치게 했지만 나를 다시 일으켜 세운 것 또한 그들이었다.

"우리 주방 노동자들이 10년에 책 한 권 읽지 않는다면 내가 직접 책을 만들겠다!"라는 다짐과 열정 그리고 끈기….

"가난한 사람은 책을 읽지 않는다."

"노동자는 책을 읽지 않는다."

"특히 주방 노동자는 결코 책을 읽지 않는다."

특히 주방일을 하면서 독서를 즐기는 사람은 지난 20년이 넘는 시간 동안 단 한 명도 보지 못했던 것은 내가 인정할 수밖에 없는 직접 경험했던 사실이다. 호텔이나 대기업에서 근무한다면 독서모임 등 동호회 활동이 간혹 있을 수도 있겠지만 주6일 하루 12시간을 근무하는 소형식당의 요리사가 독서를 하기란 정말 쉽지 않다는 것을 나는 확실하게 알고 있다. 하지만 그중에 누군가는 반드시 독서도 하고 자기계발을 하는 것은 사실이다. 이것을 널리 알리고 더 많은 사람이 '셰프의 삶'을 살아갈 수 있도록 하는 것이 목표이다.

이 책 한 권으로 세상이 바뀌거나 사람들의 인식이 변화하기를 기대하지는 않는다. 그렇다고 이 책 한 권으로 세상이 나를 알아주기 또한 기대하지는 않는다. 이 책이 냄비 받침이 되든지 누군가의 베개가 되든지 그것은 내 손을 떠났기 때문에 이 책을 손에 넣은 당신의 선택에 달려있다.

"이 책을 읽은 여러분은 요리사입니까?"

"혹시 당신은 학생인가요? 아니면 '오너 셰프'인가요?"

나는 이 책을 읽은 분들께 꼭 당부하고 싶은 말이 있다.

"우리는 남에게 도움을 주는 일을 하고 있는 직업인으로, 사람들에게 삶의 질을 높여주고 건강을 증진 시켜주며 가족 관계를 돈독히 하도록 도와주는 것이 바로 '셰프'의 임무이기 때문이다. 나는 서울에서 아주 완벽히 멀리 떨어진 지방에 살고 있다. 그리고 아주 작은 소규모 식당의 요리사로서 이 책을 조금씩 집필하였다. 나의 꿈은 이 책을 읽은 당신이 '셰프의 삶'

을 온전히 살아가길 바랄 뿐이다."

내가 운영하는 가게 앞에 나의 사진을 거는 순간부터 나의 초밥집은 단순히 초밥만을 판매하는 가게가 아니라 손님들게 '믿음'과 '신뢰'를 판매하는 가게가 되었다는 것을 알 수 있게 되었고, 내가 요리를 하는 사람으로 평생을 살아왔다고 생각했지만 '셰프의 삶'은 단순한 장사꾼의 삶이나 노동자의 삶 그 이상이었다. 그것을 많은 사람과 공유하고 싶었다. 나는 요리에 대한 정식교육이나 대학교육을 전혀 받지 못했으며, 오른손이 조금 불편하고 귀가 약간 어두운 전국 어디에나 있는 흔히 찾을 수 있는 아주 작은 식당의 요리사에 불과하다. 하지만 스스로 요리사의 꿈을 이뤘고 '셰프의 삶'을 살고 있다고 자부한다.

또한 많은 사람에게 '돈'과 '명예'가 아닌 보다 나은 '삶의 가치'와 '행복'을 알게 해주고 싶었다.

그래서 글을 쓰고 정리했다. 나는 이 작은 책 한 권이 여러 사람의 가슴속에 작은 불씨가 되어 다시 한번 당신이 가졌던 요리와 손님들에 대한 열정이 되살아나게 될 것이라고 믿는다.

제 글을 끝까지 읽어주셔서 대단히 감사합니다.
'셰프의 삶'을 살아가게 될 당신을 열렬히 응원합니다.

전라남도 나주시 그린로 321 나주목 초밥

나주야옹이당 요리사 심은일

셰프의 시크릿

초판 인쇄 2022년 8월 16일
초판 발행 2022년 8월 22일

지은이 심은일
펴낸이 김상철
발행처 스타북스
등록번호 제300-2006-00104호
주소 서울시 종로구 종로 19 르메이에르종로타운 B동 920호
전화 02) 735-1312
팩스 02) 735-5501
이메일 starbooks22@naver.com
ISBN 979-11-5795-659-3 03810

이 책의 본문에는 '을유1945' 서체를 사용했습니다.